L'INITIÉ

Du même auteur

Le Grand Vizir de la nuit, Gallimard. Prix Femina, 1981.
L'Épiphanie des dieux, Gallimard. Prix Ulysse, 1983.
La Marquise des Ombres, Olivier Orban.
L'Infidèle, Gallimard. Prix RTL.
Romy, Olivier Orban.
Le Jardin des Henderson, Gallimard.
Le Rivage des adieux, Pygmalion.
Un amour fou, Olivier Orban. Prix des Maisons de la Presse.
La Piste de turquoises, Flammarion.
La Pointe aux tortues, Flammarion.
Lola, Plon.

CATHERINE HERMARY-VIEILLE

L'INITIÉ

PLON

© Librairie Plon, 1996
ISBN 2.259.18.198-9

A Patrick de Bourgues pour son constant et affectueux soutien,

A Candice, Dominique, Françoise, Hélène, Joanne, Marie-Claire, Nadine, Sylvie, Yaguel, les « neuf » doigts de sa main.

« Au-delà de notre monde matériel et tangible tel que nous l'appréhendons grâce à nos cinq sens, derrière ce monde, existe un autre cosmos dont nous n'arrivons pas encore à voir la forme. C'est en plongeant dans son propre psychisme, son propre esprit, que l'homme y a accès. Les lois qui régissent notre monde n'ont dans cet univers non matériel strictement aucune valeur. L'espace, le temps y sont lettre morte. »

Werner Keller.

1

Paris, septembre 1783

Aussitôt le dessert servi, compotes, fruits confits, confitures et délicats feuilletés aux amandes, tous les domestiques à l'exception d'un seul avaient été renvoyés. A deux heures du matin, la nuit était encore douce, une de ces nuits de septembre qui laissent flâner l'été. Autour de la table du marquis de Mareuil, les douze convives riaient, s'apostrophaient. Avec l'abondance des vins, le ton avait monté. Aux théories qui avaient accompagné le saumon en gelée, les filets de bœuf aux cèpes, les poulardes à la crème et les terrines de gibier se substituaient plaisanteries et traits d'esprit.

Le premier du mois, le marquis de Mareuil offrait à souper dans son hôtel de la rue Saint-Honoré, chacun de ses meilleurs amis étant chargé d'amener un hôte, à l'exclusion de toute femme, qui puisse briller par quelque qualité exceptionnelle. Tout ce que l'Europe comptait d'éminent avait un jour ou l'autre été convié à ces soupers qui s'achevaient à l'aube et où les treize convives, nombre immuable choisi pour narguer le diable, se sentant en bonne compagnie cherchaient à se distinguer par quelque spéculation hardie, folie ou défi insensé.

Dans la salle à manger lambrissée de chêne blond que recouvrait une série de tapisseries des Gobelins évoquant la légende d'Orphée se mêlaient le bouquet des parfums, les effluves douceâtres de la poudre qui imprégnait les perruques, l'arôme des mets et la fragrance des gerbes de fleurs arrangées sur la desserte, une antique table à gibier où deux candélabres entouraient un samovar en vermeil.

Le fard accentuait le teint blanc du marquis, son long cou d'oiseau, son air suranné. Les yeux d'une intelligence vive et ironique portaient sur les êtres et les choses un regard désabusé.

— Maçons, nous le sommes tous peu ou prou autour de cette table, mais, diantre, en être n'est pas recevoir un laissez-passer pour le royaume de la naïveté. Ce Cagliostro que vous avez eu à souper, Fécant, est un aigrefin...

— On le dit à Naples présentement.

— Le chevalier d'Acquino qui le protège en dépit de l'hostilité de la reine Marie-Caroline a un pied dans la tombe. Le jour de l'enterrement de ce vieux hibou, le drôle pliera bagage.

A soixante-dix ans passés, rien n'égayait plus le marquis de Mareuil. Acquise par une longue pratique des êtres, sa philosophie le laissait parfois ironique, toujours sans illusions.

Au bout de la table, le jeune chevalier Hélie de Maisonvieille écoutait. Entraîné chez le marquis par son oncle et parrain Joachim de Maisonvieille, vieillard sans descendance qui ne faisait cadeau à son neveu que de bons conseils, il cherchait un moment propice pour lâcher un trait brillant ou drôle, se faire remarquer enfin. Arrivé quelques semaines plus tôt de sa bastide d'Ardèche, il brûlait de s'imposer à Paris.

— On murmure que le Grand Copte veut rebâtir le temple de Jérusalem, ressusciter Hiram pour révéler au monde le secret du Grand Œuvre, de la Régénération suprême.

En dépit de ses soixante ans, l'âge semblait ne pas mordre sur Joachim de Maisonvieille. Son nez pointu, son teint fleuri, sa maigreur, la vivacité de sa conversation lui octroyaient un charme juvénile. Il avait goûté de tout et n'était pas encore rassasié. Son ambition désormais était de mettre à Hélie le pied à l'étrier mais sans hâte afin de laisser ce garçon intelligent, probablement peu vertueux en dépit des enseignements maternels (sa belle-sœur était puritaine), assimiler à son rythme les attraits et dangers de ce monde inconnu. Sa présentation à Mareuil était le point de départ d'un plan d'éducation mûrement établi. Un voyage à travers l'Europe en marquerait l'étape suivante.

— Des sottises, poursuivit Joachim de Maisonvieille. Cagliostro est du menu fretin. Nous avons plus intéressant.

Le silence qui s'établit autour de la table l'amusa. Ces blasés étaient des gourmets rassasiés auxquels un mets délicat rendait l'appétit.

— Vous le connaissez tous.
— Serait-ce cet aventurier italien, Casanova ?
— Pas du tout.
— Le marquis et la marquise de Gérardin ?
— Cette électricité qui les échauffe me laisse froid. Non, il s'agit d'un homme qui sait s'emparer des esprits faibles, les nourrir des plus folles espérances de richesse ou de grandeur pour fuir d'Etat en Etat

après avoir épuisé la générosité des crédules et donné la preuve évidente que leurs espérances ridicules étaient vaines et le seraient toujours.

— Saint-Germain ! s'écria le chevalier de Bourne.
— Touché, monsieur. Il s'agit bien de lui.
— On le dit très affaibli.
— Mais n'est-il pas immortel ?

Un sourire s'esquissa sur les lèvres du marquis de Mareuil.

— J'ai bien connu cet imposteur, en effet. Un joueur de première force, tricheur sans doute, roué certainement.

Sur la desserte, les bouteilles vides s'alignaient. On en était avec les sucreries au ratafia de champagne que Mareuil, en Champenois qu'il était, imposait contre le vin doux de Bordeaux.

— Et un des nôtres, messieurs, frère maçon et hautement initié.

Mareuil toisa celui qui avait le mauvais goût de vouloir défendre une proie sur laquelle la meute venait d'être lancée.

— Cher ami, notre confrérie donne à beaucoup de ses membres plus de hauteur qu'ils n'en ont. Des nains se croient de belle taille, des avortons s'estiment robustes, des benêts se voient illuminés par la grâce de l'esprit. On a insinué, il est vrai, que Saint-Germain était un des Cinq Grands. Qui peut le croire ? Comme le disait il y a un instant Maisonvieille, beaucoup de nigauds ont été abusés.

— Si vous mettez en doute le rôle de nos Grands Initiés et vous moquez de leur influence, marquis, pourquoi restez-vous maçon ?

Le ton était courtois mais ferme. Elevé dans une famille d'officiers, Jean de Marenville méprisait les courtisans et n'était pas prêt à se laisser réduire au silence.

Un léger sourire n'avait pas quitté les lèvres de Mareuil mais les doigts minces, souples et diaphanes jouaient nerveusement avec une boulette de pain. Hélie de Maisonvieille promenait son regard de l'un à l'autre des adversaires. S'il voulait intervenir, il fallait que ce fût avec éclat.

— Je suis maçon, monsieur, poursuivit Mareuil, non par besoin de m'affilier à un ordre en vue d'une quelconque reconnaissance personnelle ou me pâmer devant l'incompréhensible ou le sacré. Chacun sait ici que je ne crois guère en Dieu, sans pour autant sacraliser l'espèce humaine que je méprise du plus bas jusqu'au plus haut rang. Voyez les folies du duc de Brunswick et les sottises proférées par Charles de Hesse, le protecteur de votre comte de Saint-Germain et son hôte dévot. Je suis maçon par éthique personnelle, par formule de style, si vous voulez, formule que l'on est content d'écrire sans pour autant la respecter.

Aucune émotion ne faisait trembler la voix feutrée. Mareuil absorba une gorgée de ratafia.

— J'accorde un point à Saint-Germain, il n'est guère plus dévot que moi. On le dit juif portugais de naissance.

— On le prétend aussi roumain des Carpates.

— Ou espagnol.

— A moins qu'il ne soit allemand.

Les voix fusaient, joyeuses. Enfin la conversation reprenait un ton plaisant. Détruire, déconsidérer, ridiculiser était un jeu que les Parisiens pratiquaient à merveille.

— Juif, noble, prince peut-être, alchimiste, maçon, guérisseur, savant en teinturerie, comploteur, diplomate, banquier, collectionneur, immortel, voilà un homme bien extraordinaire sans doute et aussi bien mystérieux, intervint Joachim de Maisonvieille. Vous prétendez, messieurs, dépecer un gibier dont en réalité nul ne connaît le gîte. Voulez-vous mon avis ? S'il vous entendait, cet homme se rirait de vous.

Discrètement, le valet portant la livrée brun et or du marquis de Mareuil remplissait les verres.

— Est-il un imposteur ou l'homme que nous rêvons d'être ? continua Joachim de Maisonvieille, un insolent dupeur ou un maître ? Nous pouvons ergoter juqu'à l'aube, messieurs, nul ne résoudra cette énigme.

— Je suis prêt à faire un pari.

La voix d'Hélie de Maisonvieille s'élevait claire et haute. Hormis celle du marquis de Mareuil, toutes les têtes se tournèrent vers lui.

— Donnez-moi six mois et je vous dirai qui est le comte de Saint-Germain. Je m'engage à démasquer cet homme, à le dépouiller de ses artifices pour vous le livrer nu et probablement pitoyable à cette même table.

Il y eut un murmure d'étonnement. Ce jeune homme qui jusqu'alors n'avait proféré mot faisait une entrée remarquée.

— Mon neveu, j'aime votre proposition, lança Joachim. Nous déclarez-vous que vous allez partir pour l'Allemagne ?

— Dès que possible.

Les yeux à demi fermés, Mareuil se taisait. Il semblait réfléchir.

— Je n'apprécie guère le rôle de protecteur, se décida-t-il enfin à dire, mais je vous aiderai cependant en vous donnant une lettre d'introduction auprès du landgrave de Hesse. J'avais la prétention de vouloir vieillir sans curiosité et vous venez d'exciter la mienne. Jouez serré, l'homme est habile et cherchera à vous abuser.

Jean de Marenville vida d'un trait son verre de ratafia.

— Pourquoi haïssez-vous le comte, marquis ?

Mareuil frémit. Ces questions directes le déconcertaient. Le mépris secret qu'il entretenait pour Jean de Marenville et sa race de soldats se dévoila dans la vivacité soudaine de la voix.

— Parce que nos natures se repoussent spontanément. J'abhorre la petitesse et l'ennui qui tissent la vie quotidienne de l'humanité, il veut la sublimer. Pour moi, l'homme n'est rien, il n'a cessé de le prétendre à la hauteur de l'Universel. Il veut trouver Dieu dans l'alchimie, je n'y ai découvert que le diable. Il se fait passer pour immortel et je ne crois pas en l'immortalité. La foi que beaucoup, vous en particulier, mon cher Jean, ont en lui me dérange et m'agace. Je déteste les imposteurs, ceux qui sous des dehors de vertu tissent leur toile pour mieux dominer et Saint-Germain, je dois le reconnaître, est un imposteur de génie. Qu'on le démasque et je l'écraserai comme un insecte. Enfin je serai débarrassé de lui.

Hélie de Maisonvieille se leva, tendit son verre.

— A la déconfiture du comte de Saint-Germain, messieurs !

Tous s'étaient levés pour boire, sauf Jean de Marenville et le marquis de Mareuil. L'aube déjà pointait derrière les massifs de lupins mauves et bleus, les bouquets de charme et le mur de pierre blonde qui cernaient l'hôtel de la rue Saint-Honoré.

2

Eckernförde, Schleswig, septembre 1793

Avec application Denis de Saint-Germain remua ses doigts, ses poignets, les bras puis pieds, chevilles et jambes, un exercice pénible qui permettait à ce qu'il appelait sa « dépouille » de quitter le lit. Une fois debout, les douleurs rhumatismales s'atténuaient, il pouvait se déplacer dans la maison, du salon à la bibliothèque, sans l'aide de son domestique. Mais auparavant il fallait, comme chaque jour, s'abstraire du monde, laisser son esprit rejoindre le vrai royaume, y puiser la force de poursuivre une désormais pesante existence terrestre.

Sur la pointe des pieds, Tang pénétra dans la pièce, un plateau entre les mains. Il avait un teint d'ivoire, des yeux que l'âge ou la race plissait jusqu'à effacer le regard, des membres secs comme des sarments.

— J'ai ajouté à votre tisane trois graines d'opium et de la poudre de Kali qui vous soulageront.

— Tu devrais me laisser surmonter seul les inconvénients de la vieillesse. Ton aide est un constat d'échec pour moi.

Saint-Germain souriait cependant avec bienveillance. Tang le servait depuis soixante-dix années et, plus qu'un compagnon, il était devenu un frère. Regrettait-il son pays natal ? Le vieux Tibétain n'en parlait jamais.

Les mains rosées, luisantes, du comte étaient gonflées de nodules. Lui obéiraient-elles longtemps encore ? Et cependant la décision d'écrire l'histoire de sa vie était prise, non par besoin de remplir les vacances de la vieillesse, mais pour mieux discerner dans la trame épaisse de son existence la vanité de toute entreprise humaine. L'essentiel demeurerait le manuscrit déjà rédigé en hébreu où il avait préservé son itinéraire spirituel. A petites gorgées, Denis de Saint-Germain absorba la tisane tiède. Il ne mangeait presque plus, une poignée de graines, quelques légumes préparés par Tang. Après tant d'autres, ce plaisir l'avait quitté.

Ses articulations lui interdisant de s'asseoir sur une natte pour méditer, Tang avait dressé devant la fenêtre un lit de sangles où il s'installait bien droit, face au jardin. Quoique l'air humide de la baie de Kiel accentuât son mal, il ne désirait plus bouger. Né au soleil, il allait s'éteindre dans la brume, preuve éclatante de l'apparence mensongère des phénomènes terrestres. Né dans l'ombre, mort dans la lumière...

Le vent qui cinglait par rafales se glissait dans la cheminée rabatant une fumée âcre. Dehors les mouettes tournoyaient. Un instant, Saint-Germain les suivit des yeux : c'était un appel de la vie qui le fuyait, une invitation à des voyages qu'il ne ferait plus. Mais il était libre, plus que n'importe quel oiseau, bien plus que la plupart des hommes. Rois, ministres, grands seigneurs ou guides n'avaient plus d'influence sur lui.

Les yeux mi-clos, le comte de Saint-Germain quittait son corps, l'hôtel si généreusement prêté par Charles de Hesse, la petite ville d'Eckernförde, l'Allemagne, l'Europe, la terre. Peu à peu son esprit se concentrait sur un point jusqu'au calme mental, au vide absolu. Alors il ne souffrait plus, son corps devenait une entité étrangère qu'il voyait au loin comme les mouettes du haut de la brise perçoivent un brin d'herbe au bord de la falaise. Le sentier de la libération était devant, tout droit et paisible, il n'avait plus qu'à le suivre....

— Un visiteur demande à vous voir. Il a une lettre de recommandation de notre prince.

Quoique parlant l'allemand et l'anglais depuis longtemps, Tang gardait l'accent nasillard et chantant de son Tibet natal.

Saint-Germain posa la plume qu'il venait de tailler. Sur sa feuille il avait jeté une simple phrase : *J'ai longtemps cru être né à Lisbonne le 10 mai 1692...*

— Tu sais bien que je ne reçois plus.
— Il affirme être venu pour vous de Paris.
— Comment est-il ?
— Jeune, un beau visage, de l'élégance, l'air narquois et suffisant des gentilshommes français.
— Va lui dire que je vis en solitaire et ne peux l'aider en aucune façon.

Tang était de retour. Son regard de vieux magot rayonnait de la bienveillance qu'il accordait à toute créature, si insignifiante fût-elle.

— Ce jeune homme m'a donné son nom et celui de l'ami parisien qui le recommande à votre bonté.

Un bref instant, Saint-Germain ferma les paupières. L'impatience était source d'irritation. Il devait la chasser. Avec une lueur d'ironie, Tang l'observait.

— Le chevalier Hélie de Maisonvieille sollicite l'honneur de vous présenter ses compliments, comme ceux du marquis de Mareuil...

— Dieu, murmura Saint-Germain, le marquis de Mareuil.

Ce nom le rejetait vingt-cinq années en arrière dans le Paris léger, brillant et vain qu'il avait su conquérir et non garder. Les visages du roi, de la marquise de Pompadour, de son vieil ennemi Choiseul investirent sa mémoire. La mission en laquelle il avait cru avec ardeur avait été au-dessus de ses forces et les armes choisies pour faire admettre ses intentions s'étaient révélées sans portée. Mareuil appartenait à sa Loge écossaise stuartiste, hostile à la Grande Loge où Choiseul se montrait actif, mais la foi en la Maçonnerie, qui aurait dû faire d'eux des frères, les laissait divisés.

— Dis à M. de Maisonvieille que je vais le recevoir.

Saint-Germain s'arracha de son fauteuil. Aujourd'hui il manquait de courage, c'était une faiblesse à vaincre. La rédaction de ses mémoires allait l'aider : tant de futilités, d'efforts, d'erreurs, d'attachements, de projets, d'enthousiasmes mais aussi de désespoirs, de trahisons, de solitude, réduits au poids de quelques feuilles destinées à brûler pour n'être plus que cendres.

Le parquet de pin craquait sous ses pas. Tout était rustique dans la chambre : le coffre où il serrait ses papiers, le lit de repos et celui de méditation, la commode de frêne, le tapis de sisal. Quelques objets précieux cependant étaient disposés çà et là : une boîte en vermeil sertie d'émeraudes et de saphirs, une icône russe, le portrait d'une jeune femme en tenue de bal, un pastel représentant le roi Louis XV.

Le vent avait forci. Par une des deux fenêtres, le comte aperçut de gros nuages qui couraient. Quelques semaines encore, et viendraient la neige, les pluies glacées. Aurait-il la force de supporter ses souffrances ? Mais il serait aidé. Le Maître ne disait-il pas : « S'il n'y a pas de guérison possible, pourquoi s'alarmer et s'il y en a une pourquoi se chagriner ? »

— Je vous remercie d'avoir songé à me visiter, monsieur, mais le solitaire que je suis ne présente guère d'attrait pour un jeune Parisien.

Quoique préparé à cette première entrevue, Hélie de Maisonvieille restait embarrassé. Ce mobilier modeste, ce vieil homme digne et souriant ne correspondaient en rien à ce qu'il attendait. Le long voyage l'avait fatigué, il se sentait dans un état d'infériorité qui le contrariait.

— Le marquis de Mareuil m'a chargé, monsieur, de vous rappeler une amitié qui reste vive en dépit d'une longue séparation.

Hélie de Maisonvieille n'était pas maçon. Il lui avait serré la main en collégien. Cette fraîcheur plut à Saint-Germain. Mais que venait-il donc faire au Schleswig ?

— Je suis venu pour vous connaître, monsieur.

La réponse avait précédé sa question. Saint-Germain fut intrigué. Une curiosité déjà teintée de sympathie le poussait vers ce jeune homme.

— Et pour quelle raison, je vous prie ?

— Espérer le privilège de vous rencontrer et peut-être celui de gagner votre amitié, me semble inestimable. J'ai en outre des conseils à solliciter de vous.

— Je vis désormais dans la retraite et le silence. D'autres que moi pourraient sans doute mieux vous guider.

— Monsieur, l'esprit et le cœur m'ont conduit à vous. Cela, il est vrai, est irrationnel, mais ne dit-on pas que vous croyez au destin ?

Hélie se sentait nerveux. Mais il avait pu sortir sa tirade sans faiblir.

Saint-Germain recula d'un pas. Surgi de nulle part, ce séduisant jeune homme était-il sincère ? Il fallait l'espérer tout en gardant le détachement intérieur qui le préservait des émotions inutiles et de leur cortège de déconvenues.

— Je crois en effet aux rencontres. Mais pour que celles-ci soient fructueuses, il faut un accord mutuel. Une confiance de l'un, l'acceptation de l'autre d'un engagement moral. Le temps seul peut dissocier la sincérité de l'illusion.

Le regard profond de son hôte, sa voix douce mettaient Hélie mal à l'aise. Mais que diable, il n'allait pas dès le premier instant se laisser embobiner ! Mareuil l'avait prévenu, l'homme était redoutable, charmeur, brillant causeur, musicien, poète, fin politique. Tout ce clinquant masquait un besoin de dominer, une passion pour l'argent et le pouvoir, un goût du secret et des faux-semblants.

— Je vais vous laisser, monsieur. Je suis à l'hôtel Kaiserhorf où j'attendrai avec confiance votre décision. Faites-moi savoir si vous désirez me revoir.

Un instant, Saint-Germain fut tenté de le retenir. Dans l'austérité de ses jours, le charme, la jeunesse de son visiteur étaient une source de lumière. Mais il ne fallait pas se hâter.

Hélie salua. Il avait bon espoir que le vieux bougre le contacte rapidement. En attendant, il se promènerait et tâcherait de trouver une jolie fille capable d'occuper le temps qu'il devrait tuer dans cette cité monacale.

Saint-Germain trempa sa plume dans l'encrier. C'était étrange. Alors qu'il s'apprêtait à remonter le temps jusqu'à son enfance portugaise, Hélie de Maisonvieille sonnait à sa porte.

J'ai longtemps cru être né à Lisbonne, le 10 mai 1692. Mon grand-père se nommait Moïse, mon père Elie, mon oncle Saül mais on l'appelait Paolo. Quant à ma mère, nul n'en parlait. J'étais convaincu qu'elle était morte en me mettant au monde.

La maison de mon grand-père, une bâtisse cossue, s'élevait dans le quartier de la Baixa. Dès que je sus marcher, Sarah ma nourrice m'emmena avec elle dans ses promenades et je découvris la rue avec une curiosité que nos vagabondages quotidiens n'arrivaient pas à assouvir. Originaire de Coïmbre où l'Inquisition faisait rage, elle me racontait mille horreurs sur la persécution des marranes[1]. Etant juifs, nous ne pouvions en principe être inquiétés, mais mon grand-père restait soucieux, sans cesse sur le qui-vive. J'aimais mon aïeul, sa sagesse, son immense culture, sa science religieuse. Ferme sans être sévère, il m'initiait chaque jour au judaïsme, m'apprenait à lire et à écrire en hébreu. Plus tard, il me donna un professeur qui m'enseigna l'anglais, l'espagnol, le français et l'italien.

---
1. Marranes : juifs convertis récemment au christianisme.

Mon père et mon oncle dirigeaient une entreprise familiale de commerce. Nous tenions des marchés importants sur le Brésil, Goa, Macao. Mon oncle Paolo s'occupait surtout du Brésil. Joaillier réputé, il négociait l'or, les diamants, les pierres précieuses mais aussi le tabac et le sucre. Mon père avait pour part l'Orient avec l'importation des épices, de la porcelaine, de la laque, des teintures, du camphre, des bois de santal et d'aloès, de la soie. Mon grand-père, quant à lui, avait conservé quelques activités commerciales avec les Anglais auxquels il envoyait de l'huile, du sel, du vin de Porto et dont il recevait des produits manufacturés. Riche, ma famille aurait été puissante sans la menace d'être spoliée et peut-être exilée. Je gardais de cette iniquité le sentiment que la violence et la malveillance étaient des forces obscures, maléfiques, qui contraignaient leurs victimes à des attitudes positives d'intelligence et d'adaptabilité. Dans leur humilité, les Juifs étaient les véritables vainqueurs.

Les rues de Lisbonne m'enivraient. Trottant à côté de Sarah, ma main dans la sienne, je découvrais un monde bariolé, baroque, bruyant, jovial, que le port prolongeait jusqu'aux confins du monde. Les artères reliant le Tage à la place du Rossio gardaient leur caractère médiéval. On s'y bousculait, se hâtait, flânait, dans une débauche de couleurs, d'odeurs et de sons. Là, un étal ambulant tenu par une matrone proposait les douceurs si chères aux Portugais : jaunes d'œufs crus mélangés à du sucre et des amandes, appelés, si je m'en souviens bien, soupirs-de-nonnes, œufs confits baignant dans un sirop épais et très sucré, pâtes de coing d'Odivelas, les favorites du roi, casse-museaux des cloîtres de l'Espérance, ici, une charrette tirée par un baudet offrait des chapelets d'ail et d'oignons, des herbes aromatiques, des bouquets de lavande. Parfois Sarah m'achetait un peu de blanc-manger dont je raffolais ou des amandes cachées par une pellicule de sucre qui craquait sous les dents. Les cris aigus des conducteurs de chariots ou d'ânes lourdement chargés écartaient les flâneurs. Un singe échappé de l'épaule de son maître volait un fruit. Noirs, mulâtres et mulâtresses en vêtements bigarés allaient aux emplettes ou remettre quelque message galant dissimulé dans leurs manches. Au coin d'une ruelle, un nain faisait mille cabrioles avant de tendre une sébile, les perroquets jacassaient, les carlins des jeunes gens à la mode jappaient. Je n'en finissais pas de rire, d'écarquiller les yeux, de m'étonner. Puis nous revenions dans la maison de mon grand-père. Je sens encore l'odeur de poudre d'iris et de santal qui imprégnait les rideaux de peluche rouge du salon, les tapisseries déployées sur les murs, les portières de damas, le velours frangé d'or recouvrant les tables. Le salon de réception était la seule pièce meublée avec un certain luxe. Là, mon grand-père avait oublié ses préceptes de simplicité pour faire honneur à ses hôtes, la plupart de riches marchands ou des notables de la ville, et rassemblé quelques beaux objets ramenés d'Asie ou du Brésil : magots de Chine dont les grimaces me terrifiaient, cabinets d'ébène incrustés d'ivoire ou de nacre, plats de porcelaine aux couleurs veloutées. Je n'y entrais que rarement, restant la plupart du temps dans l'appartement que je partageais jusqu'à l'âge de sept ans avec Sarah, pour l'occuper seul ensuite. Situé au premier étage, il donnait sur un jardin dont la découverte quotidienne m'émerveillait. La verdure y était si abondante que je ne pouvais imaginer autrement les forêts tropicales qu'évoquaient mon père et mon oncle. Et dans les déchirures de ce rideau végétal, on surprenait des massifs d'œillets, de cresson d'Inde, de grenadiers, de fleurs de la Trinité que nous appelions « amores perfeitos ». Tôt le matin, mon aïeul arpentait à petits pas son paradis, se penchant sur une fleur, éliminant un rejet. Puis invariablement il achevait sa promenade en s'asseyant sur la margelle du bassin bleu. Les azalées éclaboussées par le jet que crachaient deux lions de bronze étincelaient. Tout autour de sa silhouette vêtue de noir, les pots de géraniums, de jasmins, de bergamotes, les orangers et les citronniers faisaient une haie de couleurs tendres ou vives qui isolaient un peu plus encore le vieillard du monde. Alors il sortait sa vieille bible pour en lire quelque passage, puis récitait les prières du matin.

Dès que j'eus sept ans, mon grand-père se chargea de mon éducation. J'étais son unique petit-fils mais dans l'affection très vive qu'il me portait, persistait malgré tout une certaine distance dont je ne comprenais pas alors la raison. Le judaïsme qu'il m'enseignait avec tant de ferveur restait intellectuel, comme une leçon de latin ou de mathématiques. Enfant sensible, avide d'émotions et d'amour, j'aurais voulu vibrer davantage, me sentir emporté par un souffle. Mais par sa volonté je restais sur la rive, exalté et frustré.

Dans son cabinet de travail spartiate, outre l'hébreu, j'apprenais le latin, le grec et l'astronomie. Nous parlions beaucoup. Il m'instruisit des connaissances indispensables au négoce, me racontait l'Inde, les Amériques, la Chine où il n'avait jamais été, mais dont il savait l'histoire, les mœurs, les religions. J'étais fier d'être son héritier, celui qui prolongeait sa lignée et en affermirait la prospérité.

L'année de mes dix ans, l'Inquisition frappa avec une violence aveugle plusieurs familles de marranes de notre entourage.

Nous devions redoubler de prudence, prier les volets clos, ne jamais extérioriser notre foi car après les marrannes la meute pouvait très bien être lâchée sur nous. J'étais révolté par tant d'injustice. Des hommes comme mon grand-père, mon oncle et mon père contribuaient à la prospérité du Portugal, donnant au Trésor plus de ducats que dix familles de nobles oisifs. Jamais nous ne suscitions de troubles, jamais nous ne levions de contestation.

« Ne condamne pas », me commandait mon grand-père. « Celui qui est habité par la colère perd sa joie intérieure. On nous a spoliés et nous le serons encore mais notre véritable trésor, notre foi, personne ne pourra nous l'ôter. » J'objectais : « Mais qu'avons-nous fait de mal pour être méprisés ainsi par des chrétiens ? » Il me répondait : « Les malveillances qui nous heurtent lorsqu'elles nous sont adressées devraient aussi nous blesser lorsqu'elles sont prononcées contre les chrétiens. Certains parmi eux, comme le père Antonio Vieira, nous défendent. Un seul juste et le monde est sauvé. Quoique la vie te réserve, mon fils, garde vive et claire ta lumière intérieure. C'est elle, non la lampe qui la diffuse, qui est importante. »

Saint-Germain releva la tête. Ces mots prononcés par son grand-père voici plus de quatre-vingts ans restaient gravés en lui.

Le comte posa sa plume. Une joie très douce l'habitait. La maison familiale de Lisbonne, son grand-père, son oncle, Sarah restaient ses racines, une source de tendresse que rien n'avait pu tarir, la première fraternité spirituelle lui ayant donné la force de continuer son chemin vers l'Esprit, cette partie indestructible de l'Univers où tout se rassemble et s'explique.

Tang était derrière lui.

— Votre repas.

Sur un plateau de bambou tressé, le vieil homme avait disposé un bol de millet, un autre de légumes, une assiette avec un morceau de fromage de brebis, une tranche de pain noir, un verre d'eau et dans une coupe une rose tardive cueillie au jardin.

3

Charles de Hesse-Cassel était de bonne humeur. Il venait de passer la journée dans son laboratoire au château de Göttorp et attendait beaucoup de sa rencontre avec l'ambassadeur d'Angleterre, un érudit humaniste de retour de Grèce où il avait tenté de percer les secrets des religions à mystères auxquelles la Maçonnerie avait emprunté tant de rites. Il rapporterait son entretien à Saint-Germain dont la science concernant les civilisations anciennes était immense.

Son vieil ami l'inquiétait. L'âge rattrapait enfin cet homme extraordinaire qui semblait jusqu'alors s'être moqué du passage des ans. Il n'avait, bien sûr, jamais cru à cette légende qui courait sur son immortalité physique, mais avait espéré jouir plus longtemps de son irremplaçable affection. L'arrivée fort à propos de ce jeune Français allait être bénéfique : causer teintures apporterait au comte un plaisir dont la monotonie des jours au Schleswig n'était pas prolixe. Il allait tout mettre en œuvre pour les mettre en présence aussi souvent que possible.

Fluet, portant besicles et barbichette, le secrétaire de Charles de Hesse attendait patiemment.

— Mettons-nous au travail, décida le landgrave, l'heure du souper approche. Nous commencerons par une lettre adressée à M. Willermoz et conclurons par un court billet.

Le secrétaire s'installa devant le bureau, trempa avec précaution sa plume dans l'encrier. Le jour baissait. Un domestique allumait une à une les bougies des lustres, des girandoles et des chandeliers. Debout, les yeux dans le vague, le prince cherchait ses mots.

« Mon ami,

« Vous voici de retour à Lyon depuis quelques semaines déjà et je n'ai point eu encore le bonheur de pouvoir converser avec vous. Du Danemark, j'ai dû me rendre en Prusse. Enfin me voici à Göttorp pour quelque temps, jusqu'aux fêtes de Noël en tous les cas.

« Vos fidèles vous ont certainement retrouvé avec joie au bord du Rhône, je sais combien les nôtres vous sont attachés. Mais je veux vous parler encore du comte de Saint-Germain. Je n'ignore pas vos différends et reste peiné par l'échec des tractations commerciales concernant les procédés de teinture proposés par le comte. Pour ne point vous fâcher, je n'insisterai pas davantage, mais reste persuadé que ces découvertes sont remarquables.

« Un jeune Français, Hélie de Maisonvieille, vient d'arriver au Schleswig. Il s'intéresse aux teintures. Je lui demanderai de procéder à des essais sur échantillons afin de les rapporter au marquis de Mareuil qui désire ouvrir une manufacture dans ses terres champenoises. Votre appui lui sera nécessaire.

Mareuil est un des nôtres. Il connaît Saint-Germain en tant que maçon et rose-croix, n'ignore rien de ses voyages, de ses missions politiques en Russie, à Amsterdam, à Londres, à Paris et doit par conséquent entrevoir les secrets dont il est détenteur. Par amitié pour ce que représente Mareuil, je protégerai son émissaire et vous prie, le moment venu, de bien vouloir lui accorder conseils et amitié.

« Vous et moi nous sommes quittés sur une note d'interrogation. Je veux aujourd'hui vous redire la foi que j'ai en Saint-Germain, ce missionnaire envoyé par les Etres supérieurs qui dirigent l'humanité afin de tenter de modifier une société, la nôtre, qui allie injustices, violences et matérialisme, de jeter une base susceptible de renouveler nos idées et nos lois. Saint-Germain a essayé de peser sur les princes comme sur les privilégiés pour obtenir concessions et réformes. Comme beaucoup, je crains l'explosion de passions populaires. Sans réelle spiritualité, les injustices de ce monde semblent inacceptables. Ne jugez donc pas trop hâtivement ces Hautes Intelligences venues nous aider à réaliser l'avancement spirituel et moral de l'humanité, ne laissons pas leur semence être étouffée par le souffle des passions. Messager de la Loge blanche, vous savez combien Saint-Germain a employé ses forces au service d'autrui comme à barrer la route aux forces funestes qui nous menacent. Ecrivez-lui. Vos différends l'ont perturbé. Il est souffrant, les crises rhumatismales les plus aiguës se succèdent le laissant sans force. »

— Formules de politesse, conclut Charles de Hesse, j'ajouterai un mot. Prenez copie, je vous prie.

Le secrétaire essuya ses besicles avec un mouchoir.

Le débit rapide du prince levait des papillons sous ses yeux. Son cou et son poignet étaient raides mais il savait souffrir en silence.

— Le billet suivant sera à adresser au chevalier Hélie de Maisonvieille.

Un instant, le landgrave laissa sa pensée s'attarder sur Jean-Baptiste Willermoz. Son attitude quelques mois plus tôt l'avait froissé. Les échantillons de teinture venant de la manufacture de Saint-Germain étaient excellents. Ils avaient résisté mieux que tout autre procédé aux traitements par le jus de citron, le soleil et la lessive de soude. Willermoz se montrait trop orgueilleux. Pour le sage qu'il était, c'était une faiblesse.

Comme une pluie soudaine fouettait les carreaux, le prince songea à faire porter au comte la chaufferette de cuivre ciselé capitonnée de velours qu'il tenait de sa mère, princesse anglaise attachée à son confort. Mais son ami était assez fou pour la refuser. Si mystique se voulût-il, Charles de Hesse ne parvenait pas à suivre Saint-Germain sur le chemin du détachement. Sa curiosité inlassable sur les entités de l'au-delà et leurs connections spirituelles avec les humains l'avaient persuadé du peu d'importance des biens de ce monde, cependant son corps appréciait la douceur des belles étoffes, l'excellence d'un repas, le nectar d'un vin. Alchimiste et grand-maître de la loge de la Stricte Observance templière, membre de toutes les sociétés secrètes, assidu des réunions ésotériques, spirites, protecteurs des frères d'Asie où juifs et chrétiens se côtoyaient, le landgrave, profondément catholique, restait déçu de n'avoir su convaincre Saint-Germain de rejoindre le sein de l'Eglise. Mais son ami refusait toute affiliation, tout clergé, tout dogme, toute obéissance aveugle à un quelconque message divin. Gentiment mais fermement tancé, le comte ne se risquait plus à exercer de jugement sur le Christ et la Sainte Trinité, la virginité de Marie et autres articles d'une foi à laquelle le prince était attaché. « J'ai une philosophie, déclarait Saint-Germain, pas de religion. Ce que j'ai découvert vient de moi car je suis issu du Tout et destiné à y retourner. Tout est. Rien n'est. — Voilà bien l'enseignement de Jésus ! » rétorquait-il. Le Christ ne plaçait-il pas son idéal au-delà des misères des hommes, dans le rejet de tout attachement et la joie d'une mutation intérieure qui nous fait membre de la communion des saints ? « Le monde spirituel, affirmait Saint-Germain, dépasse non seulement le monde formel, mais aussi le monde de la pensée et par conséquence toute espèce de dogme ou de révélation. L'Univers est bien au-delà du raisonnement rationnel. »

La plume en l'air, le secrétaire attendait. Il avait l'habitude des longues rêveries d'un prince qui passait une bonne partie de son temps à laisser son esprit vagabonder dans les songeries les plus fumeuses. Et c'était pire encore lorsque son cousin Brunswick le visitait. Il n'y avait plus alors moyen de lui arracher une parole sensée. Tout en laissant son maître s'envoler jusqu'aux nuées philosophiques, le secrétaire pensait qu'il vivait une époque bien étrange, trop libre, frondeuse et permissive et au fond de lui-même il n'en attendait rien de bon.

« Je me ferai un plaisir, monsieur... »

La voix claire fit sursauter le copieur. En un instant, le landgrave pouvait passer des spéculations les plus nébuleuses aux affaires concrètes de son petit état.

Ravivant la douleur du poignet, la plume se remit à courir.

« ... de vous recevoir au palais. Je prends moi-même très à cœur les projets qui nous procurent le bonheur de vous avoir au Schleswig. Nous pourrons en parler en confiance. A long terme, je pense vous assurer l'amitié du comte de Saint-Germain. Il peut beaucoup pour vous et votre jeunesse, votre goût pour une science à laquelle il a consacré tant d'imagination et d'énergie au cours de son existence auront la faculté de lui procurer maints agréments.

« Demain la princesse donne un concert avant le souper. Votre présence nous charmerait. »

— Formules de politesse. Je signerai. M'écoutez-vous ?

Sans se hâter, le secrétaire secouait le flacon de poudre destiné à sécher l'encre.

— Un instant, monseigneur.

Le landgrave tira une montre de sa poche.

— Hâtons-nous, Molkte, je dois rejoindre l'ambassadeur d'Angleterre au salon d'honneur dans moins de cinq minutes.

Le secrétaire opina du chef. Il aurait fort bien pu rédiger seul le dernier billet mais le landgrave avait la faiblesse de vouloir se mêler de tout, de régenter jusqu'à la livrée que ses domestiques devaient porter, différente pour chacun de ses châteaux. La cour du Danemark avait un sens de la majesté qui faisait défaut aux princes allemands et, quoique philosophe dans le secret de son cœur, Hans Molkte y était sensible.

4

Hélie de Maisonvieille ne tenait plus en place. Après souper, le prince de Hesse lui avait confié en aparté qu'il userait de toute son influence pour l'introduire de nouveau auprès de Saint-Germain. Celui-ci semblait en bonne disposition envers le jeune Français. Ne s'en était-il pas confié au docteur Lossau, médecin privé de la famille princière qui venait chaque jour rendre visite au vieil ermite ? En hâte, Hélie avait relu les livres sur les teintures apportés de Paris. Il se sentait en mesure de faire preuve d'honorables connaissances dans la science des colorants végétaux et animaux. Une fois la confiance de son hôte acquise, il élargirait peu à peu les thèmes de leurs causeries pour lui arracher quelque confidence, trouverait le point faible qui l'amènerait à abaisser sa garde. Derrière le bienveillant patriarche, ce serait intéressant de découvrir l'aventurier sans scrupules, le prestidigitateur de génie, le joueur professionnel, le juif opiniâtre à s'emparer des esprits pour les mieux dominer, le voleur peut-être car d'où tenait-il peintures, bijoux et dentelles qu'il exhibait à Paris ? De sa voix feutrée, Mareuil lui avait esquissé un portrait terrifiant.

Comme un ver entre dans un fruit, l'homme s'était introduit jusqu'au plus haut niveau de la société. Il s'en était repu en prince et avait décampé en malfrat. Et ses frères juifs restaient dans son ombre, prêts à s'emparer des miettes du festin distribuées par ce démon, cet athée plein d'hypocrisie. Mareuil baissait encore la voix, sa pâleur prenait des reflets livides et le rouge qu'il mettait toujours selon la mode ancienne luisait comme des taches de sang. « Je suis libre penseur, avait-il poursuivi, mais ne tolère pas que l'on ridiculise nos traditions et notre foi. Les maçons qui entourent Saint-Germain sont des destructeurs, des utopistes malfaisants qui rêvent de renverser l'ordre social, de mêler les races, de déshonorer la monarchie et l'Eglise. » Soudain la voix s'était faite coupante : « Il faut le briser, monsieur. Son orgueil et le mépris qu'il oppose à ses ennemis, dont je suis, son apparente indifférence à la calomnie et aux railleries m'impatientent au plus haut point. Si vous me rapportez les preuves que cet homme est un gredin, je garantis votre avenir à Paris. »

Le patient refusant toute autre médecine que ses propres herbes, graines et racines dont personne n'avait pu percer le secret, les visites du docteur Lossau étaient plus amicales que professionnelles. Mais les deux hommes se comprenaient. Ils aimaient causer de vie spirituelle, de musique et des grands sages de l'Antiquité. Dès l'automne, désertant le jardinet qu'ombrageait une tonnelle, Saint-Germain le recevait au coin du feu.

Lossau parlait de Lully et le comte avait du mal à suivre son discours. Pourtant, depuis le jour anniversaire de ses dix ans où à Lisbonne son grand-père lui avait offert son premier stradivarius, ce compositeur, créateur de l'Ecole française de violon, l'avait toujours enthousiasmé.

— Je ne peux jouer d'aucun instrument de musique, mes mains ne m'obéissent plus, soupira-t-il.

Lossau contemplait vaguement les flammes.

— Vous n'avez plus besoin de vos mains, la mélodie est en vous, n'est-ce-pas ?

Saint-Germain ne répondit pas, son esprit était revenu sur Hélie de Maisonvieille. S'il voulait sonder le cœur de ce garçon, il faudrait qu'il dissimule la sympathie qu'il lui inspirait, être dur et exigeant. Sans doute le méritait-il. Il avait tout de suite décelé dans son regard une force d'âme qu'atténuait à peine la douceur de la voix. Les manières du monde n'étaient qu'un placage étranger à sa véritable nature. C'était un provincial sans doute, quelqu'un ayant connu la solitude, l'austérité d'une demeure dépourvue de fortune, la raideur d'une religion carcérale qui culpabilisait au lieu de dispenser la joie. Et il avait tourné le dos à cet environnement pour venir à Paris tenter sa chance. Comment avait-il pu tomber dans la toile de Mareuil ?

Maçon par goût de l'intrigue et de la domination, le marquis avait semé le doute et le désordre dans sa loge, distillant le poison de l'ironie et de la calomnie. Plus tard, son rôle auprès de Choiseul, puis de Necker, était resté obscur mais il le devinait maléfique. Il faudrait mettre en garde Hélie de Maisonvieille, le tirer de cette influence funeste. Mareuil, un philanthrope soudain intéressé par l'industrie textile ? C'était absurde ! En vieillissant, il avait perdu sa finesse.

Déplaçant ses reflets sur les lattes du parquet de pin blond, un rayon de soleil glissait enfin à travers la croisée. Saint-Germain étendit ses doigts, laissa un instant la chaleur les baigner. Il avait du mal à reprendre la plume aujourd'hui, à retrouver l'enfant laissé derrière lui à Lisbonne au tout début du siècle. C'était à cette époque, il avait alors onze ans, qu'il avait posé les premières questions sur sa mère...

— *Elle n'est plus. Je ne peux t'en dire davantage, mon cœur.*
Sans lever la tête, Sarah poursuivait ses travaux d'aiguille. Mais je la sentais troublée.
— *Est-elle morte lorsque je suis né ?*
J'entends encore ma nourrice murmurer :
— *Avant même que tu ne le sois.*
Je ne comprenais rien mais les adultes n'avaient-ils pas des secrets impossibles à percer ?
Je fêtais mes douze ans et commençais à devenir un petit homme. Désormais, je me promenais rarement avec ma nourrice, je n'avais plus l'âge à m'accrocher aux jupes d'une femme. Il m'arrivait de marcher seul jusqu'au port. Là, à portée de voile, le monde prolongeait mon pays, le rendait puissant et immense. Je rêvais d'accompagner mon père en Chine et aux Indes, mon oncle Paolo au Brésil. « Tes études terminées, ce sera à mon tour de t'enseigner le commerce, l'art d'acheter et de vendre, de choisir les bonnes marchandises », me promettait mon père. Je ne lui connaissais aucune relation féminine. Il était beau pourtant, un regard de feu, un visage aux traits réguliers, une bouche large et sensuelle. Rarement je le voyais rire ou sourire. Il semblait attaché à quelque chose ou à quelqu'un qui le retenait dans le passé. Mon oncle Paolo, quant à lui, était la gaieté même. Sa guitare en bandoulière, il me rejoignait le soir au jardin pour chanter des ritournelles dont les mots d'amour m'embarrassaient un peu. Il avait perdu une

épouse, morte en couches avec son enfant et ne s'était jamais remarié. Mais on lui prêtait de bonnes fortunes.

Embaumées par le jasmin d'Espagne et les myrtes, les nuits d'été étaient exquises. Nous organisions des jeux en famille, tranchées, poule aveugle, qui faisaient rire Sarah jusqu'à en étouffer. Mon oncle avait rapporté d'un voyage au Brésil un couple de perroquets que j'avais nommés Ester et Assuérus. A force de temps et de persévérance, j'avais réussi à leur apprendre quelques mots. Assuérus criait : « Dieu le Très-Haut soit loué. » Et Ester répondait : « Amen, amen », ce qui scandalisait Sarah.

La santé du roi Pierre déclinait. Nous n'avions pas trop à nous plaindre d'un souverain qui, après avoir obtenu l'indépendance du Portugal, encourageait la tolérance. Mais avoir pour monarque son fils Jean nous alarmait. Catholique jusqu'au fanatisme, ce jeune prince, — il n'avait que quatre années de plus que moi —, s'entourait de prêtres, de moines pèlerins, de toute une clique qui nous haïssait. Pressé par Paolo d'acheter une maison au Brésil, mon grand-père s'obstinait à refuser. Beaucoup de riches commerçants juifs commençaient cependant à prendre le chemin de l'exil et la prospérité de Lisbonne s'en ressentait.

A l'approche de mes treize ans, je demandai à mon grand-père de faire ma bar-mitzva. Je me sentais prêt à prendre cet engagement solennel dans ma foi. Le fait que je n'avais point d'amis rendait plus vague la notion d'âge approprié pour cette célébration mais au fil de mes lectures ou de mes conversations avec Sarah, j'avais acquis la certitude que le temps était advenu pour moi de me rendre à la synagogue avec mon grand-père, mon oncle et mon père, afin de lire devant eux les prières rituelles et de recevoir leur bénédiction.

A ma complète stupéfaction, mon grand-père me

refusa ce bonheur. A mots embrouillés, il m'expliqua que je devais étudier encore, progresser dans une foi intérieure, beaucoup plus agréable à Dieu que toute manifestation publique. Enfin, voyant que ma déception était grande, il me convoqua un matin dans son cabinet de travail, me fit asseoir en face de lui et prit mes mains entre les siennes. Je les sentais trembler et fus saisi de crainte qu'il n'ait à m'annoncer une mauvaise nouvelle. Mais d'une voix douce il se mit à m'entretenir de la volonté de Dieu concernant ma vie et du fait que je devais m'y plier avec humilité et amour.

— Comment connaissez-vous la volonté de Dieu, demandai-je, et qu'elle est-elle ?

Il me regardait avec une bonté que je pris pour de la pitié, ce qui ajouta à mon malaise.

— Sans l'amour de Dieu, mon enfant, rites, hiérarchies et doctrines retomberaient instantanément en poussière. Cet amour n'a nul besoin d'être proclamé si tu le ressens profondément dans ton cœur. Dieu t'a créé pour que tu Le découvres, L'aimes et Le rejoignes seul. Tu en as la force.

Comme je restais silencieux, mon grand-père me lâcha les mains et poursuivit :

— Dieu ne demande jamais plus à l'homme que ce qu'il a la force d'accomplir. Même solitaire, tu as la vie devant toi, des liens à nouer, des causes à soutenir, des vérités à découvrir, un idéal, celui que je t'ai enseigné, à nourrir et à défendre. Pourquoi te désoler quand tu devrais te réjouir ?

Soudain sa voix s'affermit, il se redressa sur son siège.

— Mais j'ai pris une décision en ce qui te concerne. Comme je te refuse la bar-mitzva, cérémonie offerte somme toute au plus savant comme au plus sot, je vais moi-même t'ouvrir le véritable univers de notre pensée

religieuse, celui-là réservé aux sages et aux assoiffés du savoir. Tu en possèdes quelques lueurs déjà, mais je veux répandre sur toi une source de lumière intarissable. A partir d'aujourd'hui, tu viendras chaque matin me rejoindre au lever du soleil dans mon cabinet de travail où bien peu, comme tu le sais, ont le droit de pénétrer. C'est là que j'étudie depuis cinquante années la Kabbale, c'est là que je te l'enseignerai.

Ma joie revint. J'allais être un voyageur en route vers la Connaissance !

Tout d'abord mon aïeul me fit apprendre par cœur ce qui, tout au long de ma vie, resterait mon bâton de pèlerin.

*Quand je montais dans le premier palais, j'étais pieux
Dans le second palais j'étais pur
Dans le troisième sincère
Dans le quatrième j'étais en union avec Dieu
Dans le cinquième je faisais preuve de sainteté devant Dieu
Dans le sixième je lisais la prière de sanctification
devant Lui dont la Parole a créé le monde
Dans le septième je me dressais de toutes mes forces, tremblant de tous mes membres, ne pouvant que prononcer « Gloire à Toi le Très Haut ».*

Je compris que plus je progresserais, plus je me sentirais humble et fragile.

Petit à petit, je devins familier avec les analogies entre chiffres et lettres, avide de décrypter leur secret. Je découvris les œuvres du rabbi Ezra Ben Salomon pour qui la souffrance était inséparable de l'amour, puis abordai Maïmonide et appris que l'immortalité était en relation étroite avec le niveau spirituel de chacun. Celui qui n'avait jamais réfléchi, ne s'était préoccupé comme la bête que de dormir, boire, manger, se reproduire et se divertir ne pouvait espérer trouver après sa mort la Connaissance et la Sagesse. Seuls les philosophes, les contemplatifs, les savants garderaient le bagage spirituel amassé durant leur vie terrestre. On restait dans l'au-delà ce que l'on avait été sur terre.

Tout ce que j'allais pouvoir approfondir plus tard fut alors gravé en moi : que l'univers, la matière, le règne végétal et animal n'étaient autres que le reflet à différents niveaux des émanations divines, que l'intelligence humaine, et c'était là sa grandeur, pouvait remonter d'une réalité apparente à la cause première en s'échappant des notions trompeuses du temps et de l'espace. Mais pareille découverte ne pouvait se faire qu'en gravissant avec difficulté des paliers menant vers d'autres connaissances comme ces poupées de bois peint imbriquées les unes dans les autres.

J'appris à méditer, à me concentrer sur un objet, puis sur une représentation mentale concrète, enfin sur une abstraction. Isaac Luria m'enseigna beaucoup, son mysticisme allait droit à mon intelligence. Pour voir, il fallait perdre la vue, pour atteindre la Vérité il fallait accepter de ne pouvoir passer la frontière de l'Infranchissable. Chaque jour m'apportait une découverte. Puis nous parlions, mon grand-père et moi, du sens de la vie, de l'aspect trompeur de ce qui nous attachait si fort au monde, de la mort. Le grand âge venant, mon aïeul y songeait souvent mais sans terreur, avec la sérénité de celui qui sait que son destin dans l'au-delà est déjà scellé.

— Lorsqu'un homme ici-bas, me disait-il, n'a pas accompli ses obligations envers Dieu et son prochain, il lui faudra après avoir reçu son châtiment par les tourments d'un enfer temporaire se réincarner dans le corps d'un nouveau-né ou même dans le corps d'un animal,

voire dans une fleur, dans un arbre, ou dans une pierre selon la gravité des fautes commises au cours de sa précédente existence.

— Et s'il meurt en juste, grand-père ?

— Il se fond dans l'Harmonie suprême, la Lumière qui ne s'éteint jamais, la Paix que nul ne peut troubler. Il n'a alors plus rien à faire de notre pauvre monde.

J'interrogeai :

— Y a-t-il beaucoup de justes ?

— Combien d'hommes ont-ils le cœur et l'esprit prêts à accéder à la Vérité ? Le monde, mon enfant, est soutenu par trente-six justes qui intercèdent pour lui, ce sont des juifs et des non-juifs, inconnus de tous et parfois inconscients de leur propre mission. Mais ils assurent à chaque génération la pérennité du monde...

Saint-Germain posa son visage entre ses mains. La plume était tombée sur la table et une rigole d'encre noire pénétrait dans les rainures du bois de chêne. Une émotion intense l'oppressait. Jamais il n'avait repensé à cette phrase prononcée par son grand-père dans l'obscurité et le silence de ce qu'il appelait son cabinet de méditation. Juste, il avait tenté de l'être au cours d'une existence dédiée tout entière à ses frères humains. Mais quel héritage laisserait-il derrière lui ? Cet ouvrage certes écrit depuis quelques mois et qu'il gardait dans le coffret en bois d'ébène rapporté du Tibet, son testament mystique. Mais il n'avait pas d'héritier à qui le remettre, un fils qui ensuite le confierait à son propre fils... La chasteté était un devoir pour le juste et il l'avait été sans défaillance depuis son premier retour d'Asie.

Le vieil homme s'appliqua à respirer d'une

manière calme, à faire le vide en lui pour reprendre sa sérénité mais le mot « fils » restait présent dans son esprit, lancinant comme ces comptines que les enfants répètent inlassablement et soudain s'imposa à lui le visage d'Hélie de Maisonvieille.

5

« Trois heures de l'après-midi », avait précisé le billet du prince. Il était tôt quand le comte de Saint-Germain s'installa à sa table de travail. C'était l'heure consacrée habituellement à la méditation, mais le temps pressait aujourd'hui. Avant l'arrivée de ses visiteurs, il voulait achever le chapitre commencé la veille.

Tang avait déposé un bol de tisane, un pain aux douze graines, son petit déjeuner, mais il n'y avait pas touché. L'air était vif, piquant, et les premières lueurs de l'aube se drapaient de lourds nuages gris chassés par le vent d'est.

A Lisbonne, septembre était doré, doux, joyeux. Mon père était de retour d'un voyage en Orient plus long que les autres. Il allait avoir quarante ans, des plis marquaient maintenant son beau visage. Autrefois voluptueuse, la bouche s'abaissait aux commissures des lèvres. Mais il restait mince, alerte, d'une élégance austère, portant perruque, chemise et cravate, toutes importées d'Angleterre. Mon oncle Paolo vivait désormais la plus grande partie de l'année au Brésil où nous le soupçonnions d'avoir une belle amie. De Rio, de Salvador, de

Belem, il avait rapporté des pierres précieuses en quantité, la plupart pour en faire commerce mais il en conservait certaines parmi les plus belles qu'il me destinait, disait-il, en héritage. Dans l'incertitude que le nouveau roi jetait sur la communauté juive, ce serait mon viatique.

J'avais déjà seize ans. Mon grand-père me laissait désormais seul étendre le champ de mes connaissances. Je m'y donnais avec la même passion que j'éprouvais pour la musique. De taille médiocre comme mon père, j'avais ses yeux, son teint mat, ses dents régulières avec une finesse de traits plus aristocratique, une bouche aux lèvres plus fines. Les jeunes filles que je croisais dans la rue escortées de leurs nourrices me jetaient sous leurs mantilles des regards troublants. Vivant dans une maison sans femmes de qualité, je ne savais comment me comporter en face d'elles.

Peu après Kippour que l'on avait célébré en octobre, mon père me tendit un carton, où des armes étaient reproduites en rechampi d'or. Les Da Silva, de riches chrétiens en relation d'affaires avec ma famille, nous priaient à une soirée dans leur hôtel du vieux Lisbonne, près du Tage, une aristocratique demeure rachetée à des nobles espagnols qui avaient dû quitter le pays. Leur train de vie, les airs de distinction qu'ils affichaient, leurs ambitions mondaines, leur catholicisme fervent étaient en complète antinomie avec nos mœurs et notre foi, mais mon oncle venait de conclure une alliance avec eux sur le convoiement de nos marchandises entre Pernambouc et Lisbonne. Unis, les vaisseaux formeraient une flottille moins exposée aux éventuelles attaques d'un pays ennemi que des navires isolés. Tout à mes études, je ne m'intéressais que de loin aux affaires familiales, mais savais que dans les galions et caraques de mon oncle, outre les diamants et pierres précieuses, s'entassaient cuirs tannés, bois d'ébénisterie, fanons de baleine, sucre, café et tabac et n'ignorais pas que ces richesses tentaient autant les pirates en marge des lois que ceux dûment protégés par leurs gouvernements.

En vue de cette invitation, je dus me faire faire des habits de cérémonie. Lorsque je me contemplai enfin dans un miroir, je fus étonné du plaisir que je ressentais à me voir ainsi paré. Je me trouvais superbe. Mon père avait choisi pour moi des culottes de soie noire, un long gilet jaune paille tout rebrodé de fleurs que je portais sous une veste de taffetas lilas et une chemise de fil ourlée de dentelles d'Angleterre. Longtemps il me regarda songeur avant de déclarer : « Tu me ressembles, mon fils. A ton âge, j'avais le goût de la toilette, des bijoux et des bals. » Je ne pus maîtriser mon étonnement. Jamais je n'avais vu mon père autrement qu'en vêtements gris, bruns ou noirs, ignorant le monde. L'imaginer en jeune homme séduisant, portant dentelles et diamants, me semblait impossible. Quel événement terrible l'avait si complètement changé ? La mort de ma mère ? Mais il ne conservait d'elle aucun portrait, la maison ne gardait nulle trace de son passage, pas un souvenir, pas un objet personnel. J'avais l'impression, comme disaient les chrétiens, d'être né par l'opération du Saint-Esprit. Je n'osais l'interroger. Si le pressentiment d'un secret que l'on me cachait commençait à pénétrer profondément en moi, je ne pouvais rien tenter pour l'éclaircir. Mon oncle Paolo me tournait en dérision lorsque j'essayais de le sonder et il était inutile de songer à mon grand père.

Aux côtés de mon oncle resplendissant dans ses habits de soie incarnate et jaune aztèque, je pénétrais avec timidité chez les Da Silva. Je le trouvais un peu voyant mais les boutons de diamant qui ornaient son gilet m'impressionnaient. Des musiciens donnaient la sérénade dans le jardin où notre hôtesse, une forte femme vêtue somptueusement et couverte des pierreries arrachées à la terre brésilienne, nous entraîna. Sous les ramures des peupliers d'Italie qui déjà se séparaient de leurs feuilles et le berceau des ifs taillés où grimpaient des résédas, des esclaves africains vêtus de velours chamarré d'or ou de soie de Damas passaient des gobelets de vin, de sirop d'orgeat, des douceurs et du tabac, tandis que des laquais portugais éclairaient aux flambeaux la table du buffet dressée près de la fontaine où s'amoncelaient fruits et pâtisseries, craquelins, œufs confits, blanc-manger et soupirs-de-nonnes dans une luxuriance inextricable de géraniums, d'œillets et de fleurs de la Trinité.

Tout me ravit dans cette réception. J'oubliai pour quelques heures mes études austères, les préoccupations familiales, des habitudes que la régularité de ma vie m'avaient fait accumuler en dépit de ma jeunesse.

Après les sérénades, un ecclésiastique joua du clavecin si magnifiquement que les larmes me montèrent aux yeux. Les duègnes somnolaient sur leurs rudes chaises recouvertes de cuir. Dans les coins obscurs du jardin, jeunes gens et jeunes filles échangeaient des signes, soupiraient, se frôlaient des lèvres et des doigts. Puis commencèrent les danses, pavanes et menuets ; dans l'ignorance de cet art, je me tenais à l'écart quand surgit mon oncle, tenant par la main une très jeune fille.

— Cette demoiselle s'est enquise de toi. J'ai pris la liberté de vous réunir afin que vous puissiez causer et peut-être danser.

Elle rougit et j'en voulus à mon oncle de cette spontanéité familière qui d'habitude m'enchantait. Mais il s'écarta avant que je puisse lui adresser un regard de reproche.

— Je m'appelle Camilla.

Elle me tendit une main gantée de dentelle que je gardai un instant dans la mienne, ne sachant si je devais y poser mes lèvres ou simplement l'effleurer. Tout m'effrayait. Camilla était belle.

Après ces innombrables années où j'ai vécu sans amours charnelles, je ressens encore au contact de certaines femmes beaucoup d'émotion. Le pouvoir du rêve reste intact en moi alors que j'en sais les leurres, comme si je ressentais encore le besoin des illusions qu'entretiennent la plupart des hommes.

Je revois les traits fins de cette jeune fille, ses yeux immenses, son regard gai et lointain, sa bouche charnue. Quoiqu'elle m'intimidât beaucoup, quelque chose en elle me semblait familier. J'étais sûr cependant de ne l'avoir jamais rencontrée. Soudain Camilla glissa sa main sous mon bras.

— Voulez-vous que nous fassions quelques pas ensemble ? me proposa-t-elle.

Sa voix était un peu voilée, sensuelle, j'avais le sentiment d'avoir les joues en feu et de me comporter en nigaud. Je balbutiai quelques banalités.

— Nous nous sommes bien connus autrefois, assura-t-elle.

Cette jeune fille avait-elle perdu la raison ? Sottement, je niai.

Nous nous assîmes sur un banc de pierre rose. Au loin nous parvenaient les accords des musiciens, quelques rires, des voix un peu hautes de femmes, le cri strident d'un perroquet domestique, à moins que ce ne fût celui d'un de ces petits singes dressés que quelques jeunes gens portaient sur leur épaule comme c'était alors à la mode. Dans l'air flottait un léger arôme de bergamote que couvrait selon le caprice du vent la fragrance forte des huiles parfumées qui imprégnaient les vêtements des danseurs. La dentelle du col de Camilla frôlait son cou et les bouclettes brunes s'échappant de la coiffure. L'impétuosité de mes seize ans me poussait vers cette chair nacrée.

J'avais une envie folle d'y poser un baiser mais me tenais en potiche sur le banc incapable d'oser un geste.

— Mon père fait du commerce avec les Indes, m'expliqua Camilla de sa belle voix sourde. Je suis née à Goa et j'ai été élevée par une indigène. Je vous confie cela pour vous paraître moins étrange.

Une femme au visage caché derrière un éventail nous frôla. Dans la perspective de l'allée qu'un buisson de roses recouvrait comme un toit, un nain vêtu de violine faisait des cabrioles pour tenter de divertir deux austères ecclésiastiques.

Tout dans ma situation insolite, ce décor extravagant et somptueux si éloigné de mes habitudes de vie, me troublait. Mais le malaise que j'avais tout d'abord ressenti au contact de Camilla s'était dissipé. Je me sentai assez confiant pour déclarer :

— Je suis juif, le savez-vous ?

Depuis l'enfance, j'avais pris l'habitude de devancer mes interlocuteurs afin de m'éviter toute situation désagréable. J'aurais eu horreur d'être accepté par malentendu et préférais un rejet immédiat à tout faux-semblant.

— Je sais. Et parce que vous êtes juif, vous allez me comprendre. Il y a dans votre religion une curiosité, un désir d'échapper aux apparences, aux lois physiques de la nature pour atteindre le Grand Secret qui n'existe guère dans le christianisme trop sûr de lui, trop dogmatique.

Je me redressai. Le Grand Secret était mon univers, le mystère que mes études cabalistiques me laissaient entrevoir.

— Pourquoi vous intéressez-vous à moi ?

Elle eut un sourire charmant.

— Quitte à me répéter, je sais que nous sommes de vieilles connaissances.

Je m'exclamai :

— J'ai seize ans, mademoiselle, et vous guère plus de quinze. Si nous nous étions déjà rencontrés, cela n'aurait pu avoir lieu que dans un passé fort récent et je m'en souviendrais.

— Nous ne nous sommes pas connus au Portugal, mais en Italie, à Assise. Vous étiez alors le fils d'un riche marchand, tout comme à présent.

Si j'avais eu ne serait-ce que cinq années de plus, j'aurais ri d'une telle folie, mais à seize ans l'ironie n'a pas encore étouffé la puissance du cœur et de l'imagination. Passionnément je l'écoutais.

Cette rencontre avec Camilla que je ne revis plus me marqua. Nous parlâmes jusqu'à une heure proche de l'aube, où mon oncle vint me rechercher. Les danseurs montraient des visages blêmes que la fatigue figeait. Les nains sommeillaient sous des bancs contre des carlins que les esclaves noirs avaient oubliés. Attachés dans la cour, chevaux et mules hennissaient, impatients de repartir. Au loin une voix de femme qui s'éveillait chantait une modinha.

Camilla, de sa voix posée, troublante, m'avait parlé de vies successives, d'un destin très long auquel nul ne peut se soustraire mais qui permet enfin à l'âme des hommes d'échapper à la matière pour découvrir le Grand Secret, la liberté. Chacun de nos gestes, de nos actes, chacune de nos paroles, me dit-elle, entraînaient des conséquences inscrites dans le Livre de la Mémoire de Dieu. La mort n'était que le passage vers une sorte de temps figé entre aller et retour. Les disciples de Bouddha, mais aussi les cathares et les rose-croix, leurs héritiers, savaient cela. On avait effacé des passages secrets de la Bible parce que certaine reine d'Orient qui avait du sang sur les mains haïssait l'idée de réincarnation.

Mais personne, m'expliqua-t-elle, ne peut échapper à ses propres responsabilités.

Enfin, alors que le ciel rosissait, elle m'avait déclaré :

— Les Guides aident ceux qui cheminent dans l'ombre. Vous serez l'un d'eux.

J'étais abasourdi et soudain j'eus peur que cette longue et poignante conversation ne fût insensée. Mais mon grand-père ne me parlait-il pas des justes qui permettent au monde de poursuivre sa marche en avant ? Et si ces justes étaient, comme le disait Camilla, des âmes vivant sur notre terre leur dernière existence ? J'aurais voulu pouvoir y croire. Camilla me parlait de la non-existence de toute réalité, je pensais au contraire que tout effort du sage doit se porter sur la découverte de la réalité. Elle affirmait un Tout, je croyais en Dieu. Mais nous nous étions rencontrés sur la certitude que la survie était en étroite dépendance avec le niveau spirituel de chacun.

— Etudiez encore, me conseilla-t-elle, et réfléchissez. Pour moi, je vais retourner à Goa car c'est là que je dois vivre.

Nous nous quittâmes lorsque j'aperçus la silhouette de mon oncle. Il semblait brisé de fatigue.

— Qui est cette jeune fille ? interrogeai-je sur le chemin du retour.

— La fille d'un marchand de Goa maintenant établi à Porto, qui négocie des épices à Macassar et Bornéo. Elle est belle, n'est-ce pas ?

— Très, murmurai-je. Et étrange aussi.

Mon oncle referma les yeux et se cala sur la banquette capitonnée de velours grenat frangé d'or du grand carrosse familial.

— On la dit un peu folle. Elle a eu une éducation très relâchée en Inde. La mère, une dévote, délaissait son enfant pour la compagnie des capucins.

— *Elle veut repartir à Goa,* affirmais-je.

Le silence qui suivit me fit craindre que mon oncle ne se fût endormi.

— *Je ne crois pas qu'elle reverra l'Orient,* murmura-t-il enfin. *Le père qui s'inquiète fort de l'exaltation de sa fille va la faire enfermer dans un couvent.*

6

— Ménagez-le, recommanda le prince, sa santé est très ébranlée. Une courte visite d'abord, avant des entrevues un peu plus longues où vous pourrez causer à votre aise de ce qui vous préoccupe. Puisque vous êtes savant en teinturerie, vous connaissez Willermoz, n'est-ce pas ?

Hélie de Maisonvieille, qui se laisait bercer par le mouvement du carrosse, sursauta. Jamais il n'avait entendu parler de cet homme.

— Sans doute, monseigneur. Est-il de vos amis ?

— Avec mon cousin Brunswick et Saint-Germain, il est un des êtres les plus proches de moi dans ce monde. C'est un philosophe, un Grand Maître et un chimiste remarquable.

Le jeune homme décida de garder le silence. Manifestement le landgrave allait prolonger des confidences qui l'instruiraient fort utilement. Toute carte était bonne à prendre dans le jeu serré qu'il allait commencer.

— Un jour ou l'autre, continua le prince, songeur, il devra renouer des liens avec notre ami. Des frères maçons ne doivent pas se raidir dans une querelle fondée sur un simple malentendu. Les procédés de teinture de Saint-Germain sont fameux. Je n'ai jamais douté un seul instant de leur supériorité.

— Et pourquoi M. Willermoz les a-t-il écartés ?

— A la suite d'un jugement trop superficiel mais je lui ai écrit dans ce sens et j'attends une réponse. Quoi qu'il en soit, le marquis de Mareuil peut accorder sa pleine confiance à Saint-Germain. Vous n'aurez nulle difficulté à le convaincre après votre séjour au Schleswig. Mais nous voici arrivés.

Tang ouvrit la porte et s'inclina en un salut oriental que nul n'avait réussi à transformer en marque plus usuelle de déférence. Hélie retrouva le vieux serviteur, la calme demeure avec une émotion qui le déconcertait.

— Parlez bas, souffla le landgrave, le comte déteste tout ce qui heurte et peut troubler sa paix.

Saint-Germain réprima l'élan qui le poussait vers Hélie de Maisonvieille. Il devait se tenir aux résolutions qu'il avait prises. Observer, découvrir ce jeune homme, voir s'il répondait à ce qu'il en attendait. Soixante-dix années plus tôt, à Lhassa, son maître avait eu cette attitude envers lui.

— Mon cher ami, scanda le landgrave, vous avez déjà rencontré M. de Maisonvieille. Il a sollicité mon appui pour que je le ramène à vous, ce que je fais bien volontiers. Vos goûts communs pour les procédés de teinture devraient vous rapprocher.

Hélie tendit une main que Saint-Germain prit entre les siennes. Il était dans la place. C'était une première victoire.

Le prince s'était retiré à la tombée de la nuit. En face l'un de l'autre dans des fauteuils qu'aucun coussin de plumes ne capitonnait, Denis de Saint-Germain et Hélie de Maisonvieille s'épiaient. Ils avaient évoqué les projets du marquis de Mareuil mais, aux questions précises du comte, le jeune homme n'avait répondu qu'approximativement.

« Pourquoi Mareuil me l'a-t-il dépêché ? » songea tristement Saint-Germain. Il était las. Il allait se lever pour signifier à son hôte la fin de leur entretien, mais quelque chose l'arrêta. Au cœur même de sa tricherie, le jeune homme gardait intacte sa lumière.

— Pourquoi êtes-vous venu chez moi ? interrogea-t-il, et pour le compte de qui ?

Hélie de Maisonville se figea. Rien ne se passait comme il l'avait prévu.

— Que voulez-vous dire ?

— Ne persistez pas à vouloir m'abuser, car je sais lire dans les cœurs... J'ai pour vous une inclination que je ne domine pas, comme si notre rencontre était prévue depuis longtemps et que je ne puisse m'y dérober. Rentrez chez vous et réfléchissez à ce que vous voulez obtenir de moi. Quittez alors le Schleswig ou revenez les mains libres.

Hélie restait pétrifié. Le sentiment d'humiliation qui aurait dû le pousser à haïr son hôte davantage ne laissait en lui que confusion.

Le vin qu'on avait versé dans un pichet d'étain était acide, rafraîchissant. Seul dans sa chambre d'hôtel, le jeune homme en avala une longue gorgée. Dans son esprit, l'image de Mareuil et celle de Saint-Germain se superposaient comme l'envers et l'endroit de ces statues païennes montrant deux faces antinomiques. A peine toucha-t-il à son dîner, poisson fumé, terrines de gibier, pommes de terre accommodées à la crème et gâteau aux pommes dont l'aspect seul rassasiait. Il était venu au Schleswig en fanfaron et, dès la seconde entrevue, se faisait confondre comme un laquais surpris la main dans la bourse de son maître. Rageusement, Hélie alluma une pipe et l'arôme du tabac de Maryland lui apporta un peu de réconfort. Allait-il se désespérer parce qu'il avait lancé un défi qui tournait mal ? Mareuil avait pris l'affaire trop au sérieux, mettant dans ses instructions une rage froide, une méchanceté qui l'avaient heurté en dépit de leur alliance. En fait le marquis s'était servi de son innocence pour le pousser sur un terrain périlleux.

Une servante joufflue vint ôter la table volante où le copieux repas avait été disposé. Maisonvieille songea au landgrave. S'il apprenait sa fourberie, le ferait-il chasser de ses Etats ?

Pour la première fois, le jeune homme constata qu'il n'avait nulle envie de quitter Eckernförde. Il allait écrire à son oncle. Le vieux bonhomme n'attachait sans doute pas plus d'importance qu'il n'en avait à ce pari étourdi et par ailleurs jalousait Mareuil. Sa déconvenue pourrait même le satisfaire. Sans plus hésiter, Hélie prit une feuille de papier, saisit une plume :

« Mon très cher oncle,
« Me voici arrivé, grâce à Dieu, sain et sauf au Schleswig. J'y ai trouvé une population laborieuse et gaie en dépit d'un ciel maussade. Monseigneur le landgrave m'a accueilli avec bonté et mis en présence de tout ce que la société d'Eckernförde compte de distingué. J'ai pu rencontrer à deux reprises le comte de Saint-Germain. Là où l'entourage de M. de Mareuil me montrait un fripon infatué de lui-même, un imposteur et un dépravé, j'ai découvert un vieillard vivant fort modestement, peu loquace et à vrai dire sans grand intérêt. Je me trompe peut-être

et voudrais m'en assurer plus avant. Mais je ne crois pas pouvoir arracher à cet homme un masque qui selon toute vraisemblance n'existe que dans l'imagination des autres et en particulier dans celle du marquis. Je désire rester quelque temps encore au Schleswig. Voyager, découvrir, me frotter aux autres est une expérience que vous m'avez toujours très fermement conscillée. Je suivrai donc, mon cher oncle, cette voie.

« Votre affectionné

« Hélie de Maisonvieille. »

— Va te coucher, Tang, j'ai encore à faire et saurai très bien me mettre seul au lit.

Saint-Germain s'installa difficilement devant sa table de travail. La chandelle fumait répandant une faible lumière.

Le désarroi d'Hélie de Maisonvieille l'avait touché plus que l'assurance affichée lors de leur première entrevue.

Le billet qu'il se proposait d'écrire partirait dès le lendemain matin : « Revenez. C'est moi qui vous le demande aujourd'hui. Je vous attends aussitôt que possible. L'heure des faux-semblants est passée. »

7

Saint-Germain ouvrit grande la fenêtre qui donnait sur le jardin. Une fois de plus, il ressentait l'impression pénible d'étouffer comme si l'univers où il devait vivre encore quelque temps se contractait. Depuis le jour où il avait quitté son monastère pour rejoindre le monde, cette angoisse lui était familière.

— L'air est humide, pourquoi vous exposer ainsi ?

Tang intervenait lorsqu'il jugeait que son maître se conduisait en enfant. L'oubliait-il un seul instant ?

— Que puis-je espérer, en entourant de soins ma pauvre carcasse ? Crois-tu que l'homme puisse s'opposer à la fatalité ?

De voir hommes et femmes affairés à leur santé l'étonnait. Au lieu de s'occuper de leur âme immortelle, ils dorlotaient une mécanique n'ayant d'autre avenir que de se disloquer et d'être réduite en poudre.

— Non, maître, mais tout excès de souffrance est inutile.

— Tu as là des idées chrétiennes, plaisanta le comte.

Sous ses fenêtres, une poissonnière proposait sa

marchandise d'une voix gutturale. Le jour était gris, opaque. Allait-on voir tomber les premières neiges ?

Peu après ma conversation avec Camilla survenue comme une prémonition, ma vie se trouva du jour au lendemain brisée. C'était une soirée comme les autres. J'avais étudié le matin et poussé, l'après-midi, ma promenade jusqu'au port dont le pittoresque me divertissait. Les matelots s'interpellaient, se bousculaient, les portefaix peinaient sous les ballots de coton, les caisses pleines d'épices embaumaient. Des femmes vendaient à grandes vociférations de l'eau parfumée au citron, proposaient des douceurs. On déchargeait des cages où perroquets et singes poussaient des cris stridents. Je me mêlai à la foule, observant sloops et caraques, ces navires ventrus qui avaient sillonné l'océan Atlantique ou la mer de Chine. Ce jour-là, un armateur houspillait son capitaine pour une faute que j'ignorais, mais qui semblait l'irriter fort. Je musardai d'un groupe à l'autre, achetai une orange, m'amusai des grimaces d'un ouistiti, répondais aux nombreux saluts. Tout le monde me connaissait sur le port de Lisbonne où les bateaux de mon grand-père étaient amarrés.

Comme l'angélus du soir sonnait, je résolus de rentrer. Dès le pas de la porte, le silence qui régnait dans notre maison me surprit. Il semblait qu'un maléfice y eût arrêté toute vie : nul tintement de casseroles ou de verres ne montait de la cuisine, aucun pas de valet ne résonnait dans les couloirs, pas une femme de charge ne chantait. Soudain l'angoisse d'un deuil m'étreignit. Grand-père ? Je l'avais pourtant quitté le matin frais et dispos, en train d'étudier dans son cabinet de travail. Mais il avait plus de soixante années et, à cet âge, qui me semblait alors antique, la mort pouvait frapper à l'improviste. Alarmé, je grimpai à grandes enjambées l'escalier et m'arrêtai net devant sa silhouette menue appuyée sur une canne.

— Nous t'attendions, m'annonça-t-il d'une voix dont le ton trop solennel ajouta à ma frayeur.

Je le suivis dans son cabinet où mon père se trouvait déjà, le visage désolé. Il y faisait bon. Quelques mouches bourdonnaient le long des croisées qu'un beau soleil traversait.

Allait-on m'accuser d'une faute dont je n'avais pas conscience ? Mais, quoique préoccupé, le regard de mon grand-père ne manifestait nulle sévérité.

— Nous avons reçu une lettre qui te concerne, murmura-t-il enfin. Ce qu'elle nous apprend est difficile à énoncer.

— Je parlerai donc.

La véhémence du ton de mon père me frappa de stupeur.

— Ta mère se meurt, et désire te voir.

La franchise brutale des mots qu'il avait jetés n'éveillait aucune pensée dans mon esprit. Enfin je balbutiai :

— Ma mère ?

— Ta mère est fille d'une grande famille d'Espagne. Dans l'impossibilité de t'élever elle-même, elle t'a confié à moi, ton père.

Je ne comprenais rien. Mon grand-père dut saisir l'étendue de mon désarroi, car il vint vers moi et me prit affectueusement la main.

— Nous allons te dire cette histoire. Tu nous écouteras d'abord sans poser de questions puis nous serons prêts, ton père et moi, à te répondre sans rien cacher.

Je n'eus pas conscience de m'asseoir et pourtant me retrouvai installé dans le fauteuil de mon grand-père que de ma vie je n'avais osé occuper.

Sans montrer d'émotions ni me rendre de comptes,

grand-père raconta les circonstances de mon arrivée dans la vie. Je l'écoutai, stupéfait.

« A cette époque, m'exposa-t-il, nous avions encore un comptoir de joaillerie, métier qui fut celui de nos ancêtres, et jouissions dans Bragance, où nous vivions, d'une excellente réputation. Un jour, nous reçûmes, ton père et moi, la visite d'un grand d'Espagne venu choisir des bijoux destinés à garnir la corbeille de la femme qu'il allait épouser en secondes noces. Il était accompagné de sa fille unique, Eugenia, née de son premier lit. »

Mon père qui jusqu'alors était resté figé sur sa chaise interrompit mon aïeul, liberté extraordinaire que jamais il n'avait prise.

« Eugenia avait dix-sept ans, moi dix-neuf. Il se passa entre nous ce que les romans appellent l'amour ou la passion. »

Il regardait droit devant lui, non plus au milieu de nous dans cet austère cabinet de travail, mais devant une jeune fille dont le souvenir le bouleversait encore.

« Elle était très belle, continua-t-il, audacieuse, indomptable. Le danger de nos rencontres les rendait, à ses yeux comme aux miens, sublimes. Que pouvions-nous espérer ? Nous marier ? C'était impossible. Fuir ensemble ? Pour où et de quoi aurions-nous subsisté ? Nous ne pouvions que vivre cet amour au jour le jour dans la folie de son interdit qui en doublait encore la saveur.

« Mais le père d'Eugenia, ton grand-père, décida de quitter le Portugal pour l'Espagne où on lui offrait une haute position à la cour. Elle fut obligée de le suivre. »

Pour dompter son émotion, mon père se tut un court instant. Enfin il reprit :

« Bientôt je reçus de ses nouvelles. Elle était enceinte. Mais loin de s'affoler, elle organisait ta naissance *secrète. Une fois venu au monde, l'enfant me serait confié.*

« *Tu naquis en Espagne, et la nourrice d'Eugenia te fit quitter le jour même la demeure campagnarde où ta mère, prétextant haïr sa vie à Madrid, s'était retirée. Par un relais de gens qui lui étaient acquis, tu parvins jusqu'à nous à Bragance que nous quittâmes peu après pour Lisbonne afin de commencer avec toi une vie nouvelle.*

— Où est-elle ? balbutiai-je.

— Dans un couvent de Salamanque. Ayant toujours refusé les prétendants pressentis par son père, elle finit par lasser les projets matrimoniaux qu'il nourrissait pour elle. Et comme sa nouvelle épouse chaque année accouchait d'un nouvel enfant, Eugenia fut abandonnée à elle-même. A vingt-cinq ans, elle choisit d'entrer dans un couvent. »

L'émotion commençait à me tirer de ma stupeur et j'allais peut-être m'attendrir lorsqu'une pensée terrible me foudroya. J'aurais voulu crier mais ne pus que prononcer la voix tremblante :

— Si ma mère est chrétienne, alors je ne suis pas juif !

C'était la fin du monde, de mon monde, et j'aurais préféré mourir que d'affronter une révélation faisant de moi un paria.

Saint-Germain posa la plume. Il avait mis de nombreuses années à comprendre que cette tragédie, loin de l'écraser, allait le révéler à lui-même. Mais cette brutale mise à nu était restée longtemps douloureuse.

Dans la rue, des enfants s'appelaient, on entendait le rire clair d'une fillette, l'aboiement d'un chien, le grincement des roues d'un lourd tombereau cahotant sur les pavés, l'appel lancinant de la marchande de poissons. Comme le cours d'une rivière emportant chagrins, conflits, ambitions, déceptions, la vie continuait. « Les malheurs de l'homme, sa méchanceté et ses éternels chagrins viennent du désir », prononça Saint-Germain à mi-voix.

— Vos médications, maître.

Le comte absorba la potion que Tang avait comme chaque jour mélangée à du bouillon pour qu'il se nourrisse en se soignant. Le subterfuge de son vieil ami le touchait trop pour qu'il s'en insurge.

— Ne m'appelle plus maître, gronda-t-il. Je t'ai dit cent fois que ce titre n'a aucun sens.

Sans mot dire, Tang s'inclina et s'en fut. Son égalité d'âme, son esprit de devoir et de sacrifice le mettaient au-delà de toute subordination. L'homme qu'il servait depuis près de soixante-dix ans, il le savait, était un guide dont l'âme aujourd'hui contemplait la Vérité. Capable de communiquer avec l'au-delà, il était maître de la matière et maître de la pensée.

Je partis aussitôt pour l'Espagne dans un état d'abattement qui ôtait tout attrait au voyage. En me confiant à mon père, cette femme m'avait offert une quiétude qu'elle s'appliquait à m'arracher par la suite. C'était, pensais-je, d'une cruauté, d'un égoïsme incompatible avec son état de nonne. J'avais tant extrapolé sur ma mère, si fort souhaité percer le fameux « secret » ! Et en ce jour où nos retrouvailles étaient proches, je souhaitais que jamais elle ne fût revenue dans ma vie.

Le courtier principal de mon grand-père m'accompagna pour ce voyage. Il était chrétien car la sagesse voulait qu'un juif ne se présentât pas seul à la porte d'un couvent. Je lui sus gré de ne pas tenter de me vanter les bienfaits et bénéfices de sa religion. C'était un homme intègre, austère, qui ne m'adressa la parole que pour me parler de négoce. Il me vanta nos comptoirs de Macao et de Goa qu'il connaissait pour y avoir séjourné à plusieurs reprises. Je l'écoutais, d'abord distrait, avant de prendre à ses paroles un intérêt qui me divertit de ma souffrance. S'il existait un avenir pour moi, ce pourrait être dans ces pays du bout du monde où nul n'aurait connaissance de mon drame.

Nous étions en Espagne. Pour la première fois je franchissais les frontières portugaises et la curiosité finit par l'emporter sur ma morosité. Les villes étaient plus sévères, on y voyait moins de monde allant et venant, flânant et se divertissant, moins de gens de couleur, peu d'animaux exotiques ; cependant les paysages, les vêtements des habitants ne différaient guère des nôtres. Partout je voyais des églises, imaginais le poids d'une religion austère et intransigeante, plus pesante que le catholicisme portugais, pourtant peu favorable à ceux qui ne partageaient pas ses convictions. Mais il y avait toujours chez nous une façon de contourner la rigidité des interdits, de nouer envers et contre tout des liens de sympathie entre les différentes communautés dans l'intérêt de la bonne marche d'affaires commerciales où chacun trouvait avantage.

Nous parvînmes enfin à Salamanque. La peur la plus animale m'étreignait, celle d'être exposé à une situation que je ne pourrais appréhender.

La cathédrale, les églises, l'université, les hôtels et les antiques maisons faisaient de cette ville un joyau architectural, mais mon mentor comme moi-même n'avions guère le cœur à y flâner. Nous prîmes du repos dans une auberge où je ne pus ni avaler une bouchée de nourriture, ni dormir. Le lendemain nous nous présentâmes à la porte du couvent.

Allongée sur un mauvais lit recouvert d'une couverture de laine brune, ma mère m'attendait. J'entrai seul et par un sursaut de volonté marchai jusqu'à elle. Une chaise paillée avait été placée à son chevet. Elle me fit signe de m'asseoir, tendit une main que je pris dans la mienne, épouvanté par cette peau si fine et si froide. Des larmes coulaient de ses yeux.

— Mon existence n'a été qu'un long vide jusqu'à ce jour, murmura-t-elle.

Je balbutiai :

— Vous avez eu Dieu, madame.

Elle secoua la tête.

— Qu'Il me pardonne aujourd'hui où je suis au seuil de la mort, mais je n'ai vécu et prié que pour toi.

Craignant de me mettre, moi aussi, à pleurer, je serrai nerveusement sa main.

— Approche-toi encore, souffla ma mère.

De son corps malade, se dégageait, une odeur douceâtre.

— Chaque matin où je me suis éveillée, ma première pensée a été pour ton père et pour toi.

— Père m'a parlé de vous, murmurai-je.

Les larmes coulaient en abondance maintenant sur les joues creuses. Jamais je n'avais vu pleurer une femme.

— Il est le seul homme que j'ai aimé.

Cet excès d'émotion me donna envie de fuir. Mais, touché par la confiance qu'elle me témoignait, je dominai mon trouble.

— Je voulais te voir et te bénir avant de mourir.

Ignorant mon mouvement de protestation, elle poursuivit :

— Je sais que tu as été élevé dans la foi israélite, je l'ai voulu. Ce sera à toi maintenant de choisir ton destin. On est toujours seul pour découvrir la vérité dans son propre cœur.

— J'ignore où j'irai, soufflai-je. Tout a été trop soudain et brutal.

— Si tu es curieux, mon enfant, tu trouveras, et ce

cheminement vers la Vérité deviendra le but essentiel de ta vie. Tu te détacheras des illusions du monde, fuiras ses méchancetés. Maintes fois, ton père et moi en avons été meurtris, mais toi, mon fils, tu seras libre. Il le faut, promets-le.

— Que puis-je vous promettre ? demandai-je éperdu.

— Chacun est responsable de ses choix. J'ai payé ma dette. Ton père aussi. Quant à toi, cherche, étudie. Bien plus que les jouissances physiques, cherche les rencontres avec les âmes, n'aie que la passion de progresser vers une difficile paix intérieure. A la veille de ma mort, je n'ai pu l'atteindre, j'étais trop occupée de toi.

Semblant souffrir beaucoup, elle lâcha ma main.

— Embrasse-moi, murmura-t-elle, et quitte-moi.

Je me levai, posai mes lèvres sur un front que cernait le voile de son ordre religieux. Elle ferma les yeux.

— Nous sommes les maîtres de nos lendemains, prononça-t-elle à mi-voix. Je peux m'en aller, je sais que tu me rejoindras.

Comme elle gardait les paupières closes, je sortis sur la pointe des pieds. Dans le couloir où régnait une odeur de cire d'abeille et d'essences aromatiques, j'éclatai en sanglots.

On enterra ma mère deux jours plus tard. Dans l'ignorance des rites chrétiens et incapable de simuler, je n'assistai pas aux obsèques. Qu'aurais-je eu à faire par ailleurs ? Ma mère était désormais avec moi, je la ramenais dans ce Portugal qu'elle avait quitté dix-sept ans plus tôt, jeune femme rayonnante de beauté, follement amoureuse, déchirée par un départ qui brisait sa vie.

8

Seules les horloges égrenant les heures troublaient le silence de la nuit. Avec un bonheur partagé, Maisonvieille et Saint-Germain avaient causé de musique, de politique, de littérature.

— M'en voulez-vous ? interrogea Hélie abruptement.

Il souhaitait qu'il ne reste entre Saint-Germain et lui aucune méprise.

— Vous n'avez pu trahir une amitié qui n'existait pas encore ni abusé d'une confiance que je ne vous avais pas offerte. Je ne songe qu'au bonheur de notre rencontre, quand bien même un malentendu l'aurait suscitée.

Plus qu'il n'avait parlé, le comte avait écouté, observé. Là où Hélie se voulait sûr de lui, il voyait un jeune homme agressif mais timide, devinait une intelligence sensible, insatisfaite. Maisonvieille était, pensait-il, un garçon qui réfrénait espoirs et rêves qu'un siècle immoral et matérialiste ne pouvait satisfaire, un solitaire qui croyait mépriser les autres tout en quêtant un jugement favorable. Il lui ressemblait à vingt ans.

— Avec l'âge, j'ai compris que les hommes

haïssent ceux qui veulent les aider. Personne n'aime devoir à quiconque.

— Regarder les autres danser dissimulé derrière un buisson ne me plaît guère, cependant.

— Dansez, mon ami, qui vous en empêche ? Mais au milieu des bonds et des courbettes, gardez toujours à l'esprit le côté dérisoire de la fête. N'oubliez pas que les lampions bientôt s'éteindront, que les violons se tairont et que vous vous retrouverez seul en face de vous-même.

Comme en écho aux paroles du comte, un groupe de marins égayés par l'alcool de genièvre déambulait sous les fenêtres closes, riant et chantant, interpellant les rares passants.

— Sans doute font-ils partie de l'équipage de la *Princesse-d'Orange*, remarqua Saint-Germain, un vaisseau batave qui appareille demain pour les Indes. Nous avons beaucoup bataillé contre les commerçants hollandais à Goa. Ils voulaient s'emparer de tout.

— Me parlerez-vous de vos voyages ?

— J'écris en ce moment l'histoire de ma vie, un exercice que je m'impose pour mieux en comprendre la futilité. Vous la lirez, si vous le voulez. Accordez-moi quelques semaines.

Deux heures venaient de sonner. Incapable de trouver le sommeil, Saint-Germain quitta son lit. Une lune à moitié pleine jetait dans la chambre sa lumière triste. Pourquoi cette amitié nouvelle le perturbait-il ? C'était comme l'aube d'un nouvel amour tenant éveillé un adolescent rêveur. Lui, qui se croyait sans émotions, se découvrait soudain vulnérable, submergé par une tendresse paternelle jamais offerte.

Il fallait se défendre contre un attendrissement peut-être superficiel, écrire. Les mots bridaient les divagations de l'esprit, disséquaient les sentiments, cernaient les désirs.

Saint-Germain revit le visage de sa mère, sa peau si blanche, ses yeux cernés. Elle l'avait fait venir pour lui donner sa liberté. L'amour humain était prison.

Obéissant au testament, la supérieure du couvent me remit une miniature représentant ma mère à dix-huit ans. Je la fis monter sur un bracelet d'or que je n'ai cessé depuis de porter au poignet. Il me rattache à elle bien mieux que de futiles présents ou le souvenir de caresses dispensées par habitude. J'ai eu une mère qui m'a aimé mieux que d'autres puisqu'elle n'avait à me partager qu'avec Dieu.

Mais à Lisbonne, sous le toit de mon grand-père, ma vie n'avait plus de sens. Je cessai toute pratique religieuse.

« Tu vas partir pour Macao, me déclara un soir mon père. Le Flor de Lisboa *lève l'ancre prochainement. Tu seras à bord. Je n'ai pas le temps de t'instruire de l'art du commerce, tu l'apprendras en Chine. Nos commis t'y aideront, ils nous sont entièrement dévoués et je viendrai moi-même l'année prochaine achever de te former. Cette décision a été dure à prendre mais elle est bonne. Tu dois t'éloigner un moment. »*

Moi qui me croyais endurci, je pleurai. Tandis que les domestiques empaquetaient mes effets, j'eus le temps de changer cent fois de sentiments, passant de la révolte à l'espérance heureuse. La Chine, Macao... Comment à dix-sept ans résister à ces noms porteurs de rêves ? Puis revenait la souffrance physique, animale de devoir quitter mon abri, les miens, pour un monde dont j'ignorais tout et où je serais seul. Le jour du départ me vit anéanti.

Je fis mes adieux à mon aïeul, à mon oncle Paolo, à Sarah. Grand-père me serra entre ses bras. Il avait préparé un discours que l'émotion interrompit. Pour ne pas nous laisser submerger par des sentiments susceptibles de nous ôter tout courage, mon père ordonna le départ. Sarah pleurait à chaudes larmes. Comme je m'arrachais à son étreinte, elle me glissa dans la main une étoile de David afin qu'elle me protège durant la traversée. Je l'accrochai à mon bracelet, à côté du médaillon de ma mère.

Sur le port, un indescriptible chaos précédait l'appareillage de notre vaisseau. Les marins dépliaient les voiles tandis que des portefaix achevaient de garnir les cales de marchandises destinées à nos comptoirs orientaux. Un vent aigre faisait battre les toiles de jute enveloppant plus ou moins bien de gros ballots de draps de laine venus d'Angleterre, soulevait les jupons des femmes chargées de couffins de légumes frais, d'oranges et de citrons. Bientôt, cales pleines à craquer, le capitaine donnerait le signal du départ. On m'avait casé dans un réduit du château arrière, à côté de la cabine du capitaine. Déjà à bord, mes malles étaient arrimées dans l'entrepont.

L'effervescence autour de moi finit par me captiver et je souffris moins que je ne le craignais d'être séparé des miens. L'air sentait l'huile d'olive chaude, la morue, le miel mêlé à la fleur d'oranger. Cramponnés à leurs bourriches, des enfants proposaient biscuits, noix, amandes. Quelques badauds surveillaient d'un œil amusé l'embarquement des bêtes vivantes : porcs et poules, moutons et pigeons qui, tant bien que mal, portés, poussés ou tirés franchissaient la passerelle pour s'engloutir dans les cales. Un marin m'expliqua qu'on les mangerait dans les premières semaines de la traversée et qu'ensuite nous serions réduits au lard et à la morue, aux haricots secs et pois chiches, quand ce ne serait à la bouillie d'orge mangée par les charançons.

Après de vagues formules de politesse, le capitaine, un homme d'une cinquantaine d'années, sec et autoritaire, me poussa dans mon réduit. Mieux valait que je ne gêne pas les manœuvres.

Ahuri, je m'assis sur l'étroite couchette. J'avais froid, j'étais malheureux.

Nous avions pris la mer. J'entendais le clapot de l'eau sous mon hublot, le bateau tanguait légèrement.

Je n'étais pas le seul passager à bord. Partis rejoindre une mission chinoise, deux capucins s'étaient installés sur l'entrepont au milieu de l'équipage.

Il n'était pas question d'escale car nous devions passer la ligne en avril afin de ne pas manquer la mousson du sud-ouest. Au fil des jours, je repris un peu de gaieté. Les bancs de poissons volants m'arrachèrent des exclamations de surprise. Je courais d'un bord à l'autre pour ne rien manquer de leur étrange ballet. Très blancs, le dos couleur azur, ils auraient ressemblé à des harengs sans leurs ailes pouvant atteindre un pied de long.

— Aiment-ils voler ? demandai-je au second.

Il éclata de rire.

— Ils cherchent à échapper aux dorades qui les pourchassent.

Matin et soir, les marins chantaient des cantiques chrétiens que j'appris à aimer. Dans le secret de ma cabine, je jouais du violon pour moi seul, puis, le temps passant, j'acceptai de distraire l'équipage. Peu loquace, le capitaine me témoigna cependant de la bonté. Me sachant de religion juive, il ne m'éveilla jamais pour la première messe de l'aube, me dispensa des prières dites en commun sous la houlette des deux capucins. A bord de notre esquif isolé de tout, livré à un destin dont nul ne connaissait l'issue, je pouvais craindre les mauvaises surprises, nombreuses et imprévisibles.

J'attrapai les fièvres dans les zones équatoriales où l'humidité persistante empêchait les vêtements de sécher. Le médecin du bord, qui faisait aussi office de chirurgien et de dentiste, me saigna, ce qui eut pour effet de m'affaiblir davantage. Pendant les calmes plats, l'équipage pêchait pour passer le temps. Le capitaine rongeait son frein. Il nous fallait coûte que coûte atteindre la mer de Chine avant août, qui marquait le début de la saison des typhons. Les périls occasionnés par les nombreux îlots et récifs étaient déjà assez grands sans vouloir tenter davantage le diable. Sur la carte, il me montra notre route. Nous allions longer les côtes de Bornéo, des Philippines et du Vietnam où des abris naturels pourraient nous protéger avant de cingler vers l'embouchure nord du fleuve Rouge, la Chine et Macao, en passant par le golfe du Tonkin.

J'ouvris de nouveau ma Bible et sa lecture m'apaisa. Si Dieu jugeait les cœurs, il ne pouvait m'écarter de lui. En dépit du rejet des rabbins et de leurs lois, ma foi, comme celle des marranes, restait secrète mais pure. Je commençais à comprendre que rien ne se construisait sans une destruction équivalente et j'étais prêt à entreprendre une nouvelle existence.

Au passage du cap de Bonne-Espérance, nous essuyâmes une affreuse tempête. La nuit était d'encre quand les bourrasques forcirent, le bateau vibrait et le capitaine lança l'ordre d'affaler la voilure. Dans les haubans, un mousse de seize ans glissa et tomba à la mer. Il fut impossible de le récupérer. A la lumière de l'aube, nous découvrîmes avec terreur les lames monstrueuses venant sur tribord. A sec de toile, ou presque, le bateau se couchait, se redressait. Un vague plus grosse que les autres se leva soudain et dans un fracas assour-

dissant balaya le pont, emportant trois hommes. La pluie était devenue torrentielle.

Dans l'après-midi, pour atténuer l'effet de bouchonnage du navire, le capitaine fit jeter une ancre flottante par tribord arrière. Vers sept heures du soir, alors que l'on distribuait aux hommes de l'eau-de-vie, du pain et de la morue, le mât de cacatois s'abattit dans un craquement sinistre. Avec une ténacité admirable, les deux capucins demeuraient sur le pont, réconfortant, encourageant l'équipage. Dans ma cabine, je priais moi aussi et savais mes prières à l'unisson des leurs.

J'assistai à la messe d'action de grâces qu'ils célébrèrent le lendemain. Le temps était redevenu beau, avec un chaud soleil perçant à travers les derniers nuages. Le mât avait été hâtivement réparé, les voiles hissées. Un léger tapis de brume caressait la surface de l'eau. Nous étions tous fourbus, mais pas un des rescapés ne manquait sur le pont. La beauté des cantiques entonnés par l'équipage, la candeur des prières me touchèrent. Une foi commune en une force supérieure nous animait et je me mis à chanter avec eux. Nous avions tous conscience du mouvement irrésistible qui nous entraînait les uns vers une mort immédiate, les autres vers un sursis de la vie. Au cours de cette cérémonie simple et grave, je compris que l'être humain devait se dégager de son petit centre personnel, traditions, éducation, coutumes acquises du milieu familial pour aller vers une rencontre plus universelle.

J'avais déjà, sans le savoir, commencé le chemin qui me mènerait vers moi-même. Désormais je parlais aux deux capucins, ils n'étaient plus des ennemis et, s'ils pensaient encore du mal des miens, je savais que cette hostilité venait de leur ignorance.

Nous touchâmes Macao à la mi-juillet. Cinq mois en mer m'avaient transformé. Quel que fût mon avenir en Chine, je refusais désormais de m'apitoyer sur moi-même.

9

Macao... Il avait aperçu tout d'abord une forêt de mâts, la ligne courbe d'une côte où se pressaient des maisonnettes. Chacun de ces détails, en eux-mêmes banals, avait quelque chose d'extraordinaire. Etaient-ce la lumière, les odeurs, la forme des barques et leurs voilures, le visage des marchands venus proposer à bord fruits et boissons, le son acide de leurs voix ? Les épreuves de l'interminable voyage oubliées, des sentiments nouveaux déferlaient en vagues de curiosité et d'exaltation.

Un sampan dépêché par un commis de ma famille vint me chercher. Deux matelots s'emparèrent de mes malles et les descendirent à bord de l'esquif peint en rouge sombre où un jeune Chinois les arrima. J'ouvrais les narines, écarquillais les yeux. Tout me surprenait et m'enchantait. Au loin, majestueuse, la rivière des Perles s'élargissait vers son embouchure où allaient et venaient un nombre incalculable de bateaux. La lumière douce du petit matin estompait les masures, les navires à moitié pourris naufragés dans le port, les tas d'immondices que survolaient des albatros. Une voiture m'attendait. C'était une charrette légère, comme celles que l'on attelait chez moi à des ânes, mais dont un Chinois tenait les brancards. Abasourdi, je pris place sans protester. Il faisait chaud et humide. Au fur et à mesure que nous pénétrions dans la ville, l'odeur des égouts en plein air, des marchés où reposaient dans des flaques de sang caillé têtes de porc et cous de poulets, les fientes animales et humaines qui jonchaient le chemin me prirent à la gorge.

— Vous vous habituerez, m'affirma en souriant Luis Sanchez Da Silva, le commis de mon père. Macao est une ville agréable. Dès que nous serons dans le quartier portugais, vous vous sentirez chez vous.

— Est-il important ?

— Nous sommes deux mille sur les cinquante mille habitants que compte la ville : colons, marins, soldats, ecclésiastiques, fonctionnaires, marchands et réprouvés. Dans un mois au plus, vous serez familier avec ce petit monde.

L'ironie que je décelais dans la voix de Luis Sanchez me fit entrevoir ses réserves. Perdue au fond de l'Asie, une si maigre communauté devait être solidaire, mais aussi très mesquine. J'étais décidé à m'y mêler le moins possible. Toute mon énergie serait consacrée à apprendre mon métier. Ma famille serait fière de moi.

Nous laissâmes en effet derrière nous la ville chinoise pour pénétrer dans le quartier européen. L'homme qui tirait notre légère voiture transpirait à grosses gouttes.

— Est-ce un esclave ? demandai-je à voix basse en le désignant du menton.

— Je ne le pense pas. Mais nous avons des esclaves annamites et africains dans nos familles. La plupart arrivent chez nous à peine adolescents. S'ils nous servent bien, nous les respectons et les considérons comme des nôtres.

Les maisons portugaises étaient blanchies à la chaux et coiffées de toits de tuiles rouges. Des jardinets bien entretenus montaient des arômes de fleurs, des fragrances de vanille et de muscade.

Nous passâmes devant une bâtisse que mon hôte m'indiqua être le Senada de Camara qui nous administrait. Non loin, derrière une place où se promenaient des femmes vêtues comme à Lisbonne, se dressait la cathédrale. Enfin nous nous arrêtâmes devant une demeure avenante que deux banians géants encadraient. Soulevant les soubassements du muret de pierre qui cernait la propriété de Luis Sanchez Da Silva, leurs racines puissantes rampaient jusque dans la rue.

On m'accueillit avec bienveillance. Le teint blanc, les yeux d'un noir velouté, Pepita Sanchez Da Silva était belle. Auprès d'elle se tenait leur fils, un garçonnet d'une dizaine d'années qui venait sans doute de s'éveiller car il exhibait une chevelure ébouriffée et une mine maussade. Ce nouveau foyer auquel il allait falloir m'habituer me désola pourtant. Je voyais un intérieur modeste, imaginais des préoccupations banales, des desseins matérialistes, craignais un catholicisme étroit qui m'étoufferait.

On m'amena dans une chambre baignée d'une lumière filtrée par des stores de paille. Un secrétaire, une chaise recouverte d'une indienne fleurie, une armoire de bois sombre, un lit aux rideaux de coton écru, un tapis de sisal composaient un cadre accueillant. Mais il y avait sur un mur un grand crucifix que je n'osai faire ôter. Quelle existence m'attendait à Macao ?

Mes premiers temps furent studieux et austères, voués à l'étude des lois du commerce, extrêmement complexes dans cette partie de l'Asie où tant d'intérêts nationaux et financiers se heurtaient. Penché sur de gros registres du matin au soir, je prenais connaissance de la cargaison des vaisseaux et de leur destination, des taxes à acquitter à l'empereur de Chine et à la couronne portugaise, des *pertes qu'il fallait estimer lorsque nous assurions le chargement. Les pirates pullulaient en mer de Chine.*

Noël approchait et une série de réceptions étaient prévues où Luis Sanchez voulait m'entraîner pour me présenter à la société. Le temps était venu, affirmait-il, de me distraire. Les riches commerçants menaient grand train, avaient de belles demeures, des filles avenantes.

En cette année 1709, le réveillon se donnait chez Pero Vez de Sequeria, le plus important marchand de la ville qui se vantait d'avoir marié sa fille aînée à un noble portugais. La seconde, Selena, était âgée de dix-sept ans.

Pour paraître à mon avantage à cette soirée, je fis toilette. Il y avait à Macao des soies superbes avec lesquelles les tailleurs chinois confectionnaient des vêtements dignes de la cour de France. Je refusai la perruque mais achetai des gants de peau de chamois, de jolis souliers à boucles d'argent, piquai à ma cravate de dentelles anglaises un diamant offert par mon oncle. Mon serviteur sut à merveille arranger le pli de ma veste et les boucles de ma chevelure. Au Portugal, nous ne portions guère ces amas de frisettes qu'affectionnaient les élégants français ou anglais, le climat nous poussait plutôt vers des coiffures simples et courtes, le plus souvent à garder nos cheveux naturels. Les miens étaient épais, bouclés et j'en étais fier.

On appelait « palais » la résidence des Vaz de Sequeria. Nichée dans un vaste jardin qu'entretenait une armée d'esclaves du Mozambique où la famille possédait des terres, c'était plutôt une grande bâtisse, moitié coloniale, moitié portugaise.

La réception commençait à sept heures du soir, un souper devait être servi à dix heures, puis chacun se retirerait afin de prendre du repos avant la grand-messe du lendemain à la cathédrale.

Quoique la nuit fût tombée, les rues étaient encore actives. Portant des jupons de couleur sous leurs robes de coton, des jeunes filles noires allaient et venaient, de gros paniers débordant de victuailles posés leur tête. Pour être les premiers installés le long des marches à la sortie de l'office du lendemain, des mendiants se pressaient déjà sur la place de la cathédrale. Notre voiture cahotait sur la terre battue creusée d'ornières. Des esclaves africains ouvraient les portières des voitures, aidaient les dames à en descendre. Pour cette invitation flatteuse, Pepita Sanchez Da Silva avait revêtu une robe de soie amarante dont le décolleté généreux offrait à la vue une poitrine blanche un peu molle. Elle avait fait venir un coiffeur indien qui avait amoncelé des boucles sur le sommet de sa tête et planté çà et là des fleurs de réséda dont la fragrance lourde mêlée au parfum de musc dont elle était imprégnée prenait à la gorge.

J'étais heureux de me trouver devant cette maison qui allait me devenir bientôt si familière. La porte en était grande ouverte. Je vis d'abord dans le salon une femme altière aux yeux dorés qui tendait sa main à baiser. Auprès d'elle, un homme maigre, au teint olivâtre, débitait quelques civilités. Nous étions parmi les premiers arrivés. Meublé avec un goût parfait, le salon dont les fenêtres ouvraient sur le jardin, était frais, parfumé, accueillant.

— Bienvenue, mon ami, déclara en souriant Maria Vaz de Sequeria. J'apprécie beaucoup votre père, et regrette de ne pas le voir plus souvent à Macao. Pense-t-il se retirer des affaires maintenant que vous y êtes ?

Je balbutiai une réponse qu'elle n'écouta pas.

— Venez avec moi, enchaîna-t-elle, je vais vous présenter ma fille Selena.

Elle me précéda dans un boudoir tendu de soie grège

que l'humidité maculait de taches sombres. Près d'un clavecin, toute préoccupée à nourrir à la main un perroquet bleu et vert qui m'observait d'un œil menaçant, une jeune fille me tournait le dos.

— *Selena, voici un jeune homme solitaire à qui tu pourrais montrer notre jardin en attendant l'heure de souper.*

La jeune fille se retourna. Sa beauté, mais surtout la fraîcheur candide de son regard me clouèrent sur place. De taille moyenne, elle était mince, sans maigreur. Son teint mat velouté, ses yeux noirs avaient un éclat, un charme irrésistible qu'accentuait un sourire découvrant des dents superbes. Abandonnant le volatile, elle fit quelques pas vers moi, esquissa une révérence puis, sans façons, gardant son adorable sourire, me tendit une jolie main gantée de mitaines de dentelle.

— *Aimez-vous les oiseaux ? me demanda-t-elle.*

J'avais chaud, je ne savais quelle attitude prendre. M'aurait-elle demandé si j'appréciais les éléphants ou les chameaux que j'aurais acquiescé pareillement.

— *Alors, allons à la volière, mon père y a rassemblé des espèces rares.*

Gardant ingénument ma main dans la sienne, elle m'entraîna dehors. Sur la terrasse se pressaient des pots de terre cuite garnis de plantes tropicales dont les feuilles énormes se découpaient dans la lumière ténue du crépuscule. Un quart de lune se glissait entre les nuages teintés de rose. Tapi derrière un bananier, un chat siamois guettait.

— *Nous avons des amandiers, des orangers et des citronniers auxquels maman tient beaucoup, m'expliqua Selena, ils viennent du Portugal.*

— *Y êtes-vous allée ? demandai-je, conscient qu'il me fallait soutenir la conversation.*

— *Jamais. Je suis née à Macao et n'ai été qu'à Diu, l'année de mes quinze ans. Tenez, voici l'oisellerie.*

Je découvris une vaste cage de bambou où poussaient des plantes démesurées, des arbres aux ramures noueuses et menaçantes. Des battements d'ailes, des cris aigus ou doux en sourdaient.
Selena sentait la citronnelle et l'eau de fleur d'oranger.
— Je vous ai vue devant un clavecin, aimez-vous la musique ? demandai-je.
— Je ne pourrais vivre sans elle. Mais regardez ce toucan, n'est-il pas extraordinaire ? Il vient du Brésil, c'est mon père qui l'a rapporté.
Elle lâcha ma main pour tourner autour de la cage. J'étais si troublé que je n'osais la suivre et commençais à craindre qu'elle m'abandonne, quand elle revint vers moi et me regarda en face.
— Les jeunes gens de Macao m'ennuient. J'ai envie d'être votre amie. Reviendrez-vous ?

Je fus fidèle à la promesse que nous échangeâmes ce soir-là et me présentai chez les Vaz de Sequeria dès le surlendemain. Dans le jardin, Selena brodait. Nos regards se rejoignirent. Nous fîmes de la musique et nous promenâmes ensuite le long des allées sablées qu'ombrageaient des tecks aux troncs noirâtres.
Ce fut le début d'un amour exalté. Tous deux ne vivions que pour penser à l'autre, rêver de l'autre, espérer des lettres et y répondre. Après avoir encouragé nos premières rencontres, sa mère cherchait maintenant à les espacer. Nous nous retrouvions pour un instant, quelques secondes volées à la surveillance de sa nourrice, des domestiques. J'escaladais le mur du jardin, elle m'attendait. Je l'étreignais et nous nous embrassions, là, presque à portée de vue des habitants de la maison. Je n'osais, bien sûr, aller plus loin dans les élans de ma passion et elle ne semblait pas le souhaiter, gardant dans nos embrassements son regard candide, son sourire adorable.

— *Tu es mon amoureux*, me chuchotait-elle.

En retournant à grandes enjambées à la demeure de mes hôtes, j'étais hors de moi, incapable de voir quiconque dans la rue, d'entendre le moindre son. Je rêvais d'un long moment avec Selena où je pourrais enfin lui demander d'être ma maîtresse, ou peut-être ma femme, enfin de s'engager, de trouver un avenir à nos brèves et frustrantes rencontres.

Aux premiers jours de février où l'on fêtait le nouvel an chinois, l'occasion inespérée se présenta enfin. Une parade de barques et de jonques était organisée sur la rivière des Perles. Chaque équipage, un homme et une femme, devait rivaliser d'élégance. Le sujet fut abordé lors d'un des rares soupers chez les Sequeria où j'étais encore convié, car on n'aurait pu m'écarter sans provoquer des commérages.

La femme du gouverneur, la marquise Albuquerque Coello, suggéra à Maria Vaz de Sequeria de nous réunir, Selena et moi-même, dans l'une des barques que la ville décorait. « Ces jeunes gens sont délicieux, insista-t-elle, je suis sûre qu'ils ont une chance d'emporter l'épreuve d'élégance. » Maria Vaz de Sequeria n'osa s'opposer à la volonté de la marquise qui régnait en despote sur la ville mais, comme si j'avais été à l'origine du complot qui laisserait sa fille en tête à tête avec moi un après-midi tout entier, elle me jeta un regard lourd de reproches.

Dans ce que je considère comme l'épilogue de la première partie de ma vie, ce jour fut certainement le plus heureux. Je vins chercher en voiture Selena et sur le trajet nous menant au port, je risquai un baiser au creux de son cou. Elle ne me repoussa pas. D'un commun accord, nous avions choisi des costumes de la Renaissance italienne. Aucune époque ne convenait mieux à nos beautés juvéniles. Sur ses cheveux noirs nattés en chignon, des perles avaient été piquées mettant en valeur la peau veloutée que découvrait largement une simple robe de satin pétale de rose au décolleté carré. Ronde et gracile, elle ressemblait à Juliette. Quant à moi, j'avais gardé naturels mes cheveux bouclés et portais sur des collants très ajustés un justaucorps de velours noir brodé de fils d'or. Autre Roméo, j'en eus le triste destin.

Je pus au fil de l'eau évoquer mes projets. Pour n'avoir plus jamais à la quitter je voulais l'épouser. Elle m'écouta d'abord en souriant puis devint songeuse. N'étais-je pas juif ? Notre mariage alors était impossible. « Je vais me convertir », lui assurai-je avec flamme. S'il avait fallu devenir patagon, j'aurais pour elle adopté cet état sans répugnance. Elle se serra aussitôt contre moi et me laissa prendre ses lèvres. Etant au milieu de la rivière des Perles, je dus me contenter d'un baiser.

Nous gagnâmes et Selena fut couronnée de fleurs d'orangers. J'avais promis d'aller dès le lendemain demander sa main à son père. Sans risquer un regard ni un geste d'affection, elle s'éloigna pour suivre sa mère.

Je ne pus trouver le sommeil. Le souvenir du parfum de Selena, l'angoisse que me procurait l'entrevue du lendemain m'agitaient si fort que je dus me lever. La lune était à sa moitié et je voyais dans la rue le caprier qui abritait l'entrée de la maison comme un garde menaçant m'empêchant de voler vers mon amoureuse. Aurais-je décidé d'y aller contre toute raison, je n'avais aucun moyen de la rejoindre dans sa chambre.

Alors que j'allais me recoucher, quelqu'un gratta à ma fenêtre. Dans un mauvais portugais, une Chinoise toute ratatinée me demanda de la suivre. J'étais stupéfait, un peu inquiet, mais comme elle insistait, je m'habillai à la hâte. A petits pas pressés, elle me conduisit jusqu'à une maison de médiocre apparence. Devant la porte à la peinture écaillée par l'humidité, des camélias en pots étalaient leurs feuilles vernissées et le heurtoir à tête de lion ne tenait à la porte que par l'effet du hasard.

La vieille posa un doigt sur sa bouche. Silencieux, je grimpai derrière elle un bel escalier à la rampe de bois tourné. Les craquements du parquet sous nos pas m'alarmèrent mais la Chinoise ne semblait pas y prêter attention. Enfin elle longea un corridor, s'arrêta devant une porte, me fit signe d'entrer. En tenue de nuit, Selena m'attendait dans un fauteuil. En me voyant entrer, elle se leva et laissa tomber par terre le livre qu'elle venait de refermer.

D'une voix joyeuse, elle m'expliqua qu'elle avait été invitée par sa marraine, une dévote dont ses parents ne pouvaient se méfier. Au-milieu du souper une sœur tourière de Santa Clara était survenue pour lui demander de se joindre à la communauté de prière des religieuses. Toute la nuit, elles réciteraient des rosaires à l'intention de leur abbé qui venait d'embarquer pour Lisbonne. Après l'avoir confiée à la vieille gouvernante, sa marraine avait abandonné la demeure, s'engageant à y revenir après la messe de l'aube. C'était inespéré. Elle avait promis ses boucles d'oreilles en or et grenats à la Chinoise si elle allait me chercher et gardait à jamais son secret. La vieille avait juré sur les mânes de ses ancêtres.

Tandis qu'elle parlait, je lui avais pris les mains et nous restions l'un en face de l'autre si émus et troublés que nous n'osions pas même un baiser.

Nous étions vierges et, quoique instruit des choses de l'amour, j'étais paralysé de timidité. Pour nous donner du courage, nous nous dîmes mille folies qui nous firent rire et monter le rose au joues. Enfin je la pris dans mes bras et la serrai contre moi. Elle ne portait que sa chemise de coton et je sentais sa poitrine ronde, son ventre, la courbe de ses cuisses.

— Est-ce mal d'aimer ? me souffla-t-elle.

Je garde de cette nuit volée au destin la certitude que l'amour physique peut rejoindre les plus grands élans de l'esprit et du cœur et que les charmes de la sensualité tiennent aux qualités de l'âme qui seules la justifient. Durant ces quelques heures, je crus mon existence précédente effacée et j'eus foi en un avenir heureux auprès de Selena. Pour lui plaire, je deviendrais un marchand chrétien, nous aurions une famille, une belle maison et je l'aimerais jusqu'à la fin de mes jours.

Au terme de l'après-midi, après avoir vérifié quelques livres de comptes, fait l'inventaire du chargement d'un de nos vaisseaux, Princesse-d'Orient, qui appareillait le lendemain pour le Brésil, je m'habillai avec une élégance simple pour aller demander la main de Selena à son père.

Un léger brouillard courait le long des ruelles encore encombrées de cette foule bigarrée, métissée, bruyante et active que l'on retrouve dans toutes les colonies portugaises. J'étais heureux et cependant inquiet. Trouverais-je les justes mots, saurais-je convaincre Pedro Vaz de Sequeria de me donner sa fille ?

J'avais dix-huit ans, elle dix-sept. C'était un âge bien tendre pour un mariage. Mais ma famille était aisée et sans nul doute m'aiderait à tenir un rang des plus honorables à Macao. Il fallait que j'insiste sur les perspectives d'un avenir opulent, seuls arguments qu'un riche commerçant portugais pouvait comprendre. Puis, le consentement donné, j'écrirais aussitôt à Lisbonne pour convaincre les miens de céder à mon bonheur. N'avaient-ils pas une lourde dette envers moi ?

La maison des Sequeria était silencieuse et le bruit de chacun de mes pas dans le corridor me serrait un peu *plus le cœur.* Un esclave me fit patienter dans l'antichambre où un ficus en pot lançait le long des murs ses feuilles légères d'un vert brillant. J'ôtais et remettais mes gants, allais vers la fenêtre pour contempler le jardin que le brouillard attristait, me laissais distraire un moment par le cri des oiseaux venant de la volière et sursautais lorsque la porte s'ouvrit sur le père de Selena. Sobrement vêtu en habits de jour, portant une courte perruque impeccablement ordonnée, il s'avança vers moi avec un aimable sourire, la main tendue.

— *On me dit que vous cherchez à me voir toute affaire cessante,* déclara-t-il en me désignant un siège. *Que se passe-t-il, avez-vous quelques difficultés pour le chargement de votre* Princesse-d'Orient *?*

Sottement j'avais espéré que Selena fût derrière un père déjà consentant et constatai avec effroi qu'il ne se doutait en aucune façon du motif de ma visite.

— *Il s'agit de tout autre chose, monsieur.*

Je devais ressembler à un martyr chrétien mis sur le gril car il parut me prendre en pitié.

— *De mauvaises nouvelles du Portugal ?*

Il fallait oser, j'inspirai profondément.

— *Monsieur, je suis venu vous demander la main de votre fille Selena.*

La stupeur le cloua sur place. Tout sourire avait disparu.

— *Voilà qui est surprenant,* prononça-t-il.

Il se leva, fit quelques pas dans cette antichambre anonyme, les mains derrière le dos.

— *Suivez-moi,* décréta-t-il enfin.

Il m'entraîna dans son cabinet de travail. C'était une vaste pièce où trônait un grand bureau de bois sombre. Partout s'entassaient livres et dossiers. Dans un coin, un paravent chinois exposait de minutieuses peintures représentant des scènes champêtres. Plus mort que vif, je me laissai choir dans le fauteuil tendu de velours pourpre que mon hôte me désignait.

— Vous avez, jeune homme, de grandes qualités, me déclara-t-il d'un ton sans bienveillance, mais je ne peux vous encourager dans l'espérance d'obtenir ma fille.

— Nous nous aimons, monsieur.

Ma naïveté lui arracha un sourire plus ironique que compatissant.

— J'ignorais que vous aviez été si vite en besogne mais là n'est pas la question. Je ne veux en aucune façon vous offenser en vous disant les choses comme je les pense, mais vous êtes juif et Selena catholique.

— Je veux recevoir le baptême.

— Vraiment ? Voilà une excellente résolution, jeune homme, et je ne peux que vous encourager dans une voie qui vous mènera au salut, mais vous n'ignorez pas que, devenu marrane, votre vie sera plus difficile encore. Vous serez espionné, dénoncé, persécuté peut-être. Je ne veux pas de cet avenir pour ma fille.

— Ici, monsieur, l'Inquisition n'a nul pouvoir et il y a beaucoup de marranes qui ont pignon sur rue.

Il parut fâché de mon obstination.

— Les marranes sont des réprouvés. Je ne doute pas un instant du salut de leur âme, mais notre société est ainsi faite qu'il n'y a pas de véritable reconnaissance mondaine pour eux. On les accepte, on ne pénètre pas dans leur intimité.

— Et que puis-je faire, monsieur ? Juif, vous me repoussez, chrétien, vous m'écartez.

Sequeria affichait un gentil sourire, plus insupportable encore que l'expression ironique de son regard.

— Je vous écarte, en tant que prétendant de ma fille, non en tant qu'ami de ma famille, comprenez-le bien.

J'avais le dos au mur. Comment trouver un argument convaincant, une raison qui le ferait céder ? Faute du *moindre raisonnement, je lâchai alors des mots que je regrette encore, livrant à cet homme froid et dur le secret le plus douloureux de ma vie, celui qui me rendait vulnérable à l'extrême. Je me blessai cruellement pour lui donner les preuves d'une honorabilité conforme à ses normes misérables, portai atteinte à la foi et à l'honneur de ma famille, reniai les miens pour l'amour d'une jeune fille qui, elle, n'aurait à renoncer à rien pour moi.*

— Monsieur, dis-je dans un souffle, vous l'ignorez peut-être, mais ma mère était fille d'un grand d'Espagne.

Il eut un geste de surprise.

— Vous avez été élevé par votre grand-père et votre père, n'est-ce pas ? Votre mère est-elle morte en vous donnant le jour ?

Je n'osai mentir.

— Ma mère est morte l'année dernière à Salamanque.

— Et comment la fille d'un grand d'Espagne aurait-elle pu épouser le fils d'un marchand juif de Lisbonne ?

Il ne faisait plus semblant d'être courtois, le ton était coupant, sarcastique. J'aurais donné tout ce que j'avais pour reprendre ma confidence.

— Mes parents n'étaient pas mariés.

Son ricanement porta un coup ultime à mon amour-propre.

— Vous êtes donc juif et bâtard. Décidément, monsieur, je ne peux vous donner ma fille.

Il se leva pour me signifier la fin de l'entretien. Je le haïssais et fis un effort extraordinaire pour garder mon calme.

— Me permettez-vous de revoir mademoiselle votre fille encore une fois ?

— Certainement pas. En vous faisant aimer de cette enfant, vous avez abusé de la confiance de ses parents.

Ne soyez pas étonné de ne plus être reçu ici. Si vous oubliez ce conseil, mes domestiques auront des ordres. J'espère que vous ne vous exposerez pas à cette honte. Et je vous recommande de ne faire auprès de Selena aucune tentative secrète pour l'entretenir dans l'égarement où vous me dites l'avoir plongée.

Il me raccompagna à la porte de son cabinet de travail, sonna un domestique.

— Un dernier mot, monsieur. Je vous suggère de quitter Macao. La vie n'y serait pas agréable pour vous et les affaires difficiles. Mais votre père entretient à Goa un comptoir très prospère. Annoncez-y votre arrivée. C'est un conseil amical.

Il me tendit la main.

Son plateau entre les mains, Tang poussa la porte. Il faisait jour, une aube grise que le soleil tentait de percer. La vue de son maître installé à sa table de travail lui arracha un cri de surprise.

10

Hélie de Maisonvieille était en pleine euphorie. Le matin même, un billet du palais l'avait averti qu'il était attendu à l'heure du café. Comme le temps était doux et ensoleillé, le prince l'avait entraîné dans ses jardins que les frimas d'automne n'avaient pas encore tout à fait désolés.

— Puisque vous voilà bien introduit chez mon ami, faites-moi une faveur, tâchez de le convaincre de se faire soigner. Lossau s'alarme de la progression des crises rhumatismales et il ne tient aucun compte de ses conseils.

— Le comte n'a guère d'attention pour lui-même.

— Et il se montre si généreux envers les autres, soupira le prince. Vous n'imaginez pas ce que cet homme a tenté pour soulager ses semblables.

— Parlez-moi de lui, monseigneur.

Le landgrave s'immobilisa dans une allée bordée d'ifs menant à une terrasse qu'occupait presque entièrement un joli bassin d'inspiration italienne.

— Ce n'est pas aisé, mon ami. Le comte a beaucoup de secrets que je n'ai pas réussi à percer. C'est un être réservé, mystérieux sur son passé, un éminent philosophe, un sage, un maître.

— Lui connaît-on une vie privée ?
— Aucune. Entre nous, poursuivit le prince en souriant, je crois qu'il n'a jamais touché une femme de sa vie.

Derrière le bassin se déployait la roseraie. La saison des roses étant passée, les jardiniers avaient assemblé dans les parterres des chrysanthèmes dont les tons profonds, veloutés, chatoyants jetaient une gaieté inattendue sur l'austérité des teintes déjà hivernales.

— Le comte n'est plus vraiment des nôtres. Détaché de tout, y compris de lui-même, il se dirige vers la Grande Lumière, irrésistiblement.

Hélie réprima un sourire. Il était de notoriété publique que Charles de Hesse était un original qui prétendait converser avec les morts et expliquer aussi simplement qu'une opération arithmétique les faces apparentes et cachées de l'univers.

— La Grande Lumière ?

Le landgrave arrêta de nouveau sa marche. Contre un mur de pierres moussues, s'élançaient les derniers dalhias dont les têtes lourdes, déjà brunes, s'inclinaient vers le sol.

— Le Cosmos, monsieur, a pris forme grâce à l'esprit et se maintient par l'esprit. L'Esprit suprême est la Grande Lumière, la Délivrance.

« Quelle étrange société », pensa Maisonvieille. Il était partagé entre le sarcasme et la curiosité d'en savoir davantage.

— Mais l'endroit et le moment sont mal choisis pour parler de sujets aussi définitifs, poursuivit le landgrave. Je vous ai fait venir afin de vous confier le comte de Saint-Germain. Dans un mois, il me faudra quitter le Schleswig pour Cassel et je déteste le laisser seul. Cet homme est plus qu'un ami, il est mon guide. Installez-vous chez lui. Je sais qu'il refuse toute intrusion dans sa vie, mais il a pour vous une sympathie, une tendresse mystérieuses. Lui rappelez-vous quelqu'un de cher ? Il vous en fera peut-être la confidence. En attendant, je vais lui demander comme une faveur de vous héberger le temps de mon absence. Je compte regagner Eckenförde à la fin du mois de février. Nous resterons en relations épistolaires. A la moindre alerte, vous aurez le devoir de me prévenir. Cela vous conviendrait-il ?

Enchanté de son entretien avec le prince, Hélie de Maisonvieille regagna sa chambre d'hôtel. Sans doute avait-il perdu ses protecteurs parisiens, mais ayant eu l'habileté de s'intéresser à ses sujets favoris, il avait gagné l'amitié de Charles de Hesse-Cassel. Un mot du prince pouvait obtenir faveurs et places partout en Europe.

Elevé en province dans la plus stricte et sévère foi calviniste, tout ce qui concernait l'occultisme, le spiritisme, les sociétés secrètes et la Maçonnerie était étrangers au jeune homme. Mais, au-delà de ses premières réticences un tantinet moqueuses, il pressentait un monde impossible à ignorer. Ne disait-on pas que les plus proches parents du roi de France étaient maçons ? Qu'à Lyon, ce Willermoz dont le landgrave lui avait parlé, en était le chef suprême ? Et qui était le Supérieur inconnu, cette sorte de prophète, de sage invisible dont à Paris on lui avait suggéré l'existence ?

Avec joie, il accepterait l'invitation du comte de Saint-Germain. Le plaisir de l'écouter, celui de l'interroger, le simple bonheur de goûter la paix de sa demeure seraient un privilège qu'il se ferait un devoir de mériter.

Alors qu'Hélie se chauffait aux flammes de la

cheminée, des souvenirs de son enfance solitaire revinrent à sa mémoire. Durant la saison froide, le feu ronflait nuit et jour, dans l'âtre immense de la sombre cuisine de Maisonvieille où brillaient cuivres et étains. Il avait peur de tout, du grincement des portes quand le vent sifflait sur la montagne, du gémissement des croisées, du craquement sourd des parquets de chêne, du ululement de l'air s'engouffrant dans le conduit des cheminées, du tintement sinistre de la cloche suspendue au-dessus de la porte des cuisines et qui appelait aux repas, du hurlement des loups. Alors il s'enfouissait dans son lit, n'osant aller retrouver sa mère, pas même appeler la vieille Angélique qui dormait comme une pioche sous les combles. Pour l'endurcir à ce qu'il considérait comme une faiblesse, son père l'obligeait à rester enfermé dans le noir. Le jour où on le retrouva terrassé par une crise de nerfs, sa mère obtint qu'on cessât cette épreuve.

L'austérité de la vie quotidienne à Maisonvieille n'avait de sursis qu'en été et au début de l'automne où fenaisons puis moissons et cueillette des châtaignes amenaient les rires et plaisanteries des journaliers qu'il surprenait parfois à échanger caresses et baisers sur les meules ou dans les bosquets. Chaque soir de l'année, son père lisait à haute voix un passage de la Bible que chacun devait écouter debout quels que soient sa fatigue ou son âge. Et dans l'atmosphère confinée du château médiéval où jamais rien n'arrivait, les récits de rois juifs et de reines abyssines, de gazelles aux cornes de miel et de prophètes à la parole ardente cheminant sur la poussière des chemins de Judée ouvraient à son imagination des horizons sans limites.

On lui avait appris le latin, le grec, le maniement de l'épée, les mathématiques et l'histoire de la

Réforme. Les catholiques devinrent à ses yeux des débauchés, des fornicateurs, des idolâtres dont il fallait fuir la fréquentation et, effrayé par ces nouveaux ennemis qui s'ajoutaient à ses terreurs anciennes, il s'était replié davantage encore sur lui-même.

Une fois par an, au début du printemps, son père l'amenait à Privas. Courant tout droit entre les Cévennes et les Préalpes, un vent froid s'engouffrait dans la vallée du Rhône mais déjà quelques bourgeons, des rejets timides au bord du chemin annonçaient les beaux jours. D'emblée, ils se rendaient au temple pour y retrouver quelques aristocrates protestants, puis, après maints psaumes et lectures de la sainte Bible, ils allaient enfin se restaurer avant de procéder aux indispensables achats nécessaires au domaine de Maisonvieille. Chaque écu était compté. Il découvrait un père, d'habitude hautain et indifférent aux choses matérielles, négociant âprement une paire de bœufs, une charrue, des plans de châtaignier, des draps, des jarres d'huile ou des pains de sucre. S'il suggérait l'achat d'un ruban ou d'un jupon de soie pour sa mère, Jean de Maisonvieille le réprimandait sèchement : il l'amenait à Privas pour lui apprendre à gérer ses biens, non à les dilapider. Le diable se cachait dans les rubans comme dans les jupons et sa mère n'avait nul désir de l'y découvrir. Une année, séduit par un profit dont chacun se vantait, Jean de Maisonvieille avait acheté des mûriers, une dépense importante qui avait rendu les économies domestiques plus austères encore. Par manque de connaissances, l'entreprise avait échoué. Les mûriers avaient dépéri, et avec eux les vers à soie. Pour faire face, on avait dû supprimer à Maisonvieille sucre, café et vin.

A seize ans, sa révolte avait éclaté. C'était le lent aboutissement d'années d'ennui mortel, d'une piété castratrice, de rapports familiaux sans tendresse, d'une austérité qui n'autorisait aucun débordement. Tout ce qu'il avait subi lui parut alors révoltant et odieux. Il osa braver son père, faire pleurer sa mère, scandaliser les quelques familles que fréquentaient les Maisonvieille, exigea de quitter l'Ardèche. Devant la gravité de la crise, Jean de Maisonvieille céda. On l'envoya terminer ses études au Puy dans un collège protestant, puis, en désespoir de cause, on accepta de le confier à son oncle Joachim à Paris qui était riche et sans descendance. C'était un compromis avec le diable mais avaient-ils le choix ?

Hélie tisonna les braises. Si à Paris il avait renié avec jubilation tout ce que son père lui avait enseigné, il n'avait atteint cependant qu'un médiocre bonheur. Les amours y étaient vaniteuses ou vénales, l'amitié intéressée et incertaine. Pour s'imposer, il fallait dilapider des fortunes, intriguer ou provoquer. Dans l'impossibilité, en dépit de la générosité de son oncle, de satisfaire à la première condition, son manque de relations lui interdisant la seconde, il avait dû par force se rabattre sur la dernière. Chacune de ses attitudes, chacun de ses mots devinrent étudiés mais la crainte de ne pas en faire assez ou, pire encore, de dégager une odeur provinciale, le tenaillait, gâchant ses premiers succès. Paris l'excitait et le déprimait, le rendait agressif et amer.

— La maison compte deux chambres de domestique, je n'ai que Tang à mes côtés, la seconde sera la vôtre. Mais je crains que vous vous ennuyiez chez moi. La vie y est studieuse et lente. Quant aux repas, ils ne vous conviendront pas et il faudra vous faire porter votre pitance par un traiteur.

En dépit des réserves de Tang, le comte n'avait guère hésité. La présence d'Hélie de Maisonvieille sous son toit lui apportait trop de bonheur pour qu'il envisage d'y renoncer.

— Nous nous verrons le soir, je me couche tard et j'aime veiller au coin du feu, poursuivit le comte. Dans la journée, sortez, promenez-vous, vivez. Le landgrave sera toujours heureux de vous recevoir au palais et, après son départ, la famille princière vous gardera son amitié. Mais j'exigerai de vous une totale confiance et votre parole d'honneur que ce que nous dirons ici ne sera jamais divulgué. Vous serez le maillon d'une chaîne qui remonte au temple de Jérusalem. Elle ne m'appartient pas, elle ne sera pas davantage votre bien. Vous transmettrez cet héritage à votre fils si vous en avez un. Sinon, il retournera là où je l'ai acquis, en Inde. Je vous attends demain, ce soir j'ai à écrire.

11

Ce fut Nehnang Pawo qui m'empêcha de me jeter par-dessus bord lorsque le vaisseau où j'avais embarqué appareilla de Macao pour Goa. Je l'avais connu à bord et lui aussi était un banni. A soixante ans, il quittait sa terre natale avec un baluchon et deux caisses pour n'y plus revenir. Accoudé au bastingage de l'Etoile-de-Chine, il avait un sourire triste mais serein qui attira mon attention.

En dépit d'efforts opiniâtres, je n'avais pu revoir Selena. Ni la dévote marraine, ni sa servante chinoise ne consentirent à me servir d'intermédiaire. Les volets de sa chambre restaient clos et, en dépit de l'argent proposé, aucun des domestiques des Sequeria n'accepta de m'adresser la parole. Je guettais à la porte de l'église où elle avait l'habitude de se rendre quotidiennement pour assister à la messe. Elle n'y réapparut jamais. L'enfermait-on ? L'avait-on envoyée à la campagne ? Je ne pus le découvrir. Bien plus tard, j'appris qu'on l'avait mariée à un Portugais qui possédait d'innombrables arpents de terre au Mozambique et à qui elle avait donné six enfants. Elle était morte en mettant au monde le septième. J'étais alors en France dans un univers si différent de Macao que la silhouette fragile et le ravissant visage de Selena faisaient partie d'un autre monde. Le jeune garçon qui l'avait si fort aimée, qui se serait donné la mort cent fois pour elle, n'existait plus.

Sur le pont du navire, Nehnang Pawo écouta mes lamentations. Enfin il déclara : « Personne n'est jamais prêt à subir les épreuves de la vie, elles sont cependant indispensables pour épurer nos corps et nos esprits, faire jaillir l'or de la poussière. »

Je n'étais guère d'humeur à entendre des paroles édifiantes et ne retins que les derniers mots qui m'intriguèrent. Je protestai : « L'or ne naît pas de la poussière, il est enfoui sous la terre ou dans l'eau des rivières depuis la création du monde. » Les élucubrations des soi-disant magiciens ou alchimistes qui prétendaient pouvoir fabriquer de l'or à partir de la rosée du matin m'égayaient. « L'or est un symbole, mon ami, murmura Nehnang Pawo. Ne savez-vous pas que sur notre terre chaque chose a une double interprétation ? »

Le Chinois et moi nous retrouvâmes souvent sur le pont où nous prîmes l'habitude de dormir tant la chaleur était insupportable à l'intérieur du vaisseau. Il connaissait l'astronomie et me nomma les étoiles, précisant que ces points lumineux que nous tenions pour la couronne ceignant la royauté humaine n'étaient que des parcelles de lumière jetées dans un abîme infini dont la dimension elle-même ne pouvait se concevoir. Mais cette immensité n'était qu'illusion, une projection de notre imagination car tout était Un, Amour et Lumière, Dieu peut-être si je voulais donner un nom à cette énigme. Il y avait dans la plus infime parcelle composant la matière, elle-même sans fin dans sa réduction, la réponse claire à des questions sur lesquelles ergotaient les savants depuis la nuit des temps. L'Infiniment Petit et l'Infiniment Grand n'étaient qu'Un, imbriqués et dépendants, unis et inter-

minables. Je l'écoutais avec passion et cette curiosité qu'il éveillait en moi atténuait mon désespoir d'être séparé de Selena.

Souvent il descendait dans la soute vérifier le bon état de ses deux caisses. Je l'interrogeais sur l'inquiétude qu'elles lui causaient. Avait-il amené de l'or ou des diamants ? Il m'expliqua que dans l'un de ses coffres était son matériel d'alchimie, dans l'autre des livres et manuscrits précieux.

— Ainsi vous êtes alchimiste, constatai-je sans véritable surprise.

— C'est la raison pour laquelle je suis banni de Chine. L'empereur qui a eu vent de mes travaux a voulu que je lui livre mes secrets, ce que j'aurais fait bien volontiers s'il avait été capable de les comprendre. Mais la cupidité est aussi étrangère à l'alchimie que la souffrance est familière à l'amour. L'homme qui veut pénétrer l'ordre de l'univers pour devenir riche est un sot. Je l'ai expliqué au Fils du Ciel qui a donné aussitôt l'ordre de me faire décapiter. En hâte, je me suis réfugié à Macao avant d'aller me cacher en Inde où de Grands Sages m'attendent.

Nous étions en mer de Chine où abondaient les pirates. Le capitaine était inquiet, l'équipage nerveux. Nehnang Pawo n'affichait cependant aucune frayeur. « Il ne faut jamais, me dit-il, se conformer à la multitude qui vous entraîne dans une voie où toute intelligence est faussée. Que deux ou trois de ces matelots s'affolent, tous les autres cesseront aussitôt de réfléchir pour se laisser dominer par la terreur. Le courage, mon ami, n'est autre que la volonté de demeurer libre. »

Le lendemain nous aperçûmes à l'horizon deux jonques aux voiles rouge sombre qui semblaient cingler à notre rencontre. Le capitaine, un homme de Porto *vivant depuis près de vingt ans à Macao, ordonna aussitôt de mettre notre vaisseau en fuite. Nous approchions du détroit de Malacca et voguions à deux miles environ des côtes de Malaisie où pullulaient des îlots offrant peu de refuge. On fit chanter aux matelots un cantique susceptible d'attendrir la Vierge Marie, puis chacun garda les yeux fixés sur l'horizon. « Nous détrousseraient-ils, m'assura sereinement mon ami, ils ne détruiront ni mes livres, ni mes cornues. — Et s'ils nous massacrent, m'insurgeai-je, quelle importance auront ces biens auxquels vous êtes si attaché ? — Nos biens, me répondit Nehnang Pawo, sont comme de l'eau qui court à travers les doigts. Nul ne peut la retenir mais cela ne signifie nullement que l'eau est perdue. Elle s'évapore, ou rejoint une nappe souterraine pour venir rafraîchir et désaltérer d'autres créatures. La plus grande force est la paix de l'esprit. »*

Surchargé de marchandises, notre sloop ne filait guère plus de cinq nœuds. Les jonques nous gagnaient de vitesse.

— Jetez des caisses à la mer, hurla le capitaine, les plus lourdes d'abord !

Pawo blêmit.

— Cela ne se peut, murmura-t-il.

Puis il fila dans la cale, décidé sans doute, à s'enchaîner à ses précieuses malles. Quant à moi, je restai sur le pont à regarder approcher ces embarcations dont nul ne savait si elles étaient amies ou ennemies.

— Vous feriez bien de vous cacher dans votre cabine, me conseilla le capitaine. Ces gens-là ne font pas de quartier, à moins qu'ils ne vous capturent pour vous vendre comme esclave aux marchands arabes de Sumatra. Un Européen jeune et bien fait comme vous vaut une fortune.

Maintenant nous entendions les vociférations des

équipages, ennemis sans aucun doute. A moitié nus, les hommes portaient sur le front un bandeau de toile. Tous avaient couteaux ou cimeterres à la ceinture. Jetant sur la surface de la mer des lueurs sanglantes, le soleil baissait. Le vent jouait dans nos voiles plus qu'il ne les gonflait.

Pêle-mêle, les marins précipitaient dans les flots les caisses de zinc et les coûteuses porcelaines chinoises commandées par de riches habitants de Goa. Dieu soit loué, l'Étoile-de-Chine n'appartenait pas à la flotte de mon grand-père ! Après deux incidents de ce genre, un armateur pouvait être ruiné.

Allégé, notre sloop gagna quelque distance sur l'ennemi, gain léger mais qui galvanisa cependant notre équipage. Les rivages d'une île verdoyante n'étaient plus trop éloignés. Nous pouvions discerner la végétation et quelques barques de pêcheurs se balançant à peu de distance de la plage. Mais cet abri, si la population protégeait les pirates, pouvait se révéler pire que la haute mer. Après un moment d'incertitude qui parut à tous interminable, nous eûmes l'impression que nos poursuivants ralentissaient l'allure. Les clameurs hostiles venant des jonques décrurent et les armes inquiétantes disparurent de notre vue. Ils renonçaient à nous attaquer. Chacun tomba à genoux et se signa. Régulière et gaie, la cloche de bord sonnait tandis que Nehnang Pawo émergeait de la cale.

— *Ces pirates m'ont permis de rentrer en moi-même et de prendre conscience du manque de fermeté de mon âme*, souffla-t-il. *Désormais, j'accepterai avec sérénité ennemis et revers de fortune.*

Je m'amusai de sa gravité.

— *Mais vos alambics, vos précieux livres ?*

Il me sourit avec bonté.

— *Je dois apprendre à me passer de bougies pour atteindre la lumière.*

A Goa, désireux de fuir la colonie portugaise dont je n'attendais rien de bon, je décidai de m'installer avec Nehnang Pawo dans le quartier des étrangers. Peu à peu, sans en avoir vraiment conscience encore, je me détournais de ce qui avait été ma classe sociale. J'avais quitté ma famille, ma religion, mon pays, la société des marchands où je me croyais intégré, je fuyais désormais les Portugais quels qu'ils fussent et les Européens en général. J'étais un homme meurtri cherchant à guérir seul en se cachant de tous.

La maison que je louais ne se distinguait pas des autres logis occupés par des Maltais, des Arabes, des Chinois, quelques anciens esclaves africains libérés. Proches du quartier indien, nous étions séparés de celui des Européens par une ligne imaginaire plus efficace que le plus haut mur de pierre. Ayant le teint mat, les cheveux noirs et bouclés, les yeux sombres, je passais pour un Arménien.

Seuls quelques-uns des innombrables religieux vivant à Goa avaient de temps à autre l'originalité de venir nous rendre visite, une croix à la main, l'Evangile dans l'autre. Dans l'indifférence générale, ils déambulaient autour des mosquées, des temples bouddhistes amusant les enfants par la vétusté de leurs robes noires. Personne ne faisait attention à moi.

Il fallut plusieurs semaines à mon compagnon pour installer son laboratoire. Je venais parfois l'observer puis allais me promener au hasard, tout entier absorbé par l'image de ma Selena. Le spectacle des ruelles de Goa avait tout cependant pour passionner un nouveau venu. A Macao, l'animation des rues gardait de la dignité. Vêtus simplement, les Chinois allaient et *venaient en silence et leur discrétion semblait par contagion gagner le reste de la population. Jamais je n'avais vu les Portugais s'interpeller, rire ou s'embrasser avec force tapes dans le dos comme à Lisbonne. Notables et commerçants adoptaient un maintien grave, s'exprimaient sans lever le ton. On ne constatait à Goa rien de semblable. C'était une débauche de couleurs, rose vif, safran, carmin, indigo, d'odeurs sucrées ou épicées, de sons stridents dans des aubes roses et des crépuscules dorés. A demi dévêtues, avec leurs longues chevelures huilées, leurs bracelets de cuivre ou d'argent tintant aux chevilles et poignets, les femmes indiennes étaient resplendissantes. Mais je les regardais sans les voir. C'était toujours Selena que j'avais dans les yeux.*

Nous habitions la rue des Forgerons. Dès les premières lueurs du jour, le martèlement des enclumes m'éveillait. Je buvais un peu du thé que Nehnang Pawo laissait nuit et jour au chaud dans une grand bouilloire de cuivre puis allais me laver à l'eau fraîche du bassin qui occupait le centre de notre cour. L'absence de tout travail me déprimait. Quelques jours encore et j'irais demander à quelque commerçant arménien de m'engager. J'avais appris beaucoup à Macao et me sentais prêt à faire preuve de mes compétences. Avec le temps, je m'imaginais à la tête de mon propre négoce, indépendant et prospère, ne devant plus rien à ma famille. Que pensait-on à Lisbonne de ma disparition ? En éprouvait-on de la peine ou se réjouissait-on d'être débarrassé enfin de moi, le bâtard, le mouton noir, le fauteur de troubles ? Nuit et jour, je portais à mon poignet le portrait de ma mère mais évitais le plus possible de le regarder. Ce joli visage, ces yeux au regard tendre, ce demi-sourire de jeune fille heureuse m'interrogeaient sans ménagement. Serais-je digne un jour du sacrifice qu'elle avait fait de sa vie de femme et de mère ? Mais à cette époque, je ne lui avais pas encore pardonné.

Nehnang Pawo avait achevé l'aménagement de son laboratoire. Affairé du matin au soir, il ne m'adressait guère la parole. Tout à son espérance d'allumer à nouveau son fourneau, il ne me voyait pas.

A mon grand étonnement, loin de s'installer dans le réduit qu'il avait organisé avec des soins infinis, il s'enferma dans sa chambre avec une jarre d'eau et n'en sortit plus pendant une semaine. Au troisième jour, inquiet de le savoir sans nourriture, je frappai à sa porte et, n'obtenant nulle réponse, l'entrouvris. Les yeux clos, les jambes repliées sous son corps, mon ami semblait en prière. A côté de lui étaient disposés un livre, un petit instrument de bois ressemblant aux crécelles dont s'amusent les enfants et la jarre d'eau dans laquelle trempait une louche. Nehnang Pawo ne s'aperçut pas de ma présence et je refermai doucement la porte.

Mon ami était-il un moine déguisé en alchimiste ou un de ces fakirs indiens capables de jeûner durant un mois assis sur une planche ? Je n'eus pas le temps de trop m'en inquiéter car je commençai à travailler chez un marchand arménien qui m'avait engagé pour faire sa comptabilité et lui donner à l'occasion un coup de main dans son magasin d'épices. En franchissant pour la première fois la porte de Simon Karaodjan, je ressentis une formidable impression de liberté. Le temps de la dépendance et de la soumission était terminé pour moi et je n'aurais plus jamais à m'abriter derrière ma famille.

La boutique de Karaodjan était située à la limite du quartier indien, et beaucoup d'indigènes venaient s'y fournir. Installé dans l'arrière-boutique, je me laissais griser par les odeurs : senteur boisée de la girofle, citronnée du sumak, arôme fleuri de la cannelle et du cumin, amère de la coriandre et du gingembre, fragrance sucrée de la vanille et du paprika.

Contrairement aux commerçants chinois, Simon, Karaodjan n'utilisait guère le boulier pour ses comptes, lui préférant papier et chiffres romains bien calligraphiés à l'aide d'une plume que je trempais dans une encre noire et épaisse, quasi indélébile. Du réduit où j'étais installé, je pouvais observer les dignitaires enturbannés, les femmes musulmanes cachées sous leurs voiles, les indiennes en saris richement colorés. Comme j'interrogeais mon maître sur les teintures opérant d'aussi remarquables résultats, il m'affirma qu'il existait dans ce pays des secrets artisanaux susceptibles d'enrichir l'Européen qui aurait la patience de les découvrir. Je résolus d'en parler à Nehnang Pawo.

Celui-ci avait enfin réintégré son laboratoire d'alchimiste. Un four hermétique capable d'entretenir un feu continu plusieurs semaines durant en occupait le centre. Tout autour s'étalaient mortiers, pilons, vases, alambics, cornues, coupelles, creusets et soufflets. Je fus ébahi par ce bric-à-brac qui me sembla venir tout droit des Enfers. Actionnant avec énergie un énorme soufflet de cuir, mon ami m'adressa un sourire avenant. Etais-je interessé par ce qu'il entreprenait ? Il serait ravi de me renseigner. Par politesse, je posai quelques questions anodines et l'entrepris bientôt sur l'art des teintures. Il secoua pensivement la tête. Dans tout l'Orient, les maîtres teinturiers avaient atteint une technique surprenante mais leurs secrets restaient jalousement gardés. Pour les percer, il faudrait rejoindre leurs confréries, mériter la confiance des artisans. Tout cela prendrait beaucoup de temps. Mais par le biais de l'alchimie, il pouvait m'enseigner des recettes inspirées de l'œuvre de la nature et il ajouta ces mots : « L'alchimie a deux destinations ; la première est de faire progresser la science par d'incessantes recherches et expérimentations, la seconde de faire découvrir à l'alchimiste la Réalité ultime. La pierre philosophale tant convoitée peut être la source de toute richesse matérielle ou au contraire celle de la pauvreté absolue dans l'Illumination. »

Je lui demandai s'il avait étudié la Kabbale juive parce qu'il y avait dans les œuvres du Zohar des allusions à ce qu'il venait de m'affirmer. L'or n'était que le symbole mystique de l'Achèvement Ultime, de la création nimbée de lumière.

— Et votre étoile de David, ajouta le Chinois, est l'emblème des alchimistes. Elle représente l'union de l'eau et du feu, la perfection. Les alchimistes l'appellent l'Etoile du Signe.

Dès lors, je fus aussi souvent que mon emploi me le permettait dans le laboratoire de Nehnang Pawo, poussé tout autant par le bonheur de retrouver les spéculations intellectuelles qui avaient illuminé mon adolescence à Lisbonne que par curiosité pour ces secrets de teinture dont j'espérais beaucoup dans la pratique. Tout me surprit et me captiva. J'appris à observer, à comprendre le développement inflexible des opérations, puis commençai à questionner mon ami. Dans l'obscurité de la petite pièce dont il avait muré les fenêtres, éclairés par le rougeoiement du four, nous échangeâmes avec passion théories, spéculations et propositions sur le Grand Œuvre.

Désormais mon existence fut partagée entre un travail dont j'espérais à long terme réussite et reconnaissance sociale et des recherches intellectuelles dont je n'attendais rien d'autre que la joie qu'elles m'offraient. Peu à peu, mon chagrin d'amour s'adoucissait et je fus capable de m'endormir sans être meurtri par mes souvenirs. J'étudiais l'écriture du mandarin, que je comprenais déjà un peu, et voulus me familiariser avec le konkani. Mon maître me trouva un professeur nommé Singh,

Indien sec au regard farouche, portant turban et longue barbe soigneusement roulée autour de son menton. Il était sikh, m'expliqua-t-il, exilé d'Allahabad, la ville de l'immortalité, depuis le départ de leur dernier gourou, trois années plus tôt. Tout en lui m'intriguait, sa réserve, son immense bonté, des convictions religieuses pour lesquelles il était prêt à se battre et à mourir.

— Le métal pousse dans la terre comme un enfant dans le ventre de sa mère, m'assura Nehnang Pawo. Nous, alchimistes, en accélérant son processus de croissance, précipitons le rythme du temps.

Depuis des jours et des jours, il activait son four où se réduisait en cendres une matière minérale sur laquelle de temps à autre il versait une poudre grise.

— La première étape est presque achevée, se réjouit-il, voici la matière lavée par le feu, prête à libérer son principe de vie.

— Si le métal pousse dans la terre, rétorquai-je, quelle semence l'y a jetée ?

Il leva vers moi son visage rond rougi par le feu.

— Le soufre et le mercure. Les astres ensuite orienteront la croissance de l'embryon minéral vers l'or si le soleil est à l'orient, vers l'argent si la lune le baigne de sa clarté, le cuivre sous les reflets de Vénus, le fer par la puissance de Mars, le plomb enfin si Saturne domine le ciel. Mais le plus vil métal peut devenir de l'or, il suffit de se substituer au temps.

Je souris.

— N'est-ce pas se vouloir l'égal de Dieu ? Le temps maîtrisé, c'est l'immortalité assurée.

— C'est exact, me répondit-il. S'il découvre le Grand Secret, l'alchimiste obtient le pouvoir de devenir immortel...

Immortel ! Le comte de Saint-Germain resta songeur. C'était la première fois qu'il avait entendu ce mot magique appliqué aux humains. Avait-il cru possible cet exploit inouï ? Il dut faire un effort de mémoire pour retrouver les impressions de sa jeunesse. Sans doute avait-il supposé la chose possible durant le temps assez bref où il s'était passionné pour l'alchimie dans son sens le plus humain et utopique lorsque aux côtés de Nehnang Pawo il actionnait le soufflet et versait sur des masses calcinées du soufre et des sels de mercure. Il croyait alors en la pierre philosophale capable de transmuter les métaux et de donner aux hommes une éternelle jeunesse. L'Immortel ! Il n'ignorait pas qu'on l'appelait ainsi à travers l'Europe. Saint-Germain, celui qui ne mourrait pas... Tant de naïveté l'avait poussé à jouer ce rôle de survivant. Sans rire, il affirmait avoir vécu à la cour du pharaon, être le compagnon d'Alexandre le Grand, l'ami de Jésus. Les exclamations de surprise et d'envie qui accompagnaient ces extravagances le consternaient. Ces riches bourgeois, ces aristocrates éclairés qui se voulaient des modèles et se permettaient de ricaner des humbles et des sots n'étaient que des marionnettes qu'une mode, un caprice, une absurdité prononcée doctement éblouissaient. Les plus belles femmes de Versailles l'avaient courtisé. Elles espéraient de lui une pause à leur ennui, voulaient surtout lui arracher le secret de l'éternelle jeunesse.

Immortel..., il espérait l'être en effet. La mort était une simple phase de croissance vers une sphère supra-humaine, comme ces métaux qui ne représentaient pour Nehnang Pawo qu'une étape dans leur irrésistible progression vers l'or.

12

— Aimez-vous la musique, Hélie ?

— Je touche le clavecin, le pianoforte et joue un peu de flûte.

Il faisait si froid dans le salon du comte de Saint-Germain que le jeune homme avait gardé un manteau sur ses épaules. Une heure plus tôt, sa malle avait été déposée dans une chambrette démunie de tous les agréments du confort.

— Lorsque la société humaine m'impatientait, remarqua le comte, j'ai toujours retrouvé la paix grâce à mon violon. Dès l'âge de six ans, j'en ai tiré de grandes joies. Aujourd'hui, hélas, mes mains ne m'obéissent plus !

Les œuvres qu'il aimait à la passion, Bach, Rameau, Vivaldi, et les compositions de ce jeune Mozart qu'il avait découvert à Vienne cinq ans plus tôt, lui manquaient.

— A Paris, on se souvient encore de vos talents, assura Maisonvieille.

Les flammes, maintenant hautes, le réchauffaient un peu, il se débarrassa de son manteau, tendit ses pieds vers les braises. Le comte eut un sourire ironique.

— Vous avez sans doute entendu dire aussi beaucoup de mal de moi.

— Mes amis sont jeunes, monsieur, et ne vous connaissent guère.

— Mais la société du marquis de Mareuil ?

— Ces gens-là, il est vrai, ne vous aiment pas. Ils mettent en avant leur confrérie maçonnique, d'autres sociétés qui me sont étrangères et où ils vous prétendent affilié.

— J'ai rejoint ces sociétés pour y côtoyer des frères et j'y ai trop souvent rencontré des ennemis. Mais, seul, on ne peut rien faire. Ma mission exigeait que je m'entoure de protecteurs.

— Votre mission ?

— Nous en reparlerons plus tard, vous ne pourriez encore comprendre. Mais ne vous méprenez pas, je ne suis pas un prêcheur venu convertir des âmes perdues, seulement un frère plus expérimenté ayant à cœur d'aider ma famille, celle des hommes.

Trois heures de suite, ils avaient causé. L'érudition du comte était immense, il avait lu Voltaire qu'il avait à maintes reprises rencontré, Montesquieu, Rousseau, dont les disciples d'Ermenonville restaient en correspondance avec lui, Jean d'Alembert qui venait de mourir. De l'Europe entière, il se faisait envoyer toutes sortes d'ouvrages dont il pouvait résumer l'esprit, extraire les passages essentiels. La société qui avait été la sienne lui avait laissé en outre le goût des conversations légères, il rapportait des anecdotes savoureuses, ressuscitait rivalités et alliances qui agitaient les cours européennes, suggérait des aventures amoureuses. Mais le plus prodigieux était sa science de la musique. De mémoire, il chantonnait des morceaux entiers d'opéras, de longues partitions pour violon ou pianoforte aussi facilement que s'il les lisait.

Cet entretien tout en finesse, gaieté et gravité avait charmé Hélie. A l'antithèse de la conversation du comte de Saint-Germain, celle des Parisiens qui se prétendaient haut et fort les princes du monde de l'intelligence comme de l'esprit semblait superficielle. On s'y moquait des absents, dénigrait le roi et ses ministres, parlait de choses sans autres intérêts que ceux touchant leur clan. L'honnête homme qui peinait pour réussir était ridiculisé et le charmeur dupant son monde accueilli partout.

— Je vais vous dire le bonsoir, décida le comte. Tang va vous apporter de la lumière.

Resté seul, Saint-Germain demeura un moment devant l'âtre où les flammes se mouraient. Chacune des remarques de son nouvel ami découvrait un esprit exigeant, prêt à faire une place plus large aux sentiments qu'aux intérêts. Un terrain vierge que l'âpreté des hommes, leurs mensonges n'avaient pas encore abîmé. Il le préserverait.

Singh m'intéressait de plus en plus. Deux fois par semaine, je le retrouvais dans le logis qu'il occupait au cœur du quartier des bouchers où aucun hindou ne se serait aventuré. « Les brahmanes, constata-t-il un jour tristement, ont détourné l'enseignement du Bouddha qui fut prince et se voulut mendiant. Les castes sont inacceptables pour l'homme pieux. »

J'objectai que les bouddhistes croyant en la réincarnation, ces pauvres hères ne faisaient que payer la dette d'une précédente existence. Et personne ne pouvait écarter l'éventualité de devenir l'un d'eux lors d'une vie ultérieure.

Il me regarda avec intérêt.

— *Rares sont les Occidentaux qui se préoccupent de nous*, affirma-t-il. *Es-tu chrétien ?*

J'hésitai. Qu'étais-je, en fait ?

— *Je ne suis rien.*

Je discernai une grande incrédulité dans le regard de mon professeur, mais il était trop discret pour m'interroger plus avant. Enfin, comme s'il commentait une remarque insignifiante, il prononça :

— *Tout ce qui vit est transitoire pour les riches et les pauvres, les puissants comme les humbles. Une âme peut se prétendre supérieure à une autre, non un individu, car le corps n'est qu'apparence trompeuse et illusion. Qu'importe sa noblesse ou sa magnificence ! Un esprit de lumière peut habiter le corps d'un boucher et un esprit perverti celui d'un brahmane.*

J'avais du matin au soir le cerveau en ébullition. Tout me passionnait. Plus je m'installais dans cette vie marginale, plus le conformisme et les certitudes de mes concitoyens me paraissaient inappropriés. Je ne savais plus si la douleur d'avoir perdu Selena n'était pas préférable à l'ennui d'une longue existence de marchand colonial.

Mon travail terminé, je rentrais chez moi en musardant. Quoique la nuit fût souvent déjà tombée, les rues restaient actives. Des Chinois ou des Arabes proposaient légumes et fruits sur des étals disposés aux carrefours. Assis par terre, les jambes croisées, un écrivain public offrait ses bons offices, les femmes flânaient, s'arrêtant pour écouter le boniment d'un marchand, les propositions d'une diseuse de bonne aventure. Près de la mosquée, des hommes portant tarbouches ou turbans jouaient aux dominos et aux osselets tandis que se poursuivaient des bandes de garçonnets aux crânes rasés. Des Caucasiens, des Arméniens au teint pâle s'arrêtaient devant les échoppes des bijoutiers. L'air embaumait le bois brûlé, la viande rôtie, les effluves de lourds parfums émanant des temples qui se dressaient un peu partout avec leurs idoles menaçantes ou fantastiques. Il m'arrivait d'y entrer pour allumer un bâton d'encens. Ces figures divines dégageaient une énergie primitive, suggéraient une terreur mystérieuse créatrice et destructrice, comme si le cycle extermination-purification-renouveau, fermé sur lui-même, échappait à l'espace et au temps. Dans l'obscurité apaisante de ces lieux de prière, je songeais à la réincarnation dont Nehnang Pawo qui était taoïste, comme Singh, m'affirmait la réalité. Aucune existence humaine, si riche et belle fût-elle, soutenaient-ils, ne pouvait être un but en soi. La perspective était plus large et enthousiasmante. Tout être vivant, du plus humble au plus complexe, n'avait pour destin que d'émerger de sa prison de matière pour redevenir esprit, son état originel avant la Grande Tentation. Mais j'étais encore trop nourri de Bible, de Kabbale et de raisonnements scientifiques pour être perméable à une philosophie où l'homme n'était plus le point convergent d'un univers perçu par le biais trompeur de nos sens. Je voyais encore la terre comme le centre du monde et les hommes comme le couronnement de Dieu, enfants chéris et partenaires obligatoires dans le mystère de la création.

Mon intérêt pour les travaux alchimiques de mon ami chinois se développait. J'appris la patience, découvris l'émotion intense de la spéculation, l'osmose du chercheur et de ses théories. A mon étonnement, Nehnang Pawo priait plus qu'il n'expérimentait et, lorsque je lui demandai la raison de ce que je considérais comme une perte de temps, il m'expliqua qu'à travers la recherche de la pierre philosophale l'alchimiste devait s'efforcer de trouver la sagesse. Si dans sa synthèse le métal précieux représentait la perfection matérielle, l'homme possédait en puissance tous les éléments du Cosmos. Comme il mélangeait le plomb, le mercure et le soufre au cœur du brasier alchimique, il devait par la prière assembler en lui ces composants pour tenter de les rendre cohérents.

— Et si tu découvres la pierre philosophale, lui demandai-je, qu'en feras-tu ? As-tu vraiment le désir d'être immortel ?

Il éclata de rire.

— Si je trouve la pierre, elle ne me sera d'aucune utilité, je suis déjà immortel. Ce que je cherche, c'est la compréhension de l'univers.

Un matin de décembre, Singh ne m'accueillit pas avec son calme habituel. Préoccupé, il interrompait sans cesse sa leçon pour se concentrer sur une pensée soudaine, revenant un instant à son enseignement pour l'abandonner à nouveau. Enfin, la leçon achevée, il m'annonça qu'on avait besoin de lui à Amritsar et qu'il allait bientôt quitter Goa pour n'y plus revenir. Il n'avait pas aimé cette ville où il se considérait en exil. Hindouistes, musulmans et chrétiens l'avaient tenu à l'écart. Hormis les leçons qu'il m'avait données, il garderait de son séjour le souvenir d'une grande solitude.

J'étais triste de devoir me séparer de mon ami. Ce qu'il m'avait confié de ses convictions religieuses me captivait et me touchait. J'avais envie d'en apprendre davantage. Ma conviction de n'appartenir à rien s'affirmait. Jamais je ne serais un riche commerçant portugais, juif ou chrétien, je ne posséderais pas même un nom à transmettre à mes descendants. Dans mon quartier indigène, j'étais connu comme l'ami arménien de Nehnang Pawo. A l'épicerie, on m'appelait tout simplement « le petit ».

J'allais la mort dans l'âme faire mes adieux à Singh

lorsque le cours de ma vie se trouva à nouveau bouleversé. Simon Karaodjan tomba malade, une fièvre courante sur cette côte sud de l'Inde qui emportait en quelques jours les plus faibles. Se sentant perdu, il m'appela à son chevet pour me supplier de prendre soin de son négoce, de le faire pospérer afin de le laisser, plus tard, à son unique petit-fils, alors âgé de six ans. En un instant, j'entrevis le danger de sa proposition. Devenu négociant, j'allais travailler dur, gagner de l'argent, acheter peut-être d'autres commerces, engager des employés, prendre toutes sortes de responsabilités, payer des taxes à la couronne portugaise, briguer des honneurs, accéder au rang de notable. Tout serait conforme à un destin qui n'était plus le mien. J'assurai Simon Karaodjan que j'allais réfléchir à sa proposition, mais rien ne pressait, il allait guérir, reprendre en main les rênes de son affaire. Il mourut le lendemain. Afin d'échapper à l'insistance de sa veuve, je pris aussitôt la décision de suivre Singh dans son pays de pieux guerriers en traversant l'Inde du sud au nord, comme un vagabond.

Nehnang Pawo ne fit rien pour me retenir. Exilé lui-même, il n'attachait d'importance qu'au développement de l'âme et de l'esprit. Sûr de ma réussite, il m'engagea à continuer mes travaux d'alchimie. « Apprends à prier et à méditer, mon fils, me conseilla-t-il alors que je bouclais mon baluchon, la voie du Grand Œuvre te sera facile ensuite. »

Le jour de mon départ, le vieux Chinois sembla ému cependant. Les chances que nous puissions nous revoir étaient infimes. Mais nous avions beaucoup appris ensemble : lui la science prosaïque du commerce, la langue portugaise et les bases du judaïsme, moi la curiosité, la tolérance, la maîtrise du mandarin et j'avais gagné la passion de l'alchimie.

En quittant Goa, je m'enfonçais un peu plus avant

dans la fuite et prenais pour de l'indifférence ce qui était encore de la révolte. De ma famille, je n'avais plus de nouvelles. Qu'elle puisse s'inquiéter de moi me procurait une vague satisfaction. Revanche naïve contre le mal qu'on m'avait fait ou espoir d'exister encore dans le cœur des miens ? Quant à Selena, déjà ses traits se brouillaient dans ma mémoire, je devais faire effort pour retrouver le timbre de sa voix, la sonorité charmante de son rire. Le seul visage qui ne pouvait s'effacer était celui de ma mère peint sur le médaillon que je portais au poignet.

Dès que nous eûmes parcouru quelques lieues vers le nord, mon compagnon montra une fougue que je ne lui avais pas connu à Goa. Il redevenait un guerrier mystique que sa foi rendait indifférent à la mort. Nous avions acheté deux chevaux mongols trapus, les meilleurs pour supporter des randonnées aussi éprouvantes. Nos baluchons étaient attachés à leurs selles ainsi que des provisions, riz, pois chiches, sucre, thé et fruits secs.

Notre voyage n'en finissait pas. Le long de chemins poussiéreux, des bovins squelettiques nous regardaient passer tandis qu'aboyaient des chiens jaunes. Singh me révéla que son vrai nom était Amar, mais que lors de la récente persécution musulmane, tous les mâles avaient pris le nom de Singh qui signifiait lion, tandis que leurs femmes adoptaient celui de Kau, ou lionne. Douze ans plus tôt, leur chef Gobaïd Rai avait fondé une fraternité appelée Khalsa, ce qui signifiait pur. Dès l'âge de vingt ans, Singh en avait fait partie. On l'avait trahi. Il avait été recherché pour être exécuté et avait dû s'exiler. Mais aujourd'hui où la rébellion reprenait de l'ampleur, il voulait y participer. L'impopulaire monarchie mogole avec son islam déformé, mal interprété, perverti, allait ruiner le Penjab et l'empire... D'une religion prêchant l'égalité et l'amour, ils avaient fait une force d'oppression et d'intolérance. « Pour eux, me déclara-t-il avec mépris, la sainteté consiste dans l'observation rigoureuse de règles établies par le prophète dont les sikhs ont tiré le meilleur, l'enseignement philosophique et mystique. »

Le soir, roulés dans nos couvertures, nous couchions à même le sol. Je contemplais le ciel d'automne et tentais de réunir en une seule pensée tout ce que j'avais appris, ma foi judaïque, les dogmes chrétiens, la pensée taoïste de Nehnang Pawo et la religion sikh. Je désirais que toutes ces doctrines s'harmonisent mais n'en trouvais pas le facteur commun. Il manquait quelque chose, comme un rythme, une consonance. A partir de ces notes disparates, on devait pouvoir composer une symphonie. Dieu avait décidé de jeter çà et là des bribes de vérité afin que les hommes, tous ensemble, les assemblent et leur donnent un sens.

Nous approchions de Surat et je ne me réjouissais guère de retrouver mes concitoyens. Mais comment auraient-ils pu reconnaître un Portugais en moi ? Comme Singh, je portais le turban et roulais mon début de barbe. J'avais adopté ses tenues, pantalon sous les genoux, bracelet de fer, peigne dans les cheveux, poignard dans la ceinture. Nous étions deux sikhs en route pour le Penjab.

La ville me surprit par sa beauté. Les maisons aux toits plats étaient accompagnées de beaux jardins mettant en valeur les sculptures qui ornaient à profusion linteaux, corniches et portes. L'art des Portugais pour les faïences y était poussé à l'excellence. On découvrait des carreaux aux vives couleurs sur les façades, le sol des cours, les margelles des fontaines. Je fus surpris qu'à la place de verres, les fenêtres des maisons de Surat portent des écailles de crocodiles ou de tortue, de la nacre de perles qui donnaient aux intérieurs une lumière irisée.

Nous nous rendîmes dans le bazar et trouvâmes une vaste hôtellerie où les caravaniers faisaient étape. Là se côtoyaient Mogols, Bouthanais, Indiens, Arabes, Persans, Arméniens et Turcs. C'était un vendredi soir. Comme je descendais dans la cour pour vérifier que nos montures avaient été bien nourries, je vis par une porte entrouverte un homme allumer une bougie et se mettre à psalmodier les prières du shabbat. J'aurais aperçu devant moi le visage de mon père que je n'aurais été plus ému. Une force me pousssait à rejoindre ce Juif pour prier avec lui, une autre m'en écartait. Au long de ces douloureux mois, j'avais acquis une fermeté d'âme, à quoi bon la voir se dissiper en un instant ? Cet homme, probablement un commerçant, devait connaître ma famille. Nous parlerions de mon grand-père, du Portugal, de notre foi commune et je serais perdu. Les larmes aux yeux, je passai sans m'arrêter.

Au-dehors de la ville, la route longeait un monastère installé près de la rivière. « Ce sont des fakirs, m'expliqua Singh. Ils mendient pour vivre mais je crois ceux-là fort riches. » Il jugeait la religion des hindous écartée de l'enseignement du Bouddha. Ces dieux terribles, protecteurs ou jaloux, vengeurs ou bienveillants, détournaient le croyant du dépouillement qu'exigeait la recherche du Dieu unique. C'était facile de se prosterner devant Durga, plus malaisé de rentrer en soi-même dans la solitude et le silence. « On doit dominer ses superstitions, continua-t-il, non les laisser vous dominer. — Les chrétiens sont ainsi, précisai-je, ils ont des statues et des objets qu'ils vénèrent. On dit que cela les aide à prier.

— Tous les hommes sont attirés par eux-mêmes, nota-t-il, rien ne les intéresse sinon se contempler dans un miroir et tâcher d'y apercevoir le Créateur. »

Nous avions quitté Goa depuis trois mois et n'avions pas accompli la moitié du chemin. Singh m'expliqua qu'il avait emprunté la route de l'exil en bateau depuis Lahore, leur capitale. C'était un voyage moins long mais coûteux et il n'avait plus d'argent. En outre, les navires n'étaient guère sûrs, certains capitaines fidèles aux Mogols pouvaient sans formalité jeter un sikh par-dessus bord.

La poussière, les maisons de torchis, le bétail squelettique, les enfants pieds nus aux yeux couverts de mouches, jetaient en moi un découragement que la conversation de Singh n'arrivait plus à dissiper.

Parfois nous croisions une caravane marchande transportant des épices et des lingots d'argent de Delhi à Jammagar. Les chameaux progressaient lentement dans la poussière ocre au milieu des cris des chameliers, du tintement des grelots. On nous offrait du thé très sucré, des galettes à l'huile et au sésame que nous acceptions avec force bénédictions.

La vue d'Ahmadabad me redonna courage. Les bazars regorgeaient de miel, de sucre, de fruits secs, de confitures, de draps de soie et de coton, de cumin, d'opium, de gingembre, de salpêtre. L'indigo y était proposé à bas prix et la curiosité éprouvée à Goa pour les teintures végétales me revint. Les quatre jours où nous séjournâmes à Ahmadabad, je les passai dans le quartier des teinturiers. « A Amritsar, m'affirma Singh, tu pourras lever bien des secrets. A tout homme sincère, notre ville sainte offre la prospérité. »

Se promener dans les jardins d'Ahmadabad était source de divertissements sans fin. Dans le plus beau jardin, celui que l'on appelait le Joyau, des jeunes femmes en sari se baignaient, prenant plaisir à s'éclabousser dans de grands éclats de rire. Entre les palmes des hauts cocotiers qui longeaient les allées, logeaient une quantité incroyable de singes et de perroquets. Grands comme des gros chiens, les singes avaient de la barbe et des sourcils longs et blancs. Personne ne les tirait car, affirmait-on, les âmes les plus belles et les plus enjouées des réincarnés les habitaient. Souvent ils se risquaient impunément dans le bazar, volant des fruits et des amandes. Je m'amusais à les attrouper autour de moi en leur offrant des galettes au miel dont ils venaient s'emparer avec force grimaces. Du haut des cocotiers, les perroquets, appelés cacatoès, attendaient pour en recueillir les miettes que les singes se soient dispersés. Ils me rappelaient Esther et Assuérus laissés derrière moi à Lisbonne. Etaient-ils toujours vivants ? Sarah qui ne les aimait guère avait dû laisser ouverte la porte de leur cage.

Je m'aventurai aussi dans les temples. Les banians croyaient en Dieu mais adoraient le démon auquel étaient confiées l'administration de la terre et la puissance de nuire aux humains. Sur l'autel, je distinguai dans la pénombre sa tête chargée de quatre cornes et ornée d'une triple couronne. Avec ses dents pointues jaillissant de la gueule de sanglier, son visage était hideux. Deux tétons pendaient sous son ventre et une seconde tête plus horrible encore remplaçait les parties génitales.

Un vieillard qui était accroupi par terre se leva, puisa de l'eau parfumée au bois de santal dans un baquet et m'en oignit le front en signe de bénédiction.

Les chaleurs de juin me donnèrent les fièvres. Inquiet, Singh fit venir un médecin. L'homme regarda mes urines, prit mon pouls, palpa mon ventre. Il s'horrifia quand je lui demandai combien de sang il allait me tirer. Jamais il n'aurait recours à une telle pratique qui m'affaiblirait davantage encore et pourrait provoquer quelque contamination impossible à guérir. « Du repos, prescrit-il, et beaucoup de thé dans lequel auront macéré de l'écorce de cinchona et de la noix des Indes, des bains tièdes. » Il refusa tout salaire. Son monastère les envoyait pour guérir, non pour s'enrichir.

Dès que je fus rétabli, je notai les noms des remèdes. Ces connaissances, comme celle de la teinturerie, pourraient-elles me servir en Europe ?

Nous arrivâmes enfin à Lahore où Singh retrouva parents et amis. Je regagnais des forces et la volonté de poursuivre mon voyage jusqu'à Amritsar, la ville sainte. Là, je m'installerais, pour un temps, étudierais la religion des sikhs, me mettrais un peu plus en marge de ma société. Dans quel but ? Je l'ignorais encore à ce moment de ma vie où je venais tout juste de fêter mes vingt ans.

13

Un beau soleil jouait entre les branches dépouillées du grand platane qui se dressait devant ses fenêtres.

Hélie goûta la tisane que Tang avait déposée sur la table avec un morceau de pain bis. Ce breuvage avait un goût douceâtre, pas désagréable. Le pain, tiède encore, était parfumé au miel.

Le jeune homme brisa le cachet de la missive remise par Tang et reconnut aussitôt l'écriture de son oncle.

Paris lui semblait un autre monde et cependant il n'était au Schleswig que depuis deux semaines. Son univers désormais tournait autour de Saint-Germain. Jusqu'alors il avait vu en lui une sorte d'anachorète détaché de tout, vivant dans un monde abstrait de pensées éthérées, et soudain un geste non maîtrisé, l'éclat fugitif du regard, une modulation dans la voix lui faisaient entrevoir un être de passions.

« Mon cher enfant,

« Ta lettre m'a surpris, je l'avoue, mais plus encore la rumeur que tu es embobiné par notre grand mage, et prêt, dit-on, à emménager chez lui. Voilà une réussite remarquable car le comte passe pour être un farouche misanthrope. J'ai évoqué devant toi ce que je pense de cet homme. Il a du charme, du talent, du génie peut-être, mais ces qualités n'ont pas empêché une mauvaise réputation fondée sur une manie du secret, des intrigues incessantes, un esprit dominateur et trop libre pour notre société qui respecte les racines de l'arbre, même si elle le secoue pour en faire tomber les fruits qu'elle ne juge plus comestibles. Cet homme n'a ni religion, ni patrie, ni famille, pas même un nom. Successivement il s'est fait appeler comte de Saint-Germain, prince Rakoczi, chevalier Schoening, marquis de Montferrat, comte Soltikof, comte Zareski, sir Welldone, M. de Sure-main, j'en oublie peut-être. Sans doute puis-je comprendre qu'à vingt ans on refuse la banalité et les carrières médiocres mais reste sur tes gardes. Est-il un des cinq grands de notre confrérie, un Élu des rose-croix comme certains le chuchotent ? Nul n'en a la certitude. J'entends bien que tu as renoncé à l'espionner et, étant gentilhomme, ne peux que t'approuver. Le marquis de Mareuil m'a déçu, je croyais être l'ami d'un seigneur et j'ai découvert un jaloux. Il hait Saint-Germain, ce " juif " comme il l'appelle, qui l'a dépassé en grade dans leur loge. Tout philosophe et cynique qu'il soit, cette anomalie lui est restée en travers de la gorge. Prêcher les vertus de la fraternité est une chose, les appliquer à soi-même une autre.

« Nous aurions beaucoup à causer sur ce sujet mais je te vois absent de Paris pour un long moment. Je ne te le reproche pas. Ici on ne cesse de critiquer le roi, le gouvernement, de se plaindre du coût de la vie, de la médiocrité des domestiques, du temps, de l'impertinence des enfants, que sais-je encore ! Le Français semble ne jamais pouvoir être satisfait. Il est vrai que les mesures prises par M. de Calonne pour remplir les caisses de l'Etat demeurent vaines, la situation financière est catastrophique. Mais basta ! La reine danse à ravir et la princesse de Lamballe lui fait les yeux doux.

« Laisse battre ton cœur, mon neveu, mais ne t'attache pas trop cependant. Que l'objet de tes pensées soit un ange ou un démon, de toutes les façons il te décevra.

« A bientôt. J'espère avoir la joie de te lire... »

Depuis son enfance, la méfiance des adultes enrageait Hélie. Son père se gardait des métayers, sa mère des domestiques qui eux-mêmes se défiaient les uns des autres. Seul au bout de la table familiale, il écoutait et observait. « Mais vivez donc ! brûlait-il de s'écrier. Cessez de vous protéger, osez, donnez ! Vous voilà vieux et prêts à quitter la vie, qu'avez-vous à perdre ? » Il était impatient de devenir adulte pour, d'un revers de main, renverser leur pitoyable château de cartes. Aventurier ou philosophe, le comte de Saint-Germain avait tout à lui apprendre.

La lettre se consumait dans les flammes. Le jeune homme décida d'y répondre plus tard. Ce matin, il allait musarder dans la ville. L'austérité d'Eckenförde dégageait un charme certain. L'esprit y était moins distrait, plus ouvert à la poésie de la rue qu'à Paris où ironie et versatilité émoussaient toute émotion.

— Les francs-maçons, monsieur, semblent détenir le pouvoir de changer l'ordre social comme les équilibres politiques, ils affirment un idéal auquel je suis sensible.

Au cours de l'après-midi, Hélie avait dévoré l'ouvrage prêté par Saint-Germain. Intitulé *Le Sceau de*

Salomon, il vantait une société capable d'assurer à l'humanité un parfait développement, d'établir une alliance universelle de tous les hommes de cœur qui éprouvaient le besoin de s'unir.

— Les raisons pour que vous nous rejoigniez sont importantes, mais celles qui plaident en faveur d'une totale liberté me semblent non moins grandes. Voudrais-je discuter du bien-fondé de la Maçonnerie, je ne le pourrais pas, affirma le comte en appuyant contre le dossier du fauteuil son dos douloureux. J'adhère à sa philosophie de toutes mes forces, mais cette société est pleine de contradictions. En principe, ne doivent être initiés que des êtres avides de connaissance, de justice, de spiritualité. En fait, tout personnage de quelque importance dont l'existence est marquée par le mérite, le talent ou la fortune peut être maçon. Tout ce qui se présente sous un aspect mystérieux pique la curiosité, mais pour beaucoup de ces postulants mondains, le voile ne cachera que le vide. Si je vous devinais ambitieux, prêt à tout pour devenir ministre ou financier, je vous conseillerais en effet de devenir maçon, vous côtoieriez dans votre loge la plus haute noblesse française et même certains membres de la famille royale.

— Et pour vous, monsieur, que signifie l'Initiation ?

— Tout. Même animé par les principes les plus élevés, un homme isolé est peu de chose. Comprenez-moi, je n'ai pas découvert la fraternité humaine parce que j'étais maçon, je suis devenu maçon pour réaliser des convictions acquises longtemps auparavant. Mais avant de postuler, cherchez à voir assez clair en vous-même pour discerner ce que vous voulez faire de votre vie. Si votre objectif est l'ambition mondaine ou politique, la cause qui a fait naître votre curiosité l'éteindra aussi.

Hélie tendit au comte une main que le vieil homme saisit entre les siennes.

— M'aiderez-vous à choisir ?

La nuit tombait. Les derniers passants rentraient chez eux et le claquement de leurs galoches décroissait tandis que s'élevait l'angelus du soir. Un chien aboya qu'une voix impérative fit taire.

— Considérez-moi comme un guide et comme un père.

Amritsar. La ville sainte était un lieu de sérénité, un endroit magique où sur les bords d'un lac paisible s'élevait le temple sacré. J'avais l'impression étrange de revenir chez moi. Ici, pour la première fois depuis la révélation de mes origines, j'eus le sentiment que, loin de se montrer injuste, le destin m'avait choisi pour une existence difficile mais exaltante. Dieu exigeait beaucoup de moi parce qu'Il connaissait ma ténacité. D'humilié, je devins prêt à conquérir. J'écrivis à mon père. Quand partirait cette lettre ? Lui arriverait-elle ? L'important n'était pas là. En lui avouant que je l'aimais, je me délivrais de mon amertume.

A ma demande, Singh me plaça comme apprenti chez un de ses cousins teinturier. J'avais besoin de gagner ma vie et la technique des Indiens pour obtenir les couleurs que j'admirais autour de moi me captivait. J'étais résolu à en percer le secret.

Je parlais le pendjabi correctement et pus vite m'intégrer à la communauté des ouvriers qui, de l'aube à la tombée de la nuit, plongeaient leurs bras dans des bains colorants, foulaient et battaient les pièces d'étoffe. J'appris que le bois d'Inde, le bois jaune, la garance et la cochenille étaient solubles dans l'eau, que l'indigo et le safran bâtard ne l'étaient pas. Des chaudrons montaient les vapeurs bouillantes de l'indigo du Bengale mélangé à l'acide sulfurique. Le bleu obtenu du plus clair au plus intense différait selon les quantités d'indigo utilisé. Le rose pâle produit par le safran bâtard était d'une délicatesse admirable, le gris recueilli à partir du bois de santal d'une grande profondeur. Sur mon carnet, je notais les proportions utilisées, le nom des plantes, la façon dont le maître teinturier les faisait dégorger, les sels minéraux ou extraits d'épices que l'on ajoutait aux bains de teinture en quantité infinitésimale. Grâce à ces notes, je n'oubliais rien et pus prendre des initiatives appréciées par mon maître. Il consentit à me considérer comme ouvrier et m'octroya, outre de meilleurs appointements, un logement indépendant. Rondelet, de taille moyenne, il portait le turban sikh avec une dignité toute militaire. Rien ne lui échappait.

Une vétille troublait l'honneur de ces hommes nés pour combattre. Brimés, écrasés par les Mogols musulmans, ces « disciples », comme signifiait le mot sikh, partageaient leur temps entre le travail, la prière et la résistance armée. Il n'était pas rare de voir les ouvriers teinturiers s'entraîner au combat entre deux chaudrons fumants.

Ce fut à Amritsar, dans la solitude de ma chambrette blanchie à la chaux, que je commençai à tenter l'expérience de la méditation. Mais mon esprit rebelle à toute immobilité ne cessait d'errer à sa fantaisie. Parfois il me ramenait au Portugal ou à Salamanque au chevet de ma mère mourante, souvent à Macao près de Selena. De ces souvenirs épars qui se heurtaient les uns aux autres naissaient émotions, regrets ou bonheur. Et cependant je savais que du calme de l'esprit seulement dépendait toute progression spirituelle.

Le comte de Saint-Germain absorba une gorgée de la tisane que Tang avait laissée au chaud dans un samovar de terre cuite posé à portée de main. Le liquide tiède lui fit du bien. Les brûlures qui rongeaient son estomac s'espaçaient. Aux questions sur la Maçonnerie dont Hélie l'avait pressé l'après-midi même, il ne pouvait offrir les réponses qu'il attendait. Tout dans l'ordre devait rester secret, les rites comme la doctrine, et il n'avait pas le pouvoir, si haut fût-il placé dans la hiérarchie maçonnique, de trahir son serment. Mais il lui apprendrait à se connaître assez bien pour prendre sereinement ses décisions dans des circonstances difficiles. Ce qu'il entrevoyait pour l'avenir de la France l'inquiétait. Hélie aurait à traverser une tempête qui balaierait sur son passage des édifices réputés indestructibles. Un monde nouveau en surgirait, plus conforme à l'idéal maçonnique de liberté, d'égalité, de fraternité. Sa mission avait été d'avertir, de guider, de soulager, de soutenir, d'imposer l'intelligence sur les émotions, la raison sur la crédulité, pari difficile à tenir.

Six mois s'écoulèrent. J'avais acquis dans l'art des teintures un savoir-faire que je m'étais promis d'appliquer en Europe. J'en espérais la célébrité. Ma barbe avait poussé et, roulée autour de mon menton, accentuait ma ressemblance avec les indigènes. Je refusais cependant de m'engager dans les querelles politiques et religieuses de ce peuple ne trouvant aucune raison de me faire tuer pour une foi que je respectais mais qui n'était pas mienne.

Quand Singh voulut me marier à une de ses nièces afin que je rejoigne leur communauté, je déclinai son offre. La fillette était jolie et gracieuse mais je n'étais pas prêt à m'enraciner. J'avais envie de voyager encore, d'étudier plus avant l'alchimie, de me perfectionner dans le métier de teinturier. Je voulais surtout achever de me reconstruire.

Singh en fut froissé. Il me considérait comme un frère et ne comprit pas mes réticences. Et il m'avait choisi la plus belles de ses nièces : Akala me donnerait des fils qui seraient des hommes pieux et des guerriers. Refuser serait offenser Dieu. Je demandai à réfléchir mais mon existence à Amritsar n'avait plus la même saveur, je me sentais prisonnier.

Longtemps je délibérai, assis devant le Temple d'or. Son reflet sur le lac évoquait le caractère illusoire de toute chose. Un coup de vent dû au hasard, et les rides de l'eau effaçaient son contour. Marié au Pendjab ou errant, quelle était la différence ? J'allais vers le même destin, être effacé, disparaître. Où aller ? La solitude ne m'effrayait plus mais j'avais l'impression d'être au bout d'un chemin sans issue. Je regardais vaguement les jeux de la lumière sur le lac, tentais de me souvenir de certains passages des philosophes et cabalistes juifs que j'avais si ardemment étudiés et qui seraient susceptibles de rafermir mon courage. Je me souvenais de Luria : « Le but de la vie ne peut et ne doit être que de connaître et servir Dieu et en finalité de s'unir à Lui. » Et du livre de Zohar : « Dieu habite là où on Le laisse entrer », mais dans cette ville où toute référence était autre, ces mots, sans perdre de leur sagesse, semblaient trop abstraits. Le Dieu de mon enfance, terrible, aimant, lointain et présent tout à la fois n'était pas celui des sikhs, une pensée, une abstraction, un néant infini qui englobait le fini. Et pourtant l'Esprit suprême ne pouvait être expliqué selon les caprices des hommes.

— La charité, mon frère.

Un homme me tendait une sébile de bois. Il était petit, trapu, avec une face émaciée, des yeux bridés, un teint clair. Je déposai une roupie dans le bol.

— *Puis-je m'asseoir à côté de toi ? me demanda-t-il.*

Et, sans attendre de réponse, il s'installa les jambes croisées sous lui au bord de ce lac paisible où frémissaient les reflets jaunes et pourpres de son vêtement.

— *Je m'appelle Naropa, m'apprit-il d'une voix à peine audible. Mais tu peux me nommer frère si tu le veux.*

Je l'observais avec curiosité. Le petit homme devait avoir au moins quarante années mais son sourire était celui d'un enfant.

— *Qui es-tu, lui demandai-je, et d'où viens-tu ?*

— *Je suis lama, mon frère, et viens de Lhassa au Tibet.*

14

— De grâce, cher ami, faites-moi le plaisir de venir vous installer au palais durant mon absence. Votre bien-être y sera pris en compte mieux qu'ici.

— J'aime cette maison, monseigneur, et avec votre permission y demeurerai. Par ailleurs, comme vous le savez, je n'y suis plus seul.

— J'insiste. Vous êtes affaibli et je ne cesserai de me faire du souci à votre sujet.

Saint-Germain hocha la tête. Pour tout l'or du monde, il ne viendrait se mêler à la cour du prince de Hesse. Sa vie touchait à son terme. Qu'y pouvaient faire bigots et fâcheux qui composaient son entourage ? En outre, il soupçonnait le landgrave d'avoir donné la leçon à un abbé pour qu'il le cathéchise et obtienne son baptême avant qu'il ne trépasse. Croyait-il vraiment qu'un peu d'eau sur la tête aurait le pouvoir de remettre en cause quatre-vingt-douze années d'une vie ? Il voulait mourir dans cette maison, près de Tang et d'Hélie.

Le landgrave semblait contrarié. Ce voyage qui allait le tenir hors du Schleswig-Holstein durant près de deux mois tombait mal. Dans son laboratoire, il était à la veille d'une découverte intéressante qu'il avait longuement évoquée par lettre à son cousin Brunswick. Résident au palais, Saint-Germain aurait pu continuer les recherches mais le vieil entêté refusait désormais de quitter sa maison. Lui qui avait passé sa vie dans des laboratoires d'alchimie n'avait consenti que deux fois à visiter le sien. Comment pouvait-on se désintéresser de ce qui recelait le secret de la création ? Il fallait oser une ultime tentative.

— Vous ai-je confié que je suis sur le point de faire une découverte extraordinaire ? J'ai allié à de l'argent du sulfure d'antimoine, le tout est en train de cuire avec un peu de cuivre, j'en obtiendrai du phlogiston qui pourrait transmuter mon mélange en or.

Le prince guettait une réaction sur le visage de son ami mais la surprise ne semblait pas y provoquer d'effet.

— La pierre philosophale à laquelle il vous est impossible de renoncer, monseigneur, n'est autre que la maîtrise du temps. Des années durant, vous avez guetté votre four, certain qu'il finirait par vous livrer la réponse que vous attendez avec tant de ferveur et tandis que vous échafaudez vos théories, rassemblez des matériaux, lisez des grimoires, vous agitez en tous sens, vous obtenez l'effet inverse en devenant l'esclave du temps, temps compté, morcelé, implacable. Mais m'écoutez-vous seulement ?

Charles de Hesse soupira. Saint-Germain voulait imposer du sublime là où il n'y avait que de la science. Quoiqu'il acceptât volontiers de fréquenter mages, devins et magiciens, objectivité, précision étaient ses méthodes dans son cabinet de chimie. Il ne fallait pas tout mélanger.

— Eh bien, soit. Je demanderai donc à mon secrétaire de veiller à mes intérêts mais cependant je vous désapprouve de refuser l'hospitalité que je vous offre. L'hiver sera rude cette année. Qui vous visitera ?

— Tang m'a toujours fort bien soigné.

— Avec du thé ! Mon ami, soyez raisonnable pour l'amour de Dieu et acceptez les médications modernes. Ces herbes et graines que vous ingurgitez n'ont pas la moitié de la puissance de ce que la science nous propose aujourd'hui. On guérit de nos jours avec des pilules de mercure, de l'oxyde d'antimoine, du bismuth et de la potasse.

— Ne vous inquiétez pas pour moi. Si jamais je dois mourir pendant votre absence, une lettre vous attendra dans laquelle je vous expliquerai certaines choses importantes que nous n'avons pu encore aborder.

Dans la rue, la voiture du landgrave attendait. L'église Saint-Roch sonna trois heures.

— Les causeries sur les teintures que vous avez avec le chevalier de Maisonvieille sont-elles fructueuses ? interrogea Charles de Hesse tandis que son valet lui tendait une pelisse fourrée de petit-gris, une canne à pommeau d'or et un chapeau.

— J'ai avec M. de Maisonvieille de très intéressantes conversations, monseigneur. Mais je ne l'encourage guère à devenir teinturier. Ce jeune homme ne semble pas nourrir de réel enthousiasme pour cet art.

A petits pas, le comte parcourait le jardinet qui prolongeait la façade sud de sa maison. Lorsqu'il s'était retrouvé quelques années auparavant sans véritables amis, désillusionné, affaibli, Charles de Hesse lui avait ouvert les bras. Que lui importait finalement que le prince n'ait pas une grande rigueur d'esprit ? Il était curieux, généreux. Son absence lui serait cruelle mais Hélie demeurait, relais providentiel que le Destin avait toujours mis sur son chemin, de Lisbonne à Macao, de Macao à Goa, de Goa à Arimtsar, d'Arimtsar à Lhassa puis à Lisbonne encore, Londres, Paris, l'Allemagne, la Hollande, la Russie.

Sa pensée revint aux horribles visions qui hantaient ce qui lui restait de sommeil : foules haineuses, destruction, sang et mort. Quel message voulait-on lui transmettre et comment pourrait-il le communiquer ?

Un pâle soleil de novembre glissait sur les feuilles de lierre encore ruisselantes de pluie, accrochant çà et là des particules de lumière. Une rose alourdie d'eau penchait une tête rouillée par trop de nuits humides. Le comte de Saint-Germain jeta un regard autour de lui. Ce jardinet résumait le monde, mort et éclosion de la vie, vide apparent qu'une infinité de vies microscopiques occupait en réalité, chacun de ces organismes étant une image réduite de l'univers qui lui-même se résumait en elles.

Le petit homme ne parlait plus, ne bougeait pas. Un instant, je crus qu'il s'était endormi. J'allais me lever et partir lorsque le son clair de sa voix me fit sursauter.

— Venez avec moi.

Je réprimai mon étonnement. Rien dans l'attitude du Tibétain ne suggérait qu'il eût l'esprit dérangé. Il semblait au contraire extrêmement maître de lui.

— Je vous cherchais, continua-t-il du même ton enjoué et tranquille, mais vous n'étiez pas facile à trouver.

Je répondis naïvement :

— Je loge dans le quartier des teinturiers où je travaille.

— *Je sais, opina-t-il. Ce n'est pas cela qui me posait un problème. Mes supérieurs m'ont envoyé du Tibet pour trouver un sage inconnu devant être mené à la lumière.*

Le moine eut un rire espiègle.

— *A vrai dire, je cherchais un Tibétain, pas un étranger déguisé en sikh. L'épreuve était difficile, je suis heureux d'en être venu à bout.*

Il se leva, accrocha la sébile à sa ceinture, s'empara de son bâton.

— *Venez, il est temps de partir. La caravane ne nous attendra pas.*

J'étais trop abasourdi pour répliquer et ne pouvais cependant consentir à faire les quelques pas qui m'éloigneraient de cet homme bizarre. Je balbutiai :

— *Où voulez-vous m'emmener ?*

— *Mais au Tibet, à Lhassa. Le voyage sera long car on ne franchit pas facilement la muraille levée par le Créateur pour nous protéger du reste du monde. Il faut mériter Lhassa, dépasser avec souffrance et avec foi les frontières interdites. Un conseil cependant, renoncez à être sikh, vous n'abuserez personne au Tibet. Redevenez un étranger, mais pas un Européen car les sbires des Chinois vous traîneraient aussitôt au palais du gouverneur. Le Fils du Ciel interdit à ses sujets de fréquenter les pidgins* [1]*.*

— *Que me conseillez-vous ?*

Les mots venaient spontanément, comme si ma décision de suivre Naropa était déjà prise.

— *Des marchands arméniens viennent régulièrement à Lhassa. Soyez l'un d'eux.*

En un éclair, je revis la boutique de Simon Karaodjan à Goa. Rien dans ma vie ne semblait dû au hasard. Pourquoi cette logique implacable ?

---

1. Européens.

— *Je ne peux me sauver comme un voleur. Donnez-moi quelques jours pour prendre congé de mon employeur et de mes amis.*

— *Dispose-t-on de quelques jours lorsque le moment de naître ou de mourir est venu ? Partons. La caravane va s'ébranler. Seuls, nous n'avons aucune chance de franchir les montagnes.*

J'allais avoir vingt-trois ans. Qu'avais-je à perdre ? A Amritsar, j'avais découvert une religion dont l'influence ne pourrait s'effacer, un sens de l'honneur et de la fidélité incomparable, acquis l'intuition d'être une âme très ancienne en route vers la lumière. Je regardais attentivement Naropa, puis le Temple d'or au bord du lac sacré de l'immortalité. Et soudain par un phénomène étrange, le reflet du moine tibétain vint se fondre dans celui de la coupole d'or qui l'entourait comme un soleil.

Les cavaliers marchaient en tête, suivis par la file des mules chargées de lourds ballots. Puis venaient quelques têtes de bétail, chèvres et boucs destinés à fournir leur viande, enfin les voyageurs à pied. Avec surprise, je découvris dans notre groupe deux jésuites, l'un portugais, Manuel Freyre, l'autre Italien du nom d'Ipolito Desideri. Ils partaient évangéliser les Tibétains avec une foi qui força mon respect et je dus faire effort pour ne pas me découvrir auprès de mon compatriote. «T'avouer portugais te perdrait, affirma Naropa, car ensuite il te serait impossible de t'installer à Lhassa. Les Chinois te renverraient aussitôt. — Et ces deux jésuites ? — Ils sont prêts à toutes les avanies. Ton destin n'est pas le leur. »

Au début de notre long voyage, je l'interrogeai sur ses croyances. Il ne répondit rien. Enfin, lassé peut-être par mon insistance, il se contenta de me déclarer : « Le jour où tu pourras regarder à travers une vitre sans te laisser arrêter par ton propre reflet, tu seras prêt à apprendre. »

Nous atteignîmes Leh en juillet après une route périlleuse où deux chevaux et un guide trouvèrent la mort en tombant dans un précipice. La nuit, nous dormions roulés dans des couvertures autour d'un grand feu sur lequel veillaient des hommes armés. Les jésuites avaient pris l'habitude de se tenir auprès de moi car, quoique schismatiques, les Arméniens étaient chrétiens. Nous étions des frères perdus dans ces pays désolés.

Supposé être marchand, je leur avouai aller au Tibet pour acheter de l'or et du borax que les Chinois recherchaient pour la fabrication de leurs incomparables porcelaines. C'était mon premier voyage. Mon oncle qui était familier avec les commerçants de Lhassa, leur racontai-je, venait de mourir et j'avais pris sa succession. Ils m'interrogèrent sur l'accueil réservé aux Occidentaux. Je restai imprécis. Les Arméniens jouissaient d'un statut particulier au Tibet ainsi qu'au Boutan et au Cachemire. N'étaient-ils pas eux-mêmes des Orientaux ? Ma famille venait de Perse, continuai-je à affabuler, et s'était établie au Tadjikistan au début du siècle précédent. Quant à l'oncle qui venait de mourir, il possédait des comptoirs au Beloutchistan où il achetait blé et coton. Etant jeune et entreprenant, je voyais plus grand et comptais sur le commerce de l'or pour m'enrichir. « Pensez avant tout à la gloire de Dieu », me conseilla le père Ipolito Desideri.

J'imaginais la déception de Singh et sa rancœur lorsqu'il avait constaté ma disparition. Sans doute serait-il persuadé que je m'étais enfui pour ne pas épouser sa nièce. C'était une offense grave qui méritait vengeance. Tout retour à Amritsar devenait problématique. Une fois de plus, j'avais coupé les ponts derrière moi.

Naropa cheminait dans le vent, la chaleur, la poussière avec la même sérénité. Sa longue robe rouge et safran le singularisait des autres voyageurs vêtus pour la plupart de culottes bouffantes, de solides bottes et de longs manteaux. La majorité était des musulmans mogols mais on comptait aussi dans notre caravane des Afghans, des Boutanais, des Chinois et quelques Mogols bouddhistes venus en pèlerinage à Lhassa. Le soir, mon compagnon s'isolait pour méditer, cherchant un arbre, un point d'eau ou à défaut une simple pierre alors que les jésuites disaient leurs prières. Je les voyais se signer à genoux l'un à côté de l'autre puis s'absorber dans leurs oraisons tandis que les musulmans se prosternaient en direction de La Mecque. Et moi, toujours juif dans mon cœur, je n'osais m'incliner en psalmodiant des versets de la Bible que je tenais cachée sous ma chemise. Mais en hébreu, je me récitais à moi-même des passages des psaumes de David qui toujours avaient su me redonner confiance.

Lorsque nous partagions le thé et les galettes de farine de millet au beurre de yak, parfois un peu de viande et quelques fruits secs, je songeais que les hommes étaient fous de prétendre posséder la vérité quand tous, sans le moindre choix, priaient selon leur culture et leur héritage familial. Se croire libre en face de sa religion était une absurdité. Tandis que nous cheminions, je parlais de la Kabbale avec Naropa. Il sembla intéressé par cette mystique qui montrait avec la sienne tant de similitudes et me pressa de questions. « Limiter l'énergie positive, l'amour, voilà le péché suprême, prononça-t-il après un échange de pensées qui nous avait troublés. L'homme n'a pas le droit de laisser en friche ses talents. »

Nous quittâmes Leh en août pour suivre la haute vallée de l'Indus, traversâmes d'immenses plaines ondulées dénuées de végétation. Çà et là, de fentes qui ouvraient la terre comme des gerçures s'échappaient des vapeurs dont l'odeur de soufre prenait à la gorge. Un marchand de soie venant du Sinkiang et qui avait fait à maintes reprises le trajet de Khotan à Tashigong nous expliqua qu'il avait vu jaillir de ces crevasses des geysers d'eau chaude d'une puissance inouïe. Les gens simples y voyaient une manifestation des génies de la terre qui crachaient leur courroux à la tête des hommes.

Enfin nous atteignîmes Tashigong, ville de garnison chinoise s'élevant aux limites d'un affreux désert. Rien dans cette bourgade n'égayait le regard. Les maisonnettes semblaient ratatinées sur elles-mêmes pour se protéger des vents de poussière qui balayaient les ruelles malpropres où fuyaient des rats. Abrutis de solitude et d'inaction, les soldats chinois jouaient du matin au soir aux dés ou au majong. Des vieux nous regardaient avec suspicion tandis que les enfants nous harcelaient afin d'obtenir des morceaux de galette ou des éclats de sucre. Nous nous installâmes dans un grenier prêté par un pieux bouddhiste voulant honorer le moine pèlerin qu'était Naropa tandis que les deux jésuites posaient leurs maigres baluchons chez un marchand d'épices qui leur loua un réduit infect pour une somme exorbitante.

La caravane se disloqua à Tashigong, les uns descendant vers l'Assau où ils commerçaient le jute, le thé et la canne à sucre, les autres s'enfonçant vers l'est. Une poignée de Mogols, les jésuites, Naropa et moi étions les seuls à vouloir rejoindre Lhassa.

Le temps fraîchissait déjà et le froid était vif durant la nuit. Trouver des guides pour remonter vers le nord se révéla impossible et, cependant, nous ne pouvions traverser ces contrées désertiques que l'hiver, la neige étant la seule ressource en eau potable sur laquelle les voyageurs pouvaient compter. Naropa revint soucieux d'une entrevue avec le gouverneur local. Tenter si peu nom-

breux le voyage serait aller à une mort certaine. Il fallait attendre.

Dans la solitude de notre grenier, le moine bouddhiste évoqua enfin le message que ses maîtres voulaient me transmettre. Un des leurs m'avait aperçu à Amritsar et m'avait reconnu aussitôt comme un Illuminé. J'avais une mission à remplir. Ce n'était pas une quelconque tâche ponctuelle, mais la raison même de mon retour sur la terre. Me dérober était aussi inconcevable que de prétendre n'être pas né. « La Kabbale, constatai-je, parle de Justes de toutes religions et de toutes origines envoyés pour assurer la progression de l'humanité. M'estimer l'un d'eux me semble présomptueux. » Naropa me regarda en souriant : « Prétendre savoir est davantage encore une marque d'orgueil. Abandonne-toi à Dieu. »

Enfin, en novembre, le gouverneur nous fit prévenir qu'un détachement de troupes tartares et tibétaines allait partir pour Lhassa. Nous étions autorisés à nous mettre sous leur protection.

Lors du départ, il neigeait. Les flocons collaient aux pelisses pour former aussitôt une pellicule de glace. Les soldats tibétains d'un côté, tartares de l'autre, avec leurs bottes de peau et leurs gros bonnets ourlés de fourrure, étaient en ordre de marche. Naropa, moi-même et les deux jésuites avions acquis à Tashigong des chevaux mogols à poil long qui semblaient jeunes et courageux. Tôt le matin, nous avions fixé nos bagages à leurs selles ainsi qu'un sac contenant un peu de nourriture, principalement du thé, de la farine d'orge grillée, du froment et du beurre conservé dans un estomac de mouton, quelques fruits secs et du sel. Quoique Naropa considérât tout alcool avec répulsion, j'avais en outre acheté un flacon d'eau-de-vie en prévision des froids mordants. Les jésuites m'assurèrent qu'ils avaient pris la même précaution.

Nous attendions quelqu'un ou quelque chose pour nous ébranler. Impassibles, les soldats laissaient les flocons de neige recouvrir leurs bonnets, s'attacher à leurs manteaux. Mules et chevaux hennissaient et grattaient le sol gelé de leurs sabots. Enfin un chariot tiré par quatre bœufs grognants que l'on appelait yaks remonta la rue principale dans le grincement désolant des grossières roues de bois. On ne pouvait voir qui se tenait à l'intérieur car les rideaux de peau étaient soigneusement tirés.

L'ordre du départ fut enfin donné. Pesha — j'avais donné à mon cheval le nom de la fête du passage et de l'espérance — vint se mettre à côté de la monture de Naropa. Le moine avait jeté un manteau sur sa robe et posé sur sa tête rasée un bonnet conique, dérisoire protection contre le froid intense.

— Toi qui sais tout, le pressai-je, dis-moi qui voyage à l'intérieur de ce chariot.

— Quelqu'un qui te ressemble.

Rien ne pouvait davantage exciter ma curiosité.

— Un Portugais ?

— Je n'ai pas voulu suggérer, mon fils, que cette personne parle ta langue, partage ta culture ou possède les traits de ton visage. C'est une âme impatiente qui a enfin trouvé le port d'où elle pourra s'élancer vers l'infini.

— Est-il de noble famille pour voyager si bien gardé ?

— C'est une princesse mogole, mon fils, la veuve d'un chef de guerre qui, selon la coutume de son peuple, a dû le remplacer à la tête des troupes. Mais cette mission, imposée par la tradition, lui pèse. Elle est en route pour Lhassa afin de rejoindre un monastère de femmes.

Je n'eus alors de cesse que de l'apercevoir et poussais aussi souvent que possible mon cheval contre son chariot. Mais les rideaux demeuraient clos.

15

« Mon cher oncle,

« J'étais sur le point de partir pour Paris en tant qu'émissaire du comte de Saint-Germain, lorsque au dernier moment il s'est récusé. " Je ne veux pas vous voir prendre le risque d'être embastillé ", m'a-t-il avoué. Avec ardeur pourtant, j'aurais accompli cette mission, à vrai dire délicate. Le comte venait d'apprendre par ses informateurs que se prépare, au détriment de notre reine, une escroquerie dont l'instigatrice, une femme se disant apparentée à la famille royale, est en réalité une friponne avide d'argent. Deux personnages considérables risquent de tomber dans ses pièges, un grand de l'Eglise et un maçon fort célèbre qui malheureusement, m'a confié le comte, a failli à sa mission en lui ôtant sa dimension spirituelle pour satisfaire la plus narcissique vanité. J'ignore son nom ainsi que celui de l'ecclésiastique car Saint-Germain ne dévoile rien de ce qui concerne les secrets des francs-maçons. Mon rôle aurait été de prévenir la reine qui est faible, coquette et crédule. Un scandale survenant à un moment où les fondements de la monarchie sont si âprement remis en question pourrait achever de la perdre.

« Si je vous parle de cette affaire, c'est bien sûr pour vous implorer d'y réfléchir et de décider si vous pouvez intervenir. Etant maçon, vous serez susceptible de récolter noms et informations que j'aurais été quant à moi impuissant à obtenir.

« Je vous supplie, mon cher oncle, d'interroger quelques personnes susceptibles d'approcher la reine. J'insiste. " La monarchie depuis le départ de Necker qui est par ailleurs un homme sans honnêteté, s'enfonce dans un abîme de maladresses, d'imprudences, de lâchetés et de faux-fuyants. " Ce sont les mots exacts employés par le comte de Saint-Germain. Si la reine n'oppose sans tarder une attitude digne, courageuse et honnête à ses ennemis, personne ne sera plus en mesure de la défendre.

« J'espère, mon oncle, une réponse avec l'impatience que vous imaginez. »

Hélie sécha l'encre, plia la lettre, la cacheta. Il fallait qu'elle parte par courrier rapide le jour même.

Plus encore que l'affaire évoquée par le comte, le captivait la façon dont il en avait eu connaissance. Ainsi il existait en Europe un réseau d'informations secrètes qui ignorait nationalités, classes sociales, intérêts politiques. Des êtres influents communiquaient clandestinement, prêts à défendre ou à condamner, les uns dans le souci du bien des peuples, les autres par ambition ou désir de vengeance. Combien de familles maçonniques couvraient-elles l'Europe et combien d'autres sociétés secrètes dont faisaient partie le prince de Hesse et le comte de Saint-Germain ainsi que ce Willermoz qui, tout négociant en draps qu'il était, avait ses entrées chez tous les princes ?

« Pourquoi le secret ? avait répondu le comte à une de ses questions. Mais parce que celui qui parlerait haut et fort serait aussitôt muselé. En outre, les sociétés ésotériques détiennent d'antiques traditions qui ne doivent pas s'éteindre. Le jour où l'humanité se coupera de ses racines et des réponses qu'elles détiennent pour ne compter que sur elle-même et un prétendu progrès, les hommes seront livrés à des convictions qui changeront selon les mœurs et les époques, soumis à l'influence de charlatans se déclarant des sages et de loups se prétendant agneaux. La dignité de l'homme est dans la compréhension qu'il doit avoir de son rôle sur la terre. Hors cette intelligence, il peut accumuler ambitions, biens ou savoir, il ne sera qu'une plume ballottée par le vent, un être isolé et malheureux. »

— Je veux être franc-maçon, décida Hélie.

Saint-Germain tendit une main que les rhumatismes torturaient.

— Je te désire maçon par idéal, non par conformisme, curiosité ou amitié envers moi.

Pour la première fois, il s'adressait au jeune homme en le tutoyant.

La tempête allait faire rage. Saint-Germain la devinait au sifflement du vent qui s'engouffrait dans le conduit de sa cheminée, à l'appel lancinant des mouettes, à l'opacité inquiétante de la nuit. Tang avait clos les volets, fermé la porte au verrou. La maison ressemblait à un navire au milieu de l'océan ou à une caravane en route vers nulle part. L'isolement plaisait au comte. En dépit de ses dons comme de ses succès, il n'avait pas été très heureux dans le monde. Les mœurs de ses parents, son éducation, ses propres goûts ne le destinaient nullement à des réjouissances auxquelles il avait participé sans se donner. Certes, il avait apprécié la politesse, la délicatesse des manières, la beauté des demeures, la subtilité des conversations et l'art surtout, peinture, musique, les concerts qui ravissaient... Un *allegro* pour deux violons de Mozart écouté à Paris, une fugue de Bach, un oratorio de Haendel. Il se souvenait d'aubes mélancoliques après les fêtes quand les girandolles s'éteignaient et que les convives épuisés et blafards regagnaient leurs carrosses. Alors il prenait son violon pour retrouver la paix.

Une mouette poussée par le vent heurta un carreau. Le bruit sourd du choc serra le cœur du comte. Chaque bête était irremplaçable, le fruit de la vie, toujours en travail, toujours en progrès du plus simple organisme à l'animal le plus complexe. Il aimait observer les insectes, s'émerveillait de la subtilité de leur comportement. Pluralité, unité, énergie, les trois faces de la vie étaient présentes dans cet univers minuscule auquel nul ne prêtait attention. Depuis son initiation à Lhassa, il n'avait plus mangé de viande, ni nuit à un animal aussi insignifiant fût-il. L'Immense et l'Infime étaient semblables, parcelles de l'achèvement du Créateur.

Le froid était meurtrier. Nous partions une heure ou deux avant le lever du soleil afin de pouvoir camper vers midi et donner à nos chevaux le temps de brouter les maigres touffes d'herbe que la neige ne recouvrait pas encore. Le réveil était annoncé par un coup de fusil. Tout le monde se levait puis on faisait bouillir une marmite pour préparer le thé dans lequel fondait un morceau de beurre de yak avant de rouler les boulettes de tsamba[1]*, nourriture de base du voyageur mogol et tibétain.*

La princesse ne quittait pas son chariot. Mais la nuit,

---
1. Farine d'orge grillée mélangée à du thé.

lorsque le campement était endormi, peut-être s'échappait-elle pour faire quelques pas. Je décidai de veiller, tant le mystère d'une femme chef de guerre qui se voulait nonne m'obsédait. Elle devait être au terme d'une longue existence pour aspirer à la solitude et au dénuement. Nous avions en commun, elle et moi, une curiosité nous poussant à découvrir d'autres communautés, une nouvelle façon de vivre et de penser. J'avais suivi Naropa autant pour échapper aux projets matrimoniaux de Singh que par besoin d'aller plus loin dans une recherche encore énigmatique mais nécessaire du sens de la vie.

Je fus servi par la chance car, avant ma première nuit de veille, le ciel jusqu'alors opaque se découvrit laissant la place à une lune d'une pâleur métallique. Je vis la princesse sortir du chariot enveloppée d'un long manteau en fourrure. On discernait un visage aux pommettes hautes. Elle semblait jeune. Caché derrière les rideaux de ma tente, j'observais sa silhouette déambuler autour du campement en compagnie d'une servante. Puis, toute proche de moi, elle s'arrêta pour contempler la lune. Sa beauté me stupéfia.

— Cette femme possède une belle âme dans un joli corps, souffla derrière moi Naropa. Mais les biens et le pouvoir ne la satisfont pas.

Comme je ne répondais rien, mon ami crut que je doutais de son appréciation.

— Elle a l'esprit humble, le goût de la recherche, d'une existence calme et silencieuse qui rompt les liens charnels.

— Je veux la connaître, décidai-je. Tu es moine, elle te recevra.

L'intérieur du chariot ressemblait à une tente. Des tapis étaient jetés sur le plancher ainsi que des coussins et couvertures en peau de loup que des vapeurs montant d'une cassolette d'argent imprégnaient d'une senteur forte et sensuelle. Les braises qui se consumaient dans un réchaud de fonte dispensait une vague chaleur.

— *Je m'appelle Chanda Khan, me déclara la princesse d'une voix un peu rauque.*

Elle parlait le mandarin, mieux que moi qui pouvais cependant suivre aisément une conversation. La servante nous tendit une tasse de thé brûlant largement beurré accompagnée de gâteaux à la graisse de mouton et au miel, douceur à laquelle je n'avais goûté depuis longtemps. A la précipitation avec laquelle je dévorais, la princesse comprit ma satisfaction et éclata d'un rire cristallin, qui contrastait avec la voix de séductrice.

— *Il y a deux Européens dans notre détachement, n'est-ce pas ? interrogea-t-elle.*

— *Ce sont des chrétiens, des lamas du ciel d'Occident, précisa Naropa. Ils vont à Lhassa pour nous parler de leur Dieu.*

— *Et lui ?*

Chanda Khan me regardait droit dans les yeux avec l'aplomb du chef de guerre qu'elle avait été.

— *Ce jeune homme est un Elu.*

En marque de respect, elle baissa aussitôt la tête. J'en voulus à Naropa de m'avoir ainsi sacralisé devant une femme à laquelle j'avais envie de plaire.

— *Amenez-moi les lamas du ciel d'Occident, demanda-t-elle à mon ami. Je veux aider tous les hommes qui se réclament du Grand Créateur. Connaissent-ils le tartare ?*

Pour regagner son attention, je m'empressai de répondre.

— *Je ne sais, princesse, mais ils parlent chinois presque aussi bien que vous.*

Elle me regarda de nouveau et sourit, découvrant de petites dents noircies par le bétel.

— Revenez avec eux. Nous avons ici un peu de viande et du sucre qui adouciront les fatigues de leur voyage.

Elle rabattit sur son visage un pan de la couverture de soie brodée que la servante avait posée sur ses épaules. L'entretien était terminé.

Le lendemain, alors que je chevauchais à côté de Naropa, je lui fis le reproche de m'avoir présenté à la princesse comme un être parfait, ce que je n'étais pas. Des lamas de Lhassa m'avaient peut-être perçu comme un guide mais, si tel était le cas, j'étais loin de mériter leurs ambitions car j'avais du mal à me guider moi-même.

— Tu veux plaire à la princesse, n'est-ce pas ? demanda-t-il, un léger sourire aux lèvres. Et pourquoi pas ? Il faut savoir quitter les passions avec panache. Elle va se vouer à une chasteté totale, tu la suivras dans cette décision mais avant que ce choix soit irrévocable vous pourrez vous rejoindre sans que cet amour vous fasse régresser.

Tout le jour, nous marchâmes sans prendre le moindre repos. Il fallait hâter l'allure, nous avions pris du retard et, sans vivres, nous trépasserions tous. En chevauchant nous avalâmes des boulettes de tsamba que le froid avait gelées. Les deux jésuites m'offrirent une gorgée d'alcool que j'acceptais avec reconnaissance. Ils étaient enchantés de l'invitation de la princesse qu'ils espéraient évangéliser.

Nous croisâmes un campement nomade qui se composait de quelques misérables tentes et d'un troupeau de chèvres. Les bergers sortirent pour nous demander l'aumône d'un peu de thé et de tsamba. D'une maigreur extrême, ils avaient les yeux hagards. La nature était triste et sauvage. Le terrain aride et pierreux ne laissait croître que des broussailles émergeant de la mince couche de neige que le froid rendait craquante comme une pellicule de sucre. Je ne pouvais m'empêcher de penser à Chanda Kahn.

Lors du campement du soir, les soldats firent rôtir deux chèvres qu'ils avaient troquées aux bergers contre des briques de thé. On nous en offrit quelques lambeaux que, sauf Naropa, nous acceptâmes tous avec empressement. Manuel Freyre et Ipolito Desideri semblaient affaiblis par le froid. Le jésuite portugais avait les lèvres bleues, le teint blême. Il m'apitoya et je lui offris le reste de mon tsamba. Nous aurions pu être frères, mais un monde désormais nous séparait, lui demeurant enraciné dans son éducation et son savoir, moi libre de toute attache. Découragés par mon désintérêt pour la religion, les deux prêtres me considérèrent non plus comme un Arménien hérétique, mais comme un athée, et évitèrent avec moi toute conversation autre que celle portant sur les aléas du voyage.

Je commençais à douter d'une nouvelle invitation quand la servante de la princesse nous rejoignit auprès du feu et nous fit signe de la suivre.

Pour nous accueillir, Chanda Kahn avait revêtu une robe de velours matelassé toute rebrodée de fils d'or dessinant des motifs géométriques. Elle portait des bottes de peau fine et sur la tête une sorte de cône bouilli décoré de sequins, d'où émergeaient ses deux longues nattes emmêlées de rubans de soie et enduites d'huiles parfumées. Elle inclina la tête devant chacun de ses hôtes, leur désigna un coussin et me gratifia d'un sourire. J'étais installé à côté d'elle, si proche que je respirais l'odeur de santal et de musc qui imprégnait sa chevelure et sa robe. Tout distinguait cette femme de Selena et cependant, dans leur sensualité, l'une comme l'autre détenaient le pouvoir de faire rêver les hommes.

Tandis que la servante remplissait nos bols de thé brûlant, Chanda Kahn voulut tout savoir de la foi des jésuites. Qui adorait-on en Occident, comment priait-on ? Ils parlèrent d'églises magnifiques, d'autels rehaussés d'or, d'un Dieu d'amour qui considérait les hommes comme ses enfants.

— Les punit-il ? interrogea-t-elle.

Manuel Freyre affirma que Dieu en effet récompensait les justes et châtiait les méchants, que dans son paradis seuls les saints étaient admis, les autres devant patienter dans une sorte de néant appelé purgatoire quand ils n'étaient pas précipités par leurs mauvaises actions dans les flammes éternelles de l'enfer.

Elle écoutait attentivement, poussant parfois une exclamation de surprise, et demanda ce qui se passait si un enfant mourait en bas âge ou si, l'intelligence lui faisant défaut, un homme n'avait pu se comporter en bon chrétien durant une existence qu'il avait seulement subie.

— Dieu juge, répondit Ipolito Desideri.

— Mais votre Dieu est bien injuste, répliqua-t-elle. Pourquoi gratifierait-il les uns de la beauté et de l'intelligence tandis que d'autres recevraient en partage un esprit médiocre ou, pire encore, une prédisposition à la cruauté et la violence ? Pourquoi donnerait-il aux uns l'avantage d'une longue vie et aux autres un temps si court qu'aucune erreur ne leur soit permise ?

— Les nantis, princesse, seront plus sévèrement jugés que les démunis.

— Je comprends bien, mais pourquoi votre Dieu veut-il qu'un bébé naisse difforme, pourquoi accepte-t-Il qu'il puisse mourir avant d'avoir pu prouver la moindre vertu ? Quelle est la logique de cette injustice ?

— *Madame, aucun humain ne peut pénétrer les intentions de Dieu.*

La servante déposa devant nous des morceaux de viande grillée et pour Naropa une galette de millet accompagnée de figues sèches. Chanda Khan se tourna vers moi.

— *Puisque notre frère Naropa affirme que vous êtes un sage, dites-nous ce que vous pensez du sens de la vie.*

Il me sembla percevoir une lueur d'ironie dans son regard.

— *Princesse, n'étant pas assez instruit ou avancé en âge pour cueillir les fruits d'une longue réflexion, je me contente de regarder autour de moi. Je vois la pluie qui tombe des nuages, la chaleur du soleil la fait s'évaporer, elle remonte alors dans l'atmosphère et participe à la formation d'autres nuages d'où elle retombera en pluie une fois encore. Ce cycle recommencera encore et encore. C'est le cycle de la vie.*

Elle parut satisfaite et me tendit le morceau de viande qu'elle s'apprêtait à manger.

Pour détendre l'atmosphère, je demandai à Naropa de nous parler de Lhassa que nous allions découvrir. Cernée de remparts, la ville, nous apprit-il, était composée d'un ensemble de monastères que dominait le palais du dalaï lama. Un dôme le coiffait qui semblait protéger la ville.

— *Mais, ajouta-t-il tristement, notre dalaï lama n'est pas encore réincarné et les Mogols nous ont imposé un chef que nous ne pouvons accepter. Aussitôt que le Bouddha sera reconnu dans une de nos provinces, nous chasserons cet imposteur de Lhassa.*

— *Mais les Mogols ne feront-ils pas en sorte de protéger leur vassal ?* interrogea Manuel Freyre.

— *Nous avons des alliés,* assura Naropa. *Les Turkmènes seront prêts à nous prêter main forte.*

— *Je n'ai guère confiance en eux,* répliqua la princesse.

Nous avions achevé notre repas. Les jésuites se levèrent pour prendre congé. Naropa les suivit. J'allais l'imiter lorsqu'une main menue s'empara de la mienne.

— *Restez,* chuchota *Chanda Khan.*

16

Le landgrave congédia son valet de chambre. Une humeur nostalgique lui interdisait de lire dossiers et rapports, de signer le volumineux courrier rassemblé sur son bureau par Molkte. Lorsque disparaîtrait Saint-Germain, que deviendraient la société des Frères d'Asie, les Illuminés de Berlin, les Rose-Croix de Russie, d'Amsterdam, de Londres, de Paris, les Maçons écossais, les Elus Cohens de Martinez de Pasqually dont il était le Grand Profès ? Ces sociétés, bien sûr, perdureraient mais en s'en allant le comte laisserait un grand vide.

Attentivement le landgrave contempla le portrait de Saint-Germain qu'à sa demande un des peintres de la Cour avait brossé. L'artiste l'avait représenté à l'âge mûr, mais point trop vieux encore. Il portait perruque, cravate de dentelle et gilet de soie. Les yeux noirs, profonds, interrogeaient, sondaient, interpellaient.

Son ami avait séjourné en Orient dans un monastère de lamas. Il avait lu le fascinant Livre des Morts dont il lui avait livré quelques passages, observé des phénomènes dont les Occidentaux n'avaient aucune idée. Ces secrets, irritants pour l'homme avide de spiritisme qu'il était, ne devaient pas disparaître.

— Le départ du landgrave m'attriste, soupira le comte de Saint-Germain, je ne sais pas si nous nous reverrons.

Tang qui pliait une couverture jeta un coup d'œil par la fenêtre. De gros nuages filaient poussés par le vent d'est. Ainsi étaient les hommes, ainsi était la vie. « Les âmes, murmura-t-il, sont une partie du ciel. On ne morcelle pas le ciel. »

Saint-Germain trempa sa plume dans l'encrier. En le lui offrant, la marquise de Pompadour avait jugé ce cadeau digne d'un homme capable d'écrire d'une main une partition de musique, de l'autre une lettre à un ami. Quoiqu'il lui fût arrivé rarement de s'exercer à ce genre de défi, il ne le craignait pas.

Tang posa la couverture sur le lit de méditation du comte, s'appliquant à en effacer le moindre pli. Puis, sans hâte, le vieux serviteur remplit le bol du comte de tisane brûlante.

— Maître ?

Le comte leva la tête. Tang à côté de lui affichait un sourire confiant.

— Je souhaite disparaître avant vous. Que ferais-je seul ici ?

Il avait parlé en tibétain, langue que ni l'un ni l'autre n'employaient depuis leur arrivée en Europe. Le comte en fut bouleversé.

La servante s'était éclipsée. Je n'avais des femmes que l'expérience de Selena et devinais que je ne pouvais me comporter en face de cette princesse tartare comme avec une jeune fille portugaise pleine de pudeur et d'innocence. Les mots tendres, les caresses douces dont Selena était avide sembleraient étranges à une femme ayant vécu la rude vie des nomades.

— Tu es belle, murmurai-je en mandarin.

C'était une gageure pour moi de parler d'amour dans une langue que j'avais jusqu'alors employée pour les besoins du commerce et ces mots inusités ajoutaient au mystère de notre rencontre.

— Je vais là où on ne m'espère pas, murmura-t-elle de sa belle voix rauque, là où le pouvoir des hommes s'arrête.

— Là où tu vas, je vais, princesse. On m'attend dans une gompa à Lhassa.

Encadré par la coiffe où brillaient des pièces d'or, son visage de chatte était d'une beauté étrange.

— Aimer, dis-je en la regardant droit dans les yeux, est une des seules sincérités humaines, quelques fragments intacts venus du monde de l'enfance.

Elle ôta sa coiffe, découvrant des cheveux nattés haut sur la tête. L'arôme de musc et de santal était enivrant. Je la pris dans mes bras, cherchai ses lèvres, mais elle s'esquiva. Il n'était pas question de se déshabiller, le froid était trop rude en dépit des couvertures de peaux de loups. Alors je me couchai sur elle, ne l'enlaçant pas encore, heureux de sa chaleur, de son odeur. Elle ne bougeait pas et nous restâmes un long moment attachés l'un à l'autre, ma bouche au creux de son cou. A son tour elle me prit dans ses bras, frottant sa tête contre moi avec une insistance féline. Mes mains libres s'étaient glissées sous les jupes, caressant la peau douce des cuisses, montaient plus haut sans qu'elle ne fît rien d'autre que de continuer les mouvements de sa tête. Enfin elle poussa un petit cri et s'attacha à moi plus étroitement encore.

Nous restâmes encore un moment l'un contre l'autre, ma tête posée sur son ventre puis elle me demanda de partir pour revenir le lendemain et le surlendemain encore jusqu'à la veille de notre arrivée à Lhassa. Là, elle ne me reconnaîtrait plus. Nos mains se dénouèrent. Elle tendit une paume ouverte où je déposai un baiser en réprimant le désir que j'avais d'elle à nouveau. Dehors il gelait à pierre fendre. Je rejoignis Naropa sous notre tente et me glissai sous la peau de bouc, encore imprégné de l'odeur de Chanda Khan.

— La prière t'attachera à ta princesse plus que toutes les jouissances, observa Naropa.

— Que sais-tu de l'amour ? interrogeai-je.

J'allais m'endormir quand il me chuchota :

— L'Amour est la nature même du Secret.

Chaque soir je retrouvais Chanda Khan dont le lourd parfum était devenu pour moi synonyme de plaisir. Elle savait des caresses exquises, m'apprenait celles qu'elle attendait de moi. J'étais jeune et ardent, bon élève sans doute, car jour après jour, de chatte ma princesse devenait panthère. Chanda Khan n'était pas une femme douce, mais elle était caressante avec de brusques pulsions d'autorité. Nos corps étaient faits l'un pour l'autre.

Je souhaitais que ces moments deviennent une errance sans fin, mais bientôt la servante revenait et Chanda Khan me tendait sa paume à baiser.

— Dis à ta servante de ne pas se montrer, implorai-je l'ultime soir. Je veux dormir à ton côté.

De temps à autre une rafale entrouvrait les rideaux de peaux. J'apercevais des lambeaux de lune et d'étoiles dans un ciel couleur de cendre.

La dernière image que je garde de Chanda Khan est son regard dans le mien, nos mains encore enlacées qui lentement se désunissaient. Puis, à l'aube, la servante survint, le rideau se referma derrière elle.

Le 20 avril, nous arrivâmes à Lhassa. La princesse fit venir les deux jésuites, Naropa et moi pour nous faire ses adieux. Le jour même, elle entrerait pour le reste de ses jours dans la gompa de Samding réservée aux femmes. D'un ton d'une majesté un peu solennelle, elle s'adressa à chacun pour lui souhaiter un avenir heureux. Lorsque mon tour fut venu de m'incliner devant elle, sans un regard, sans un mot, Chanda Khan me tendit sa paume à baiser.

Je pris congé de Freyre et de Desideri avant de suivre Naropa.

En arrivant aux abords de Lhassa, je ne remarquai que des mendiants décharnés et des chiens maigres et pelés. Puis mon regard peu à peu se fit attentif. Plus nous pénétrions dans le cœur de la ville, plus la foule se faisait dense, bigarrée. Moines en robes rouges et safran, nomades crasseux, aristocrates portant une natte à la mode chinoise et coiffés de toques bleues à large rebord de fourrure noire, surmontée d'un pompon rouge, se côtoyaient dans une cacophonie de bruits : frappements d'enclumes, psalmodies, appels de conque, grognements des yaks. De chaque côté de la rue principale où nul égout ne courait, des maisons s'alignaient, blanchies à la chaux, portes et linteaux peints de couleurs vives. Dans le cœur de la ville se dressaient des bâtiments de deux ou trois étages, des boutiques, des ateliers, des comptoirs de change. Tibétains, Chinois, Mogols, Cachemiriens, Boutanais au teint sombre allaient et venaient, vendaient et achetaient.

— Où logent tous ces gens ? demandai-je à Naropa. La ville ne me paraît pas très grande.

— La plupart sont des étrangers de passage, beaucoup des moines venus de monastères avoisinants, d'autres sont des fermiers, des marchands, des vagabonds aussi.

Dans la rue, les femmes étaient nombreuses. Rieuses, actives, elles participaient au même titre que les hommes à la vie de la cité. Elles auraient pu être belles sans la couche de graisse noirâtre qui couvrait leurs visages.

— Les femmes tibétaines, m'expliqua Naropa, sont farouchement attachées à leur liberté et refuseraient de s'entortiller dans des voiles pour se soustraire aux regards des hommes. Elles préfèrent s'enlaidir au-dehors pour retrouver leur beauté dans l'intimité de leur demeure.

Majestueuse et secrète, le Potola, demeure de ce dalaï lama usurpateur dont nul ne reconnaissait l'autorité, dominait la ville.

— Tu arrives au Tibet, m'expliqua Naropa, dans des temps troublés, étranges et sans doute y a-t-il une raison à cela. Rien ne survient sans que des causes précises l'aient déterminé.

La gompa vers laquelle se dirigeait mon ami n'était pas la plus grande, loin de là. C'était un monastère carré, blanchi à la chaux, au toit plat couvert de plaques de cuivre brun. Alors que nous allions atteindre la massive porte d'entrée, Naropa arrêta son cheval devant une échoppe et me fit signe de mettre pied à terre.

— En me suivant, me déclara-t-il, tu t'es résigné à te débarrasser des faiblesses qui enchaînent les hommes. Chanda Kahn fut ta dernière passion amoureuse. Il est temps maintenant de renoncer à manger la chair des animaux qui sont nos frères. Entre dans cette taverne où on te servira du mouton haché et du bœuf cru mélangé à des épices, pense que tes dents broieront les muscles de bêtes innocentes massacrées pour satisfaire l'insatiable avidité des hommes. Quand tu sortiras de là, tu seras prêt à te nourrir comme nous de graines, de racines et de laitages.

Par curiosité plus que par gourmandise, car le réalisme de Naropa avait amoindri mon appétit, je pénétrai dans cette auberge. L'odeur de fumée, de bouse, de pourriture me fit reculer d'un pas mais il y faisait bon et l'hôtelier avançait vers moi découvrant ses chicots dans *un avenant sourire. On m'installa à la table d'hôte et bientôt arrivèrent un plat de boulettes de mouton baignant dans une sauce grasse, un bol de riz, un autre de courges saupoudrées d'épices jaunes et rouges. On me proposa de la bière d'orge que j'acceptai avec plaisir. Mon appétit revenait. Depuis cinq mois que nous avions quitté Tashigong, je n'avais absorbé que des tsambas, la plupart du temps glacés, les quelques morceaux de viande et les pâtisseries au miel offertes par Chanda Kahn. Pour toute boisson, je m'étais contenté de thé au beurre. Le repas, très relevé, était bon, la bière délicieuse, mais l'effet de l'alcool me rendit nostalgique. Je pensais à ma princesse, à Selena, à ces corps de femmes si désirables. Devrais-je vraiment m'en tenir écarté pour toujours ? J'avais bien sûr appris à connaître la philosophie élevée des bouddhistes. Eux seuls, me semblait-il, offraient une véritable réponse aux énigmes posées par la vie. Mais les moines, je ne l'ignorais pas, étaient chastes et excluaient la viande de leur alimentation. L'accepter n'était pas aisé.*

— Maintenant, allons, me déclara Naropa d'une voix joyeuse. On nous attend à la gompa.

17

Le comte tendit à Hélie une feuille de papier gris couverte d'une fine écriture penchée : Willermoz y assurait Saint-Germain d'une amitié qu'aucun différend ne pouvait entacher.

— Cet homme a donné à la Maçonnerie une direction dont nul ne pourra s'écarter. Je vais t'apprendre pourquoi ce mouvement dont j'ai connu les balbutiements lors de mon premier voyage à Londres en 1723 a pris une telle ampleur que les Américains viennent de faire leur révolution en son nom.

Le soleil se couchait dans le pépiement des oiseaux. Il faisait anormalement doux pour le mois de décembre. Saint-Germain étira les jambes avec précaution, surpris de constater qu'elles lui obéissaient.

— J'ai grandi dans une société juive perpétuellement soupçonnée de traîtrise et de cupidité, jugée sans avoir les moyens de se justifier, persécutée sans aucun droit à se défendre. Sais-tu qu'à Paris il n'existe pas un seul cimetière juif et que l'on doit enterrer les morts dans des jardins d'auberge où les propriétaires extorquent les familles en deuil ? Pourtant, si j'ai adhéré à la Maçonnerie, ce n'est pas parce que je suis né exclu, j'étais convaincu de la richesse et de l'authenticité de son message. J'avais trente ans alors et voulais changer l'ordre du monde.

— Qu'y a-t-il de changé ? s'exclama le jeune homme d'un ton caustique.

La réponse de son oncle n'arrivait pas et Hélie était contrarié. Il aurait voulu pouvoir annoncer au comte qu'il avait fait diligence, que la reine était prévenue, le complot déjoué.

— Pas grand-chose en effet. Le poids était plus lourd que je l'imaginais, l'inertie de ceux ayant intérêt à ce que rien ne change, immense. Les hommes de pouvoir, Hélie, ne peuvent supporter l'idée d'en abandonner quelques parcelles. Quoiqu'ils prétendent se démener pour le bien d'autrui, leur cynisme est sans limites. J'ai délivré un message. Ceux qui l'ont écouté, les moins nombreux, respectent mes conseils, les autres me haïssent et me traitent de charlatan. Qui veut plaire à tous n'est qu'un moulin à vent.

Un joueur d'orgue de Barbarie passa sous les fenêtres. Le son de la musique s'imposa, s'affaiblit, laissant traîner dans le lointain l'écho aigrelet d'une note ultime.

— Mais tu me demandes ce qui a changé ? poursuivit Saint-Germain. Eh bien, grâce à l'action des maçons, les juifs commencent à avoir leur place dans la cité et retrouvent avec leur dignité l'élan créateur qui est l'âme d'un peuple. Encore exclus de toute citoyenneté en Autriche, en Pologne et en France, ils peuvent être naturalisés en Angleterre et bien d'autres bouleversements se préparent.

La voix, au ton d'habitude caressant, vibrait. Une fois encore, sous le masque du solitaire philosophe, Hélie décelait un passionné, soupçonnait la force des certitudes qui avait jeté le comte dans le monde pour y affronter les loups.

— Il est dix heures, monsieur. La poste m'a confié ce pli qui vous est adressé.

Hélie entrouvrit les yeux. Il s'était couché tard. Le comte semblait n'avoir besoin d'aucun sommeil. Rien ne l'indifférait et il pouvait passer des sujets scientifiques à la théologie ou aux arts avec le même brio. Mais Saint-Germain était un causeur solitaire. Il ne répondait que brièvement aux questions, préférant développer ses arguments, jeter çà et là une référence renvoyant son auditeur à un texte, une théorie, une audacieuse allégation. L'âge cependant altérait sa mémoire et les thèses qu'il avançait restaient par moments imprécises.

Tang déposa la missive sur la table de chevet.

— Mon maître est parti ce matin de bonne heure. Il m'a chargé de vous prévenir qu'il ne sera de retour qu'à la nuit.

Hélie se redressa. La nouvelle était surprenante. Mais Tang déjà lui tournait le dos. Avant qu'il n'ait pu l'interroger, le vieux serviteur avait disparu.

« Mon cher neveu »...

Hélie fit la grimace. La tisane dont il venait d'absorber une gorgée était amère. Où était le chocolat mousseux qu'Albert, le valet de chambre de son oncle, lui apportait chaque matin accompagné d'un gâteau de Savoie ?

« Votre lettre m'a surpris. Vous voilà bien agité et ces histoires de complot empestent votre nouvel ami qui, sa vie durant, a voulu en voir autour de lui. Ces secrets qui n'en sont pas, ces noms que l'on se garde de donner mais que chacun connaît ! Ne soyez pas naïf, mon cher. A Paris tout se sait et nul n'est besoin de chuchoter sous le manteau. La reine compromise ? Mais elle l'est, et chaque jour, par le cortège de ceux qui se disent ses amis. Ce ne sont pas les avertissements d'un Saint-Germain qui pourraient la rétablir dans l'amour de ses sujets. On prédit qu'elle va accoucher en mars d'un autre prince, voilà une nouvelle concrète qui au moins occasionnera dans Paris une journée de bombance et de beuveries.

« Votre grand philosophe, Dieu merci, n'a pas voulu vous voir sauter dans une chaise de poste, vous auriez perdu votre temps et les portes de Versailles vous seraient restées closes. Une friponne, un ecclésiastique ingénu, un maçon perverti, voilà un aréopage digne d'un romancier ! Un complot contre la monarchie ? Mais le cher comte a la tête malade de ces conspirations !

« Quoique l'époque ne porte guère à l'enthousiasme, rien ne justifie ses funèbres messages. »

« Comme je vous l'ai conseillé dans mon précédent courrier, gardez, je vous en supplie, l'esprit clair et le jugement sain. Si les faiseurs de miracles existaient, cela se saurait. Adieu, mon cher enfant, je serai toujours fort content de recevoir vos nouvelles. »

« Ceux qui ont la vision de la destinée des hommes, le cœur généreux sont écharpés par les cyniques », pensa Hélie. Quel intérêt avait Saint-Germain à se dépenser pour la monarchie française ? A présent, il n'espérait ni honneurs ni fortune, pas même la moindre gratitude. Mais la médiocrité humaine était telle qu'un acte désintéressé paraissait douteux ou ridicule. A près de quatre-vingt-douze ans, exilé dans ce port de pêcheurs du bout du monde, le comte achevait sa vie auprès d'un prince un peu fou, subsistant grâce à sa générosité. Le message de Saint-Germain avait été sabordé par ceux qui avaient intérêt à ce que rien ne change mais il perdurerait pour triompher dans une société meilleure. De cela, Hélie de Maisonvieille était sûr et son propre rôle se définissait avec force. Il serait, lui aussi, un messager.

Sans hésiter le jeune homme déposa la lettre au milieu des flammes.

18

Sitôt la porte poussée, je découvris un bâtiment à l'architecture dépouillée : une cour intérieure où coulait une fontaine cernée de bâtisses aux murs blanchis à la chaux. Alors que j'avançais dans la cour derrière Naropa, j'eus l'impression de pénétrer dans un monde où mes références n'existaient plus. Vêtus de jaune et de pourpre, un bonnet pointu sur leur crâne rasé, des moines déambulaient au milieu du tintement des clochettes suspendues au bord des toits. Un homme âgé venait vers nous. Il avait le visage rond, des yeux en amande, un nez un peu fort supportant des besicles. Au salut profond de Naropa, je compris qu'il s'agissait d'un notable.

— Bienvenue, mon fils, se réjouit-il.
Paumes jointes, je m'inclinai à mon tour. Il posa une main sur mon épaule.
— De toi, continua le vieil homme, coulera une source de bonheur, de paix et de sagesse. Tu es au début d'un long chemin vers le bodhisattva.
Deux moines s'emparèrent de mon bagage, l'un d'eux n'avait guère plus de quinze ans.
— Normalement les novices couchent dans un dortoir mais, en dépit des règles du monastère, j'ai voulu que tu

disposes de ta propre chambre. Nul n'est besoin d'ajouter des difficultés à ce qui va être un parcours difficile. Va en paix, mon fils, nous nous reverrons ce soir à l'heure de la prière.

— Sa Sainteté Konchog Pema est notre Lama suprême, expliqua Naropa. *C'est lui qui a décidé de te faire venir dans sa gompa. En entendant ton nom en rêve, il a perçu une lumière.*

Pour me guider et m'aider dans mes premiers pas au monastère, on m'adjoignit un moine un peu simple d'esprit. Il avait dix-sept ans et se nommait Patrul. Entré à la gompa à sept ans, il avait été confié aux moines par des parents misérables qui ne pouvaient assumer l'éducation d'un enfant trop arriéré pour aider sa famille. Les moines l'aimaient et le respectaient. Il m'apprit beaucoup sur la simplicité du bonheur présent dans des moments ordinaires : savoir observer une plante ou un insecte, savourer le silence et surtout fermer les yeux, se retrancher de soi-même et des incessantes exigences de l'esprit comme du corps. Petit de taille, fragile, il se dépensait inlassablement pour la communauté. « *Le bouddhisme,* précisait-il *lorsque je m'étonnais de sa bonne nature, est optimiste et joyeux.* »

Konchog Pema, quant à lui, m'apprit les rudiments de la prière : « *Comme une illusion d'optique, une flamme, un tour de magie, une goutte de rosée, une bulle, comme un rêve, un éclair ou un nuage, tu dois considérer les choses qui t'entourent : tout existe mais rien ne peut être saisi.* » *Dans le tintement des trompes, des clochettes, des tambourins et l'odeur des bâtonnets d'encens qui se consumaient, je restais de longs moments les yeux clos. J'avais l'impression d'être un esquif sur un immense océan qui me portait sans que je puisse en saisir les limites. Mais j'avais confiance et voulais poursuivre mon voyage.*

Le printemps arriva avec le début du mois de juin. J'étais depuis deux mois dans la gompa et déjà ne me sentais plus le même. J'avais compris que joies et chagrins n'étaient pas occasionnés par des événements dus à un hasard généreux ou injuste, mais la longue conséquence d'une série de causes et d'effets. Ainsi ma mère n'avait pas aimé mon père par accident, elle ne m'avait pas mis au monde par malchance et laissé derrière elle par peur d'un danger ou répulsion pour ce que je représentais. Apparemment simples, ces événements étaient intimement liés à de multiples circonstances, elles-mêmes dépendantes d'autres encore. Rien ne survenait inconsidérément et peu importait de se réjouir ou de s'attrister, puisque joies et peines n'étaient que les maillons d'une longue chaîne inextricablement liés les uns aux autres.

Au cours de l'été, j'appris à méditer, à me dissocier d'un corps qui m'agrippait comme une pieuvre. Le bonheur profond que j'en éprouvais rendait difficile le retour aux contraintes de la vie quotidienne que nous devions tous assumer : nettoyage, préparation des repas, blanchissage, entretien des objets sacerdotaux.

En septembre, je sortis pour la première fois de la gompa pour suivre Patrul dans les prairies cernées de montagnes d'une indescriptible beauté où il allait ramasser herbes et simples qui seraient séchés puis pilés. « Aka [1], me demandait Patrul, cueille ces jeunes fougères qui feront un délicieux repas. » La hotte qu'il portait sur le dos était pleine chaque soir. Ensemble nous mettions les herbes à sécher sur des nattes de jonc avant de dire nos prières. Encore une dizaine de jours, et nous fêterions la fin de la cueillette par un festin composé de thé au lait, de farine d'orge, de petits gâteaux au beurre. Puis viendraient les travaux de pilage et d'emballage. Chaque

---

1. Frère.

poudre serait enveloppée par doses dans du papier rouge sur lequel un frère calligraphierait un nom. Pèlerins tartares et chinois les achèteraient ensuite pour un prix conséquent qui aiderait notre couvent à vivre. Je montrai d'emblée une grande curiosité pour la médecine tibétaine mais Konchog Pema exigea que je sache maîtriser mon esprit avant de soigner les corps.

L'hiver revint, aussi rude que le précédent. On me chargea d'aller ramasser la bouse séchée des yaks, qui servait de combustible pour nous chauffer. Je rentrais congelé et retrouvais mes frères dans le temple. Là, les misères du corps s'effaçaient. Les quatre Nobles Vérités du Bouddha sans cesse répétées empêchaient tout attendrissement sur soi-même : Vérité de la souffrance, Vérité des origines de la souffrance, Vérité de la fin de la souffrance et Vérité du chemin à suivre. Tout se résumait dans la maîtrise des émotions qui en nous dominant nous asservissaient. J'étais en paix, prêt à accueillir la Connaissance.

Outre la méditation, une heure à l'aube, une heure au début de l'après-midi et une heure au coucher du soleil, on m'enseigna l'astrologie et la médecine. J'insistai tant qu'on m'assigna enfin à l'Illustre Faculté où j'appris à reconnaître racines et herbes, à les doser correctement, puis à dissocier les mélanges permis de ceux dont il fallait s'abstenir. Le savoir de ces moines était étonnant. Lavements et saignées administrés sans retenue en Europe n'avaient d'autre effet que d'épuiser un peu plus le patient tandis que les herbes des Tibétains lui rendaient les forces nécessaires pour vaincre seul son mal. Fondé sur des connaissances ancestrales vénérées, cette science médicale n'était pas coûteuse. Nous, Européens, avions sans cesse compliqué nos techniques afin de nous enrichir davantage en prétextant rechercher le bien d'autrui. Cette course en avant, parfois mal maîtrisée, donnait le sentiment d'un pacte avec une matière divinisée qui en réalité nous asservissait.

Chaque matin, avant l'aube, j'allumais une bougie et un bâton d'encens. Désormais je savais dompter mon imagination, l'empêchant de m'entraîner sur le chemin du passé ou de m'engluer dans une sensibilité tournée sur moi-même. J'avais la sensation de me hisser lentement, et au prix d'énormes efforts, hors d'un puits, toujours guidé par une lumière que je discernais de plus en plus nettement. Cet exercice quotidien modifiait les battements de mon cœur, la circulation de mon sang. Avec étonnement je me voyais maître de moi-même.

De temps à autre, Konchog Pema me faisait venir dans sa cellule. Il m'apprenait l'histoire du bouddhisme, son implantation au Tibet, la mission particulière des moines isolés dans ce pays où la cime des montagnes rejoignait le ciel. Là sans doute, était-il plus facile de comprendre la dualité matière-esprit, leur ressemblance et leur ajustement.

D'abord par allusion, puis de plus en plus clairement, il aborda ce qu'il définissait comme « ma mission ». Ma place serait parmi les Occidentaux.

— Tout homme, m'assura-t-il, possède un fragment du secret des Grands Sages. Ce sera à toi de leur en faire prendre conscience.

— Qui sont ces Sages ? lui demandai-je.

— Quelques-uns parmi des millions d'hommes.

J'allais en compagnie de mes Frères mendier dans les rues de Lhassa. Jamais je n'aurais pu m'imaginer un bol à la main implorer l'aumône. Mais cette humilité était une leçon essentielle du bouddhisme. L'argent offert nous permettait en outre de vivre : « Se contenter d'ambitions égoïstes, me répétait Patrul, et ne pas se soucier du bien-être de ceux qui nous entourent, c'est ressembler à un aveugle qui partirait se promener dans le désert. »

Je voyais mon ami dépérir. Sa fragile constitution ne lui donnait qu'une faible espérance de vie. Il s'attristait de ne pas avoir été assez vertueux pour échapper au cycle des renaissances. Je l'assurais qu'il était proche de la Sagesse infinie car toute sa vie il avait cherché à aider ses semblables. Avec un sourire innocent, il m'écoutait, plongé déjà dans cette lumière où il espérait tant pouvoir se fondre.

Il mourut en juin, au retour des longs jours ensoleillés. C'est alors que Tang me rejoignit. Il avait mon âge et venait d'entrer à la gompa. D'un père chinois et d'une mère tibétaine, il avait grandi à l'ombre des monastères, désireux de devenir moine, lui aussi. Mais son père l'exigeait dans son commerce de draps et de soieries. La mort de ce dernier l'avait délivré d'un fardeau qu'il supportait de plus en plus mal et, encouragé par sa mère, il avait pu enfin frapper à notre porte. Konchog Pema me chargea de l'instruire des bases de notre spiritualité et de lui donner aussi des connaissances sur le ciel d'Occident. « Car, m'avoua-t-il, c'est lui qui partira avec toi. »

Très vite, Tang posséda les fondements d'un savoir que quotidiennement jusqu'à aujourd'hui je me remémore :

Ne jamais éprouver de vanité ni d'envie
Avoir peu de désirs
Ne pas être hypocrite
Etre fidèle à ses engagements et obligations
Savoir reconnaître et conserver l'amitié
Regarder les mauvais avec pitié, non avec colère
Laisser aux autres la victoire et prendre pour soi la défaite
Savoir garder sa chasteté et sa piété
Ne jamais se conformer à la multitude

Ces résolutions simples et difficiles demandaient une existence entière pour se traduire en règles de vie.

L'étrangeté de ma situation, celle plus extraordinaire encore de l'avenir suggéré par mon gourou donnaient à mon passé un caractère ambigu et incertain. Qu'y avait-il de commun entre l'homme que j'étais devenu et celui que j'avais été, hormis une même soif de connaissance et une fierté presque orgueilleuse de mes particularités ? Mon malheur et ma chance furent d'être coupé de mes racines. Chez moi, le poids des traditions et des habitudes m'aurait rendu méfiant en face d'une doctrine aussi contraire à nos mentalités occidentales. La longue préparation de mes départs successifs avait trouvé son aboutissement dans cette gompa adossée à la formidable muraille de l'Himalaya. En ouvrant ma fenêtre le matin, mon premier regard était pour ces pentes abruptes habillées d'ocre et de vert l'été, d'une immaculée blancheur l'hiver. Dans ce paysage, rien n'empêchait la méditation, et le vent qui soufflait par rafales semblait emporter nos esprits vers l'éternité.

Au printemps, les nomades contournaient Lhassa en route vers le nord. Installés sur leurs petits chevaux aux selles de laine multicolores, les chefs précédaient la longue file des yaks eux-mêmes accablés de paquets. Suivaient les bergers et leurs moutons, femmes et enfants à pied. L'interminable file longeait le pied des montagnes encore enneigées d'où émergeaient les arêtes aiguës des rocs, la touffe trapue d'un buisson de broussailles. Sur la ligne de crête, un ciel d'un bleu dur contournait les cimes, effleurait le dôme éblouissant des glaciers. Parfois des chutes de neige tardives effaçaient la lente progression des nomades. On ne discernait plus que des ombres fantomatiques qui semblaient traverser les flocons.

Hormis une planche où était posé un matelas garni de bourre de coton, je possédais dans ma cellule un coffre, le bol de bois qui me servait à manger, boire et mendier ; une lampe à huile, un réchaud où se consumaient par les grands froids quelques briquettes de bouse de yaks, une théière en cuivre et un couteau pour morceler le thé aggloméré. Je n'avais besoin de rien d'autre et songeais avec étonnement à tout ce qui m'avait semblé nécessaire à Lisbonne. Sarah, notre servante, avait passé une existence entière à brosser, lustrer, cirer, recoudre, laver des objets sans importance que le temps réduirait en poussière, mon père et mon oncle à vendre et acheter des marchandises dont nul n'avait réellement besoin. A Lhassa, je découvrais la vraie liberté, non pas celle suggérée par les législateurs eux-mêmes encombrés de contraintes, mais la joie intense, dépouillée, forte, conquérante de la maîtrise de soi.

La situation politique se tendait. Les lamas s'alarmaient d'une domination mogole qui, sous l'égide du gouverneur Latsang-Khan, devenait de plus en plus intolérable. Il refusait de destituer le fantoche installé à Lhassa et de le remplacer par le véritable dalaï lama caché à Kumbum au Turkestan.

Konchog Pema ne me dissimulait rien de ses soucis. Depuis des siècles, le rapport de force entre le pouvoir temporel mogol et le pouvoir spirituel des lamas avait entraîné d'horribles massacres. Il me parla de couvents entiers décimés, de moines égorgés, de religieuses violées puis éventrées. La Vérité cependant ne souffrait aucune compromission et les lamas, ignorant la peur de mourir, ne renonceraient jamais à affirmer et propager leur foi. « Armez-vous et défendez-vous », m'insurgeai-je. Il me sourit tristement. « Mon fils, ta spiritualité est haute mais l'état d'esprit du monde d'où tu viens fait encore partie intégrante de toi. Jamais nous ne tuerons un être vivant, fût-il venu pour nous exterminer. Tu possèdes désormais une cassette emplie de tes découvertes spiri-

tuelles et une clef. Ose glisser cette clef dans la serrure, tu vivras alors selon tes certitudes. »

Solliciter l'aumône dans la ville ne me rebutait plus. Tandis que poing fermé et pouce en l'air, selon la tradition, nous demandions la charité, on nous saluait à la manière tibétaine, tête découverte, langue tirée, et on nous considérait avec respect.

La foule me captivait. Chacun dans les rues s'activait, se pressait : commerçants, pèlerins, vieux sages avec leurs barbes peu fournies, leurs yeux en amande disparaissant dans les rides de leurs visages burinés, élégantes en robe de soie et tuniques courtes de lainage bariolé portant sur leur chevelure nattée des couronnes incrustées de perles et de corail, dignitaires chinois en toges rebrodées de fleurs ou d'oiseaux. Mais c'étaient les pébouns qui m'attiraient le plus. Uniques métallurgistes de Lhassa, on trouvait dans leur quartier forgerons, chaudronniers, plombiers, étameurs, fondeurs, orfèvres et bijoutiers. Ils étaient aussi alchimistes et par l'ouverture étroite des échoppes surmontée de l'effigie du soleil et de la lune, je devinais des feux rougeoyants, des cornues, des alambics. « Ce sont des magiciens », me souffla un jour Tang. Il n'aimait pas ces antres où il croyait deviner la présence du mal. « La curiosité, lui rétorquai-je, permet de parvenir à la sagesse. Comment comprendre si on ne cherche tout d'abord à expérimenter ? » Je me souvenais de la passion qui m'animait lorsque aux côtés de Nehnang Pawo je me penchais sur l'athanor. De ce feu puissant pouvait renaître une substance différente qui elle-même se calcinerait. La lumière se faisait matière, la matière redevenait lumière. C'était le secret de la vie et de la mort.

Vint le temps des épreuves. Un lama devait savoir se moquer du froid comme du chaud, de la souffrance et de la peur. Immobile, vêtu d'un seul drap que Tang avait mouillé, je passais dehors ma première nuit par une tem-

pérature glaciale. Progressivement je rentrai en moi par la méditation. Je pouvais, je devais commander les sensations du chaud et du froid de mon corps. L'esprit régnait sur la matière. Et la chaleur commença à apparaître, grandit, m'investit. Je ne ressentais plus la moindre sensation de froid. En regagnant ma cellule à l'aube, j'eus l'impression d'avoir été arraché d'un lieu d'éternelle béatitude.

Avec une violence terrible, la guerre annihila notre univers de paix. Le 1ᵉʳ décembre 1717, au milieu d'une tornade de neige, Lhassa fut prise par les Mogols du Turkestan appelés par nos dignitaires afin de chasser Latsang-Khan et le faux dalaï lama. Quoique nos alliés, les hommes du Turkestan, eussent cédé à la tentation du pillage et de la violence, tous ceux qui avaient été protégés par Latsang-Khan furent torturés et massacrés. J'appris que mon compagnon de voyage, Desideri, le seul jésuite qui demeurait encore à Lhassa, s'était enfui et que deux capucins avaient été sauvagement fouettés. Ces nouvelles me consternèrent. J'avais entendu rapporter trop de violences durant mon enfance pour que l'intolérance et la cruauté, qu'elles vinssent de l'Inquisition ou des protecteurs des dalaï lamas me soient supportables. Pourtant dans ma gompa, les moines ne portèrent aucun jugement sur la barbarie de leurs alliés, se réfugiant dans la prière. Konchog Pema lui-même m'écarta : « Le règne du bien, m'avoua-t-il seulement, arrivera par l'élimination progressive du mal. »

A partir de ces jours, ma voie, quoique claire et droite, se modifia. Je compris que ma foi nouvelle ne pourrait me magnifier que dans l'acceptation de ma culture, de mes racines. Ma « mission », mot mystérieux qu'employait Konchog Pema en définissant mon avenir, prit alors son sens. Je devrais un jour retourner en Occident porteur d'un message universel, adressé avant tout aux puissants que l'exercice du pouvoir rendait responsables du bien-être des autres.

Le Potala, palais du dalaï lama, demeurait inoccupé car notre nouveau guide restait sous surveillance dans la province de Litang. Cette absence de dalaï lama laissait un vide dont la tristesse était accentuée par l'occupation armée des hommes du Turkestan. Le loup avait arraché sa défroque d'agneau. Les moines, mes frères, avaient été abusés.

Avec l'aide de Konchog Pema, je commençai mon éducation dans ce qui allait constituer les règles de ma vie. Je devrais fuir tout enracinement, la moindre habitude afin de ne pas m'attacher. Il faudrait en outre que je reste chaste, sobre, sans cesse disponible pour le bien d'autrui. Les débuts de ma mission seraient discrets, car s'imposer des objectifs impossibles à gagner était aussi incohérent qu'un homme chétif voulant se charger de poids considérables.

La lumière du crépuscule donnait à la cellule de Konchog Pema un mystère de sanctuaire. Les contours de la théière de cuivre, du bol de bois, du moulin à prières se découpaient sur les murs comme les objets d'un sacerdoce secret. On entendait dans la cour le tintement clair des barres de bronze pendues au bord du toit que le vent faisait frémir. Le gong sonnait l'heure de la prière. Alors Konchog Pema se levait.

Deux ans plus tard, la guerre de nouveau nous menaça. Elle serait impitoyable car les Chinois disposaient de techniques plus redoutables que celles des gens du Turkestan. Le Fils du Ciel avait promis d'installer notre dalaï lama à Lhassa et de débouter ses ennemis. Mais nous avions tiré de notre précédent échec une leçon de méfiance. Si les Chinois nous protégeaient, ce serait pour nous dominer ensuite, plus impitoyablement que nos anciens alliés mogols. Notre dalaï lama serait leur otage.

« Je n'ai plus beaucoup de temps, me confia un jour mon gourou. Lorsque arriveront les Chinois, toi tu devras être parti. Nous serons tous leur prisonniers. » Il prit l'habitude de marcher avec moi autour de la cour dans les jours tièdes de l'été. Nos robes rouges frôlaient la terre battue où se projetait l'ombre pointue des toits.

L'avancée des troupes de l'empereur Kangxi par le nord et par le Szechwar se confirmait. J'avais du mal à imaginer un retour prochain dans l'ancien monde laissé derrière moi à Macao, dix années plus tôt.

La fragrance des bâtonnets d'encens qui brûlaient nuit et jour dans le temple traversait la cour, unie à celle des herbes sauvages dont l'odeur était omniprésente en été. Deux mois encore, et leur cueillette reprendrait, rite immuable et familier que je ne partagerais plus.

La voix de Konchog Pema avait des intonations d'une inhabituelle tristesse. Détaché de tout, cet homme souffrait du chaos qui altérait sa lumière, et plus encore de la perspective d'autres violences et massacres. « Une tache noire, me confiait-il, est sur le karma de notre pays, son ombre se projette sur nous tous. »

Ce furent nos ultimes conversations. « Pour celui qui se détache du monde, m'enseigna-t-il alors que je commençais avec Tang les préparatifs de notre départ, peu importe ses activités, les personnes qu'il voit, l'endroit où il vit. Il peut être partout, il n'est nulle part. Il peut fréquenter, comme tu le feras, les riches et les puissants, il reste pauvre et libre. Reçoit-il les plaisirs du monde ? Ceux-ci passent à travers lui. On peut, mon fils, méditer en société, prier dans une assemblée bruyante. Si c'est pour le bien des autres, cela n'a nulle importance. Traverse bonnes et mauvaises fortunes avec le même déta-

chement. Celui qui est un Sage peut observer les règles de conduite qu'il désire où il les juge nécessaires. En dernière réincarnation, tu es revenu sur terre pour aider tes semblables. Que nul n'empêche ta mission. »

J'osai enfin l'interroger.

— Et qui étais-je, maître, avant de devenir moi ?

— Un grand lama du ciel d'Occident qui aimait les bêtes et les plantes, le soleil et la lune, un pauvre par l'esprit.

Je murmurai :

— Le fils d'un riche marchand italien...

C'étaient les paroles mêmes prononcées par Camilla lors de mon premier bal à Lisbonne, douze années plus tôt.

Deux semaines avant que les troupes chinoises rasent les murailles de Lhassa, je partai avec Tang en direction de l'ouest. Au moment de mon départ, Konchog Pema, mon gourou, mon cher maître, m'avait baisé les pieds.

19

Couché sur son matelas jeté à même le sol, Tang grelottait. Depuis quelques jours, il tentait de dissimuler la fièvre qui le dévorait pour n'alarmer personne, mais ce matin il n'avait pu se lever.

— J'aurais voulu pouvoir préparer votre tisane, maître.

Le comte serra dans sa main les doigts décharnés de son vieil ami. Que deviendrait-il sans Tang après soixante années de compagnonnage ?

— Je vais te donner une médecine. Tu guériras.

Tang hocha la tête. Il était usé et souhaitait s'évader de ce corps misérable qui le tourmentait.

— Maître, vous savez bien que ni mort ni naissance n'existent. Je vais me libérer de ces illusions.

— Tu vas guérir.

L'aube pointait. Dans la chambre voisine, Hélie dormait. Perçant la brume, la cloche d'un navire qui appareillait avec la marée retentit dans le silence comme à la gompa résonnait le gong appelant à la première méditation du matin.

Aussi vite qu'il le pouvait, Saint-Germain gagna le réduit attenant à la cuisine où Tang, comme lui-même, préparait potions, élixirs et tisanes. Pots soigneusement étiquetés, boîtes closes par des cachets de cire, fioles s'alignaient sur les étagères. Que pouvait-il faire prendre à son ami ? Peu de chose en vérité. A gestes comptés, le vieil homme s'empara d'un flacon rempli d'une liqueur vert émeraude. Il aurait fallu faire bouillir de l'eau mais l'âtre était froid. Avec précaution le comte versa trois gouttes dans une tasse. Sur la porcelaine blanche, le liquide se détachait comme une pierre précieuse. « Vert, songea Saint-Germain, le symbole du sixième ciel, l'ultime avant la Grande Sagesse. »

Le comte prit une pincée de poudre de pavot qu'il ajouta au contenu de la tasse. Ce qu'il préparait était un réconfort, pas un remède. Tang allait s'éteindre, aucun savoir humain ne pouvait le retenir. Son temps était achevé.

Les yeux clos, le vieux Tibétain semblait dormir. Le teint habituellement pâle était cireux, la respiration rapide et irrégulière.

Eckernförde s'éveillait. Les premiers chariots qui se dirigeaient vers le port brinquebalaient sur les pavés, la voix forte d'une femme interpella un passant. Une phrase revint à la mémoire du comte : « Le soir venu, Jésus dit à ses disciples : " Si l'on passait sur l'autre rive ? " »

« Combien de temps ai-je encore devant moi ? » pensa Saint-Germain.

Il nous fallut deux années pour rejoindre Lisbonne. Nous nous arrêtâmes en Afghanistan, en Perse, longuement en Turquie. J'avais repris des habits occidentaux, laissé repousser mes cheveux maintenant aussi drus et bouclés qu'auparavant. Tang se sentait encore mal à l'aise dans les pantalons un peu bouffants, les bottes et le long gilet d'agneau qu'il avait dû endosser. Mais bonne humeur, patience et curiosité amélioraient peu à peu sa nouvelle personnalité. A l'aube et au crépuscule, nous revêtions nos robes de moines et méditions là où nous nous trouvions : dans la campagne, une auberge ou le logis d'un hôte. Ces moments étaient le lien nous unissant à nos frères de Lhassa, le cordon ombilical qui transmettait la vie. Konchog Pema avait raison : les sages n'avaient pas besoin de résidence permanente, ils étaient de partout et de nulle part. Tang et moi étions bien là où nous étions.

J'aimais la Perse où je découvris la grandeur des mystiques musulmans. Nous séjournâmes six mois à Chiraz. L'hiver doux avait la saveur des olives et des roses, des femmes dont les yeux s'attardaient sur moi. Je savourais ces cadeaux de la vie qui désormais ne m'appartenaient plus. Aucune tristesse, pas la moindre amertume n'accompagnaient ce renoncement. Les délices de la vie étaient comme le tableau qu'un amateur d'art admirerait, un bonheur esthétique.

A Chiraz survivait une modeste communauté juive, bijoutiers et changeurs. Un jour, je pénétrai dans la synagogue, édifice minuscule et carré, blanchi à la chaux. La lumière jouait sur les pavés de terre cuite où quelques mosaïques suggéraient un lacis de fleurs. Un candélabre de cuivre était posé sur l'autel recouvert d'une nappe blanche. L'air sentait la poussière et l'encens. Je restai debout longtemps, incapable de dominer une émotion qui me mettait les larmes aux yeux. L'homme était le fruit de l'arbre de vie, fruit dépendant mais différent de l'arbre, prêt à s'en séparer un jour pour offrir ses graines à la terre, redevenir arbre puis fruit. A chaque étape de ma vie, un autre personnage se découvrait mais quand le chemin arriverait à son terme, tous se rejoindraient pour former une seule rivière courant vers son embouchure et l'océan immense. Un vieil homme entra et me donna la paix. Puis, sans s'occuper davantage de moi, il se mit à psalmodier la prière du matin.

Nous quittâmes Chiraz un matin de printemps alors que les cerisiers se couvraient de fleurs. Gardées par des garçonnets pieds nus qui nous saluèrent de la main, des chèvres paissaient le long des vergers. Dans les ruines de Persépolis au milieu des asphodèles et des cytises aux grappes jaune d'or, nous nous arrêtâmes pour boire du thé et manger des boulettes de farine d'orge. De la mosquée d'un village voisin montait l'appel à la prière. Je songeais au vieux juif, seul dans la synagogue, au psaume de David qu'il chantait à voix basse.

J'allais là où mon destin allait. J'étais à la veille de mes trente ans, l'âge où Sidharta Gautama, le Bouddha, avait quitté le palais de son père pour errer sur les chemins en quête de la Vérité, l'âge où Zoroastre éclairait la Perse de sa doctrine exaltant la pureté, où Jésus de Nazareth avait commencé à prêcher, où Mahomet se détournait des plaisirs terrestres pour pratiquer l'ascétisme dans la caverne d'une proche montagne.

Mon compagnon tibétain portait désormais avec aisance les vêtements qui demeureraient invariablement les siens à travers nos errances : un pantalon étroit, une tunique de toile ou de laine sur laquelle il endossait un gilet de soie en été, doublé de fourrure en hiver, des chaussures de cuir bouilli, sur la tête une calotte de lin ou un bonnet de mouton. Avec simplicité il acceptait des mœurs étranges pour lui, découvrait des êtres avec lesquels il n'avait rien en commun. Les connaissances des Persans en médecine l'avaient passionné et en particulier la découverte de l'extraction des calculs de la vessie, faites par Abdallah Ibn Sina, Avicenne, six ans plus tôt. Il avait arpenté la campagne autour de Chiraz en quête d'herbes ou de racines inconnues dont il expéri-

menterait les pouvoirs sur lui-même et j'écrivais sur un carnet qui allait demeurer notre ouvrage de référence la somme de nos savoirs communs. Je comprenais que la santé représentait un équilibre entre l'esprit et son corps et que le rôle de la médecine consistait avant tout en une écoute attentive du malade. Les remèdes devaient être utilisés sans excès.

Nous parvînmes à Constantinople au début de l'automne.

Je me présentai à l'ambassade du Portugal où on me reçut avec affabilité. J'avais livré au jeune attaché le nom de quelques influentes familles chrétiennes que nous fréquentions à Lisbonne. Me délivrer un passeport serait chose aisée, mais il fallait attendre car le consul voyageait en Syrie et ne serait de retour qu'à Noël. Pour m'être agréable, l'attaché se proposa de m'introduire dans une société charmante qui m'aiderait à patienter. Sa femme offrait justement un souper le soir même suivi d'un concert de musique de chambre. Serais-je libre ? Il s'enquit de mon nom et, sans hésiter je lui donnai celui de ma mère. Son sourire se fit plus aimable encore, enfin il me tendit la main et la laissa chaleureusement dans la mienne. « A ce soir, Excellence », prononça-t-il d'une voix caressante.

Une nouvelle page de ma vie se tournait. Prêt à des identités provisoires, je m'étais séparé de mon nom. Personne ne saurait jamais qui j'étais.

Le comte laissa son regard se perdre dans la lueur ténue de la chandelle. Innombrables étaient ceux qui avaient essayé en vain de lever le mystère de ses origines. Quelle importance avaient-elles ? Son message seul comptait.

Lors de ce premier dîner chez l'attaché consulaire,

Manuel Pedro Aveido, et sa jeune femme Anna, je rencontrai l'élite de la société européenne à Constantinople. Abasourdi par ce monde qui ne m'était plus familier, je me tins à l'écart pour mieux observer et comprendre. Tant de changements s'étaient produits durant ces dix années ! En France, le régent Philippe d'Orléans déclinait, laissant une France désolée par la banqueroute de John Law, en Espagne Philippe V d'Anjou ne parvenait pas à enraciner son pouvoir dans un pays encore divisé par la guerre de Succession ; on parlait d'une abdication possible en faveur de son fils tandis qu'en Angleterre le roi George Ier laissait le gouvernement au parti whig pour ne pas avoir à s'exiler trop longtemps de sa chère Allemagne. Partout les souverains étaient contestés, critiqués. Ici leur faiblesse, là leur incapacité ou leurs débauches laissaient le peuple amer, plein de reproches et de revendications.

Me voyant isolé dans un coin du salon, un homme replet vint me prendre par le bras.

— Je suis Cornelius Coelkoen, m'annonça-t-il avec bienveillance, premier secrétaire à l'ambassade de Hollande. Vous êtes nouvellement arrivé à Constantinople, n'est-ce pas ? Laissez-moi vous dire un mot de cette ville extraordinaire et de la vie qui vous y attend.

Comme tout le monde dans le salon des Aveido, il s'exprimait en français. Je me présentai à mon tour et, au ton respectueux que prit sa voix, constatai l'éclat du nom de ma mère.

— Nous comptons certains membres de votre illustre famille en Hollande, se vanta Coelkoen, arrivés avec la reine Jeanne de Castille puis restés dans la maison de son fils Charles Quint. De vrais Hollandais aujourd'hui !

Désireux de changer la conversation, j'enchaînai aussitôt :

— Ne verrons-nous pas de Turcs à cette réception ?

Mon interlocuteur accentua la pression de son bras pour me rapprocher de lui. Il chuchota :

— Le sultan Ahmet, que Dieu le garde, n'aime guère voir ses dignitaires nous fréquenter. Entre les complots des sultanes et ceux des janissaires, il a bien assez de tracas. Par ailleurs, Autrichiens, Russes et Vénitiens lui donnent du fil à retordre qu'il ne tient pas à étaler sur la place publique. Si vous ne connaissez pas bien les mœurs turques, c'est mon conseil, cher ami, restez dans la société européenne.

Après le souper auquel je ne touchai pas, les Alveido donnaient un concert. Je fus heureux de retrouver les harmonies qui avaient enthousiasmé ma jeunesse. Le son du violon me fit venir les larmes aux yeux et je résolus de m'en procurer un aussitôt que possible.

Je devins l'ami de Cornelius Coelkoen. Il me montra le bazar, les rives du Bosphore où évoluaient barques et caïques, les jardins du Topkapi Sarayi, la mosquée bleue. Très généreux, il ne traversait jamais un quartier populaire sans emporter dans ses poches quelques piécettes et sucreries pour les distribuer aux enfants. « Il faut balayer la poussière des portes du cœur », aimait-il répéter. La religion réformée qu'il pratiquait sans fanatisme le laissait curieux des autres rituels et avec grand intérêt il m'écouta parler du bouddhisme, admira sa tolérance et la quête solitaire de la vérité qu'il exigeait de l'homme. Je lui avouai avoir passé dix années de ma vie entre la Chine, l'Inde et le Tibet. « Quand vous rejoindrez les vôtres, remarqua-t-il, vous allez vous sentir bien seul. »

Grâce à l'appui des Alveido, j'obtins finalement mon passeport et celui de Tang. Rien, hormis l'amitié de Cornelius Coelkoen, ne me retenant dans cette ville, je décidai de prendre aussitôt que possible la route de

Lisbonne. Je n'éprouvais aucune appréhension de retrouver le cadre de ma précédente vie, seulement la profonde émotion de revoir les miens et une maison où je n'avais pas cependant l'intention de m'attarder.

20

— Je crains que votre serviteur n'ait plus que quelques heures à vivre.

Lossau, le médecin du landgrave, ajusta ses besicles et poursuivit :

— Que lui avez-vous administré ? J'ai besoin de cette information pour adapter mon traitement au vôtre.

— Des herbes rapportées du Tibet. Leur nom vous est inconnu. Elles n'ont, je vous le précise, aucunement le pouvoir de guérir Tang, seulement celui de soulager ses souffrances.

Lossau se résigna. Il n'y avait nul moyen de faire avouer ses secrets à Saint-Germain. Le vieil homme mourrait en les emportant dans sa tombe, c'était fort dommage pour la science.

— Sans doute ne tiendrez-vous nul compte de mes conseils, mais je stipulerais une saignée pour dégager la poitrine et aider la respiration.

— Personne ne versera le sang de Tang.

Le ton était sans réplique. Lossau referma la serviette de cuir où il avait rangé ses instruments.

Comme il allait quitter la chambre, le vieux docteur se retourna.

— J'ai reçu tantôt un billet de monseigneur le landgrave. Il a vu en songe un ange qui espérait fort vous voir bientôt catholique et m'a chargé de vous faire part de ce désir céleste.

— Que cet ange ait l'amabilité de venir me visiter en personne et qu'il parle fort, je deviens un peu sourd avec l'âge. A ce soir, cher Lossau. Je ne quitterai pas le chevet de Tang.

— Pourquoi ne pas faire venir un jeune médecin ? interrogea Hélie. Lossau n'a aucune lumière sur les sciences modernes.

Entre les mains de ses deux antiques protecteurs, le pauvre Chinois n'avait aucune chance de survivre.

— La science ne peut donner aux hommes l'éternité physique. Tang veut s'en aller et nul ne doit l'en empêcher, répliqua tristement le comte. Son énergie a été consacrée à une vie hautement morale et spirituelle, il va obtenir maintenant le fruit de ses sacrifices.

Après avoir absorbé goutte après goutte la tisane préparée par Saint-Germain, Tang reposait. Il ne semblait plus souffrir, la respiration était régulière.

— Ecoute ! intima soudain le comte.

Effaçant l'aspect funèbre de l'agonie de Tang, le soleil en montant jetait dans la chambre une lumière gaie. Sur la commode de chêne cirée étaient disposées les modestes possessions du Tibétain, un moulin à prières, quelques livres, un bol de bois, un chapelet d'ambre, les preuves ultimes de son existence terrestre.

— Je n'entends rien, murmura Hélie.

— Ecoute mieux.

Hélie hocha la tête. Hormis les claquements de sabots ou de galoches sur les pavés, le roulement lointain d'un tombereau, le tic-tac de l'horloge installée dans le vestibule de la maison, il ne percevait aucun bruit.

— Le souffle de l'énergie..., murmura Saint-Germain. Tout retentit de sa force. Si nos oreilles pouvaient le percevoir clairement, nous serions écrasés. Ne vois-tu pas que Tang est déjà lumière ? Nous sommes éternels, une émanation de cette lumière qu'aucun mot ne peut qualifier. Elle est la substance de l'univers. Ce que tu vois avec tes yeux est trompeur parce que tes yeux sont des instruments misérables. Je me souviens d'une parabole du Bouddha : la Vérité est comme un éléphant que des aveugles palpent afin de l'identifier. L'un s'écrie en tâtant la trompe : « Je sais comment est l'éléphant. » L'autre qui tient la queue rétorque : « Je sais mieux que toi à quoi il ressemble. » Un troisième caresse les oreilles : « Sans nul doute, j'ai bien compris comment est formé cet animal », alors que le dernier, touchant les pattes affirme : « C'est moi qui détiens la bonne réponse. » Finalement incapables de se comprendre et de s'entendre, ils échangent des coups. Recule d'un pas, Hélie, et ferme les yeux. Ecoute. Est-ce parce que les ailes du moulin sont brisées que le vent est tombé ?

Lossau relut attentivement les quelques lignes qu'il venait de tracer à la lueur de l'unique chandelle se consumant dans la chambre de Tang et signa. « Je soussigné, Franz Lossau, médecin personnel de Monseigneur le landgrave Charles de Hesse-Cassel, ai constaté le décès d'un homme répondant au seul nom de Tang, serviteur depuis soixante-deux années du comte Denis de Saint-Germain. Eckenförde, le 12 décembre 1783. »

— Les obsèques auront lieu demain.

Hélie raccompagna le docteur jusqu'à la porte d'entrée. Depuis le départ de Tang, Saint-Germain restait enfermé dans sa chambre, nul ne pouvait prédire quand il en sortirait.

— Me ferez-vous une faveur, docteur ? Trouvez-moi une brave ménagère capable de tenir cette maison quelques heures par jour. Je préparerai moi-même les graines et les quelques légumes que le comte accepte encore.

Lossau n'hésita pas, il allait expédier dès le lendemain sa propre servante, une veuve danoise, forte comme un cheval.

— Maintenant que Tang n'est plus là pour l'empêcher, conclut le vieux médecin en remettant son chapeau, préoccupez-vous de chauffer davantage la chambre du comte, de fermer ses fenêtres et d'ajouter une couverture à son lit. Un doigt de café bien sucré lui ferait du bien ainsi que des frictions à l'eau-de-vie.

Hélie sourit. Lossau était un rêveur. Quelle force au monde pourrait imposer quoi que ce soit au comte ?

— Et plus de distractions, insista le vieil homme en refermant la porte, persuadez-le de se rendre aux invitations de notre princesse.

Assis, les jambes repliées sur son lit de méditation, Saint-Germain gardait les yeux clos. De nouveau, il était sorti de son corps pour accompagner Tang, son ami le plus cher, au royaume de la Lumière vivante. Serait-il à nouveau happé par la matière, arraché à sa sérénité pour être réincarné ? La force d'attraction de la substance physique était redoutable. Créée par des esprits trop orgueilleux, elle les avait emprisonnés dans ses chimères. C'était cela que certains appelaient « péché originel ». Depuis, l'homme tentait de s'échapper de l'étreinte de cette pieuvre pour redevenir esprit. Mais le combat était rude, l'adversaire plein de sortilèges trompeurs.

Après chaque méditation, le retour sur terre se faisait plus difficile, le poids d'un corps usé et souffrant plus pesant. Il avait obéi à son maître Konchog Pema. « Sois le miroir de la lumière. » Aujourd'hui le hantait le désir de briser le miroir pour libérer la lumière.

J'étais à Lisbonne devant la demeure familiale et m'apprêtais à frapper à la porte. Quoique rien ne semblât modifié dans son apparence, la maison n'était plus la même. Etait-ce l'effet illusoire de mes souvenirs ?

Ce ne fut pas Sarah qui ouvrit, mais un jeune homme inconnu qui nous dévisagea, Tang et moi, avec méfiance. Enfin il consentit à nous faire entrer. L'odeur du vestibule m'émut. Intactes, je retrouvais les fragrances si familières à mon enfance : poudre de santal, cendres, humidité, avec la pointe d'huile d'olive et d'ail montée des cuisines.

Depuis un moment, le garçon avait disparu et, quoique dans ma propre maison, je n'osais bouger.

Enfin j'entendis un pas. Père ? C'était mon oncle Paolo auquel un embonpoint devenu excessif donnait une démarche pesante. Je le reconnus à peine. Il sembla bouleversé de me voir.

— J'allais partir demain m'installer au Brésil pour toujours et te voilà ! balbutia-t-il.

Incapable de trouver autre chose à me dire, il me serra enfin dans ses bras et se mit à pleurer.

Nous passâmes la nuit à parler. Sa décision de s'en aller était prise. Depuis la mort de son père et de son frère, il se sentait un étranger à Lisbonne.

Un an après ma disparition, grand-père s'était éteint. Il ne m'attendait plus, ne parlait jamais de moi. Mais le dernier mot qu'il avait prononcé sur son lit de mort avait été mon nom. Père, lui, avait survécu trois années avant de trouver la mort accidentellement. En versant dans une rue étroite, un chariot trop lourdement chargé l'avait écrasé. Mon départ, puis l'absence totale de nouvelles l'avaient anéanti. Mon oncle ne rentra pas dans les détails mais je compris que rien ne retenait plus mon pauvre père sur cette terre. Seul survivant de la famille, mon oncle l'avait porté en terre et avait récité les prières des morts. Sarah avait rejoint les siens à Coïmbre. « J'ai fermé nos comptoirs asiatiques, m'expliqua-t-il, et continué à aller et venir entre le Brésil et Lisbonne, le temps de me débarrasser de nos biens portugais. Tu n'auras aucun reproche à me faire car je n'ai pas perdu d'argent, loin de là. » Puis il me pressa de questions auxquelles je répondis le mieux possible sans le heurter. J'expliquai mes voyages, mon besoin d'y voir plus clair en moi-même, mes rencontres. L'aube nous surprit parlant de mon grand-père et de mon père. Je l'assurai que je dirais des prières à leur intention.

— Que désires-tu ? me demanda-t-il alors que les serviteurs descendaient ses malles. Ta part d'héritage, une participation dans mes affaires commerciales ? La maison est vendue, l'argent t'en reviendra intégralement.

— Je veux voyager, lui annonçai-je, être indépendant. Faites ce qu'il vous plaira pour assurer ma liberté.

— Tu as déjà les bijoux que je te destinais. Ils sont déposés à ton nom dans notre banque. Pour nous, juifs, l'or et les pierres précieuses sont les investissements les plus mobiles, donc les plus sûrs. Mais je dois aussi t'apprendre que le père de ta mère qui apprit ton existence par le testament de sa fille, t'a laissé les tableaux qu'elle

tenait de sa famille. *Certains sont signés par les plus grands maîtres espagnols et hollandais. Ils valent une fortune. Pour plus de sûreté, j'allais les emporter avec moi au Brésil. Avec joie, je te les restitue. Restera pour toi une somme importante, ta part de notre entreprise commerciale. Tu pourras où tu voudras en Europe tirer des fonds sur lettres de change, traites ou effets. Ta liberté sera assurée. Quant à moi, je vais me remarier. Catharina patiente depuis quinze années et a mérité cette reconnaissance publique de nos liens. Peut-être aurons-nous des enfants, dans ce cas mon héritage leur reviendra, sinon il sera à toi par moitié.*

Je l'assurai qu'il faisait pour moi bien plus que je n'aurais pu l'espérer et que je prierais pour son bonheur.

— Tu ne viendras pas me voir au Brésil, n'est-ce pas ?

La tristesse de sa voix m'indiqua qu'il était sans illusions quant à la probabilité de nouvelles retrouvailles.

De nouveau il me serra entre ses bras.

— La volonté de Dieu est imprévisible, murmura-t-il. Qui aurait pu prévoir que notre famille se disloquerait ainsi ?

Puis sa bonne humeur l'emporta. Il apostropha son valet afin qu'il se hâte davantage, réclama à grands cris deux tasses de chocolat et de la brioche pour ne pas embarquer le ventre creux.

— Reste ici tant que tu voudras, me proposa-t-il en nouant une serviette autour de son cou, les nouveaux propriétaires ne s'installeront qu'à Pâques.

— Je compte quitter Lisbonne aussitôt que possible.

Il ne me demanda pas vers quelle destination et se resservit de chocolat et de brioche.

— Ton serviteur est-il chinois? interrogea-t-il avec un clin d'œil.

L'extraordinaire de notre situation avait disparu.

Nous étions oncle et neveu prenant ensemble, comme à l'ordinaire, leur déjeuner du matin.

— Tibétain.

Il leva les sourcils en dégustant sa tranche de gâteau.

— Tu es bien le fils de ton père. Il a toujours été un original.

Je songeai à mon père si austère dans ses habits sombres, à son sens du devoir. L'avais-je vraiment connu ?

Enfin mon oncle se leva, enfila le manteau que son valet lui tendait.

— Que Dieu te bénisse, mon fils.

Il posa ses deux mains sur ma tête et murmura une prière.

— N'oublie jamais que ton aïeul et ton père étaient fiers de toi et qu'ils t'aimaient bien au-delà de toute tradition religieuse.

Une voiture attendait devant la porte. Il s'y engouffra. Je me retrouvai seul avec Tang.

Mon séjour à Lisbonne dura deux semaines pendant lesquelles je réglai mes affaires bancaires. J'ouvris aussi les caisses contenant les tableaux de ma mère. Mon oncle avait raison, certains étaient admirables. Je contemplai une Crucifixion *et une* Mise au tombeau *peints par un maître espagnol. Le regard de Jésus m'interpellait : « Ecoute-moi et suis-moi », semblait-il dire. Mais j'étais déjà sur une autre route.*

Matin et soir, je me promenais dans le jardin de mon grand-père. Depuis sa mort, personne n'avait dû en prendre soin car les buissons n'étaient plus taillés, les arbres en pots dépérissaient, les massifs s'étiolaient. Le printemps proche jaillissait cependant en rejets, pousses et fleurs sauvages, blanchissait d'écume les amandiers, ouvrait des bouquets de narcisses jusque sur la margelle de la fontaine dont les mosaïques bleues verdissaient sous les mousses.

Je n'avais pas voulu reprendre ma chambre et dormais dans celle de mon père dont les effets avaient été ôtés. Par la fenêtre, j'apercevais le paysage qu'il avait contemplé chaque jour en s'éveillant : la rue, les toits, les croix dominant les clochers. A travers ces symboles chrétiens, ma mère devait se rappeler à lui. Combien de temps s'étaient-ils aimés ? J'avais choisi pour me réincarner ce couple dissemblable, marqué par la passion et par la mort.

A Constantinople, l'attaché britannique avait évoqué devant moi les loges maçonniques, leur idéal de justice, la tradition les rattachant au temple de Salomon et à son architecte Hiram, assassiné et ressuscité. Leurs valeurs de bonté, de charité, de générosité étaient les miennes et j'avais besoin d'une famille susceptible de me soutenir comme de favoriser mon introduction auprès de ceux que je devais conseiller. C'était donc en Angleterre que j'avais choisi de me rendre tout d'abord.

Je dis adieu à la maison de mon enfance, au jardin qui resterait dans ma mémoire un lieu d'enchantement, à ma ville. Une dernière fois, je marchai jusqu'au port. Là, je rêvais autrefois de mondes inconnus et d'espaces infinis. J'en avais fait le tour, la boucle était refermée, symbole du temps, de l'espace enroulés sur eux-mêmes sans commencement ni fin. Des portefaix chargeaient l'Espirito Santo, un sloop en partance pour le Mozambique. Je me revis sur ce même quai dix années auparavant, le cœur brisé, certain que ma vie n'avait plus aucun sens.

Dans quelques heures, l'Espirito Santo ne serait plus à l'horizon qu'un point blanc, effacé comme une illusion par le mouvement de la houle.

— *Voilà donc l'homme étonnant dont tout Londres s'entretient !*

Le duc de Newcastle apaisa d'un geste deux épagneuls qui sautaient autour de moi. Nous nous étions rencontrés à plusieurs reprises dans la Grande Loge de Londres, mais sans jamais avoir eu de tête à tête. Aujourd'hui où je venais de gravir en moins d'un an le deuxième échelon maçonnique, celui de l'Expérience, il avait sollicité ma présence dans sa demeure de Regent's Street.

— *Notre loge, m'assura-t-il aussitôt, a besoin d'hommes comme vous.*

Le fumoir où nous étions assis donnait sur le jardin où s'entrelaçaient un réseau compliqué d'allées bordées de buis.

— *Votre serviteur, milord.*

— *Notre rite écossais stuartiste doit s'implanter en France et en Hollande. Il n'est pas trop tôt pour un franc prosélytisme. Je sais que beaucoup de nos compagnons souhaitent lui garder un aspect confidentiel, le réserver à quelques sages. Moi, je pense tout au contraire que la Grande Loge d'Angleterre doit être le flambeau qui éclairera le monde.*

Posé sur le rebord d'une des fenêtres, un couple de tourterelles avait attiré l'attention des chiens qui s'étaient mis à aboyer. Tout en parlant, le duc de Newcastle tira de sa poche quelques biscuits et les leur tendit.

— *Ceci est la raison qui me donne le privilège de cet entretien. Voulez-vous être notre émissaire en France ? Vous parlez le français, n'êtes, si mes informations sont bonnes, lié à aucune coterie à Versailles. On vous dit honnête, indépendant et volontaire, ni anglais ni français, un inconnu, si vous me permettez de parler sans détour, mais non, et loin de là, un homme ordinaire. Vous êtes celui que la Providence nous envoie.*

Ce que me proposait le duc s'accordait parfaitement à

mes projets. A cette époque de ma vie, la Maçonnerie comblait mes aspirations. J'y côtoyais avec bonheur des hommes généreux rêvant d'une république d'égaux, des cabalistes, des alchimistes, des philosophes avides de pure spéculation. Très naturellement, je m'étais intégré, avais pu m'exprimer, lancer des idées, affirmer mes convictions. Me dévouant entièrement à ma loge, j'avais progressé avec rapidité.

— Je vous suggère, poursuivit mon hôte, un court voyage de prospection. Des hommes déjà acquis à nos idées vous accueilleront et vous guideront. Mais les Anglais ne désirent pas leur accorder trop de pouvoir. C'est un homme neuf et de haute qualité qu'il nous faut : vous.

Je répétai :

— Je suis votre serviteur, milord.

Il me convoqua pour le lendemain. On me remettrait passeport, lettres d'introduction et des instructions précises. Je refusai l'argent que le duc me proposa. Personne dans mon existence ne pourrait se vanter d'avoir acheté mes services.

— Un dernier mot, monsieur, conclut-il en claquant les doigts pour rappeler ses chiens. Les Stuart, comme vous le savez, sont en Italie mais ils conservent quelques partisans à Paris. Le but de votre démarche n'est nullement politique, mais rien toutefois ne se fera en dehors d'eux ni des jacobites. Me comprenez-vous ?

Ces derniers mots jetèrent en moi une impression déplaisante. Pour la première fois, je voyais mêler à des théories hautement morales de banales considérations de clan. Mais je n'avais pas encore assez de prestige et de pouvoir dans la Maçonnerie pour opposer la moindre objection. J'inclinai la tête et le duc de Newcastle parut satisfait.

Peu après, je reçus les documents promis. Sur mon

passeport était inscrit le nom : comte de Saint-Germain, adopté par moi en honneur des Stuart autrefois exilés à Saint-Germain et fondateurs de la Loge écossaise. Douze lettres selon les douze cartouches représentant les douze maisons célestes correspondant aux douze noms de Dieu, les douze tribus d'Israël, les douze colonnes du Temple, les douze disciples de Jésus, les douze signes du zodiaque, les douze mois de l'année, un nom ou plutôt un masque parmi d'autres mais qui, ayant été le premier, garda pour moi une signification particulière. Et si on isolait les deux premières lettres de chaque partie de mon nom, on obtenait le mot : sage.

Je m'embarquai la semaine suivante pour Calais, en route vers Paris avec la mission de jeter les bases d'une Maçonnerie non plus spéculative, mais active et généreuse. Avec ou sans l'appui des jacobites, j'étais décidé à imposer cet idéal.

21

« Paris, ce 10 novembre 1783

« Mon neveu,
« Vous me soupçonnez d'être un cynique et un jean-foutre maltraitant votre Dieu par méchanceté ou bêtise. Voilà une pilule amère que vous me donnez à avaler pour me guérir d'une cécité qui vous mécontente. Mais ne tuez pas le malade avant d'avoir entendu sa confession. Je vais donc procéder à ma défense et, cette fois-ci, sans complaisance.

« Je croyais, mon neveu, être trop bon gentilhomme pour accabler un homme mis en marge de la société. Vous m'êtes témoin que j'ai voulu vis-à-vis du comte de Saint-Germain garder une attitude sinon amicale, du moins bienveillante. Le frondeur, le joueur de tours qu'il est m'a plu, je le reconnais. Mais j'ai eu tort sans doute car ce qui était un amusement intellectuel pour moi est devenu votre bible. Vous voilà bigot alors que je reste libre penseur. Le mécréant s'est fait zélateur malgré lui et je n'aime pas ce rôle.

« Parlons sans fard : vous vous êtes entiché d'un homme qui est peu recommandable : sans pays, sans famille, sans nom, il fait partie de ces errants qui passent d'une société à l'autre, agissent en catimini dans un intérêt plus que douteux, débitant des sornettes avec un imperturbable aplomb. Mon enfant, le comte regroupe autour de lui tout ce qui est hostile à l'Eglise et à la monarchie. Membre éminent de cette secte des Illuminés, il a endoctriné des Mesmer, des Saint-Martin, des Cagliostro, d'autres plus suspects encore. Il s'est glissé dans les salons d'Europe pour y souffler l'esprit de dénigrement. Tantôt ici, tantôt là, Saint-Germain a élaboré des mouvements de contestation si violents que lorsqu'ils éclateront vous en serez atterré.

« Membres de la même loge (mais ce diable-là semble faire partie de toutes les sociétés secrètes), je l'ai côtoyé souvent. Sa générosité peut être de la ruse, sa bonté de l'hypocrisie. Mais c'est un casuiste subtil, capable de détruire avec aisance les arguments qu'on lui oppose. Il parle de lumière et de paix, tout en semant le doute et la révolte. Il se veut messager errant de quelque cause divine et apparaît chez les princes couvert de diamants, exhibe des tableaux de maître. Cet homme est dangereux car il sait capter la confiance des crédules et des naïfs en leur promettant monts et merveilles, promesses qui n'ont pas eu le commencement d'un début d'exécution.

« Attendez donc avant de vous irriter car je n'en ai pas fini. Il y a chez Saint-Germain une volonté tout à fait lucide de jeter des doutes dans l'esprit des chrétiens. Il est assez habile pour s'abstenir de la moindre critique, son travail est souterrain, sournois, inexorable. Notre société est ce qu'elle est. Je ne la prétends ni remarquable ni même éternelle, mais, sans ses fondements, Dieu sait quels excès et quelles misères déferleront sur l'Occident. Certains défenseurs du comte, car il en a d'autres que vous, mettent en avant ses hautes qualités morales, sa bienveillance envers les pauvres, l'altruisme dont il fait preuve en soignant gratuitement les malades. Je ne le nie pas. Le personnage est trop intelligent pour être méchant, il est nuisible. En tout état de cause, vouloir vous donner pour modèle un individu quel qu'il soit, c'est aller droit vers des illusions dont les conséquences peuvent être graves.

« Convier le peuple à méditer, manger des graines et se prétendre une petite flamme issue du Grand Brasier ! J'espère, mon neveu, que vous êtes encore assez lucide pour rire de ces folies. Les prêcheurs sont souvent des charlatans, les donneurs de leçons des débauchés, les chefs des ambitieux, les philanthropes des désœuvrés. Je ne crois guère en la bonté pure et désintéressée et, si votre Saint-Germain était un saint, il serait reconnu comme tel. Peu d'âmes exceptionnelles sont restées dans l'ombre car leurs disciples tôt ou tard s'en sont faits les zélotes. Saint-Germain compte trop d'ennemis pour être vertueux. Le serait-il, comme vous le pensez, qu'aurait-il eu à faire dans ces petits complots politiques où chacun s'accorde à l'avoir vu impliqué ? Le roi Louis XV, la Grande Catherine... Renseignez-vous, mon enfant, la jeunesse n'excuse pas toujours la crédulité.

« Je n'ai auprès de vous que le droit de l'affection. Vous avez envers moi un devoir de confiance. Revenez à Paris. Nous causerons de tout cela chez moi entre personnes de bonne compagnie. Je vous attends au début du mois de janvier et, si vous le voulez bien, nous partirons ensemble, pour Rome où un vieil ami nous attend. Qu'en pensez-vous ? Vous adorerez l'Italie, les femmes y sont divines, la vie douce, les arts éblouissants. Ne me dites pas qu'à ce monde de beauté et de joie, vous préférez les grisailles d'Eckerndörfe et la compagnie d'un homme qui compte vingt-cinq années de plus que moi.

« Soyez, mon neveu, persuadé de mon attachement pour vous. Il est extrême. »

— Lisez, je vous prie.

Hélie tendit au comte la missive de son oncle. Depuis le matin, il tergiversait. Fallait-il se taire, brûler cette lettre comme il l'avait fait pour les précédentes ou extirper définitivement le doute qu'elles jetaient en lui ? « Trop tard, pensa-t-il enfin. Je n'ai plus le choix. »

Comme à l'accoutumée, le comte de Saint-Germain restant enfermé dans son cabinet de travail tout le jour, il avait attendu jusqu'à la tombée de la nuit, incapable de rien entreprendre. Sans Tang, la maison était différente. L'ombre du petit homme si discret rôdait encore et le jeune homme se le représentait à chaque coin de porte avec son gentil sourire, ses paumes jointes pour le salut du matin et du soir. Arrivée le lendemain des obsèques, Frau Gertrude avait investi la maison, ouvrant les fenêtres, secouant les tapis, astiquant les rares meubles qui avaient suscité chez elle des commentaires désabusés. Mais elle lui préparait ses repas et il n'avait plus à ingurgiter les brouets du restaurateur, assez indigestes à la longue. Avant de se coucher, il disposait lui-même la première collation du comte sur un plateau qu'il posait devant sa porte. A cinq heures de l'après-midi, le comte acceptait un peu de riz, de la tisane et un fruit qu'il mangeait seul dans son cabinet de travail. Lorsque les horloges des clochers sonnaient l'angélus du soir, il se rendait au salon. Le feu crépitait. Candélabres et girandoles jetaient une lumière douce et les rideaux clos protégeaient des entretiens qui pouvaient se prolonger jusqu'à l'aube.

Saint-Germain chaussa ses besicles, s'empara de la lettre. Calé au fond d'un fauteuil, Hélie osait à peine le regarder. Chaque mot de la missive était un affront dont lui-même rougissait. Il n'accablerait pas son oncle, ne chercherait pas non plus à le défendre. Ce qu'il attendait de Saint-Germain, bien au-delà d'un plaidoyer, était de chasser une fois pour toutes les incertitudes de son esprit.

Le comte acheva sa lecture, posa la lettre. Un instant il demeura silencieux, les yeux clos.

— Les railleurs dénigrent ce que l'intelligence ne peut expliquer, prononça-t-il enfin d'une voix assurée.

Le ton bienveillant donna à Hélie une sensation de soulagement. Une phrase amère ou agressive l'aurait trompé dans ses espoirs.

— Joachim de Maisonvieille ne me comprend guère, poursuivit le comte. Il est maçon, donc attiré par un idéal généreux, mais avide aussi de vie mondaine et brillante. Il lutte entre ses désirs mortels souvent bas et pervers et l'espoir de s'en affranchir pour s'élever. Je ne peux le blâmer, c'est un inquiet. Il lui manque une philosophie pour reprendre confiance car seule la connaissance permet d'atteindre la sérénité.

Pourquoi le comte refusait-il de se découvrir ? Le secret qui l'entourait et qu'il gardait jalousement jetait un malaise que lui, son meilleur ami, ressentait douloureusement.

— Qui êtes-vous ? se décida enfin Hélie. Trois mots et ma foi vous sera acquise pour toujours.

— Thomas, l'Incrédule, murmura Saint-Germain.

Veux-tu, toi aussi, toucher pour croire ? Et comment pourrais-tu comprendre en un instant ce que j'ai mis une vie à apprendre ?

Les reflets des flammes glissaient sur les murs simplement tapissés d'un papier crème, couraient sur les gravures, s'insinuaient entre les rideaux de nankin qui prenaient un éclat mordoré.

— Ma vie, tu la connaîtras bientôt lorsque je te donnerai à lire mes mémoires. Quelle importance a-t-elle ? Aucune. C'est la tienne, Hélie, qui compte. Les hommes n'ayant pas le courage de se pencher sur eux-mêmes et de s'interroger sur la vanité de leur destinée, effrayés par la perspective inéluctable de la mort, s'accrochent à l'illusion qu'un autre sans doute a pu trouver réponse à ce qui les accable. Il suffirait alors de lui arracher son secret pour voir miraculeusement s'effacer toute angoisse. De cette illusion naissent les faux prophètes, les démagogues, les imposteurs.

— Qui alors peut me guider ?

— Toi-même. Je n'ai d'autre but que de t'apprendre à trouver ton propre chemin. Il ne sera celui de personne d'autre et tu peineras pour le suivre. Mais chaque pas te procurera plus de bonheur que tous les catéchismes et les embrigadements. Ta survie éternelle en dépend.

— Le Christ est venu pour nous sauver, murmura Hélie. Celui qui croit en Lui ne mourra pas.

— Jésus a voulu revenir sur terre par amour, non pour contraindre ou réprimer. L'amour est l'ultime sceau qui marque la vie éternelle. Mais c'est le plus difficile à briser. Lorsque tu auras déchiffré le mystère de l'Amour total qui fut celui du Bouddha, d'Abraham ou de Jésus, tu auras alors la béatitude éternelle. Mais la gageure est longue et ardue. Tu as vécu de nombreuses vies pour la tenir, tu en vivras encore. L'homme n'est pas arrivé sur terre, comme on te l'a enseigné, dans un état de plénitude intellectuelle, mais comme un être immature à l'aube d'une longue, difficile mutation.

Hélie n'osa reprendre la parole. Cependant la question demeurait pour lui entière et obsédante : « Qui êtes-vous, monsieur de Saint-Germain ? »

Le comte prit une feuille, chercha une plume. Il fallait continuer à écrire, le temps pressait. « Joachim de Maisonvieille, pensa-t-il, l'homme est le fruit de l'arbre de vie. Si vous jetez le doute dans l'esprit d'Hélie, vous n'amputerez pas cet arbre mais vous vous en détacherez vous-même comme un fruit gâté qui vient pourrir sur l'herbe du verger. »

Je découvris Paris au printemps 1724. La pluie alternait avec le soleil comme si, dans cette ville extraordinaire, le climat était en harmonie avec les mille contradictions qui en tissaient l'étoffe.

Sans prendre le temps de flâner, j'allai présenter la lettre de recommandation remise par le duc de Newcastle à celui qui allait devenir durant de longues années un protecteur et un ami, Charles Louis Fouquet de Belle-Isle. Fantaisiste, gai et curieux, ce petit-fils de Nicolas Fouquet m'accueillit comme si nous nous connaissions depuis une éternité et, aussitôt qu'il me sut fervent d'alchimie, m'entraîna dans son laboratoire. Il avait sur le Grand Œuvre des théories qui rejoignaient les miennes, tout en caressant l'espoir qu'un lingot d'or naîtrait un jour, contre toute raison, des cendres de son four. Maçon, il l'était déjà, un des premiers Français à avoir rejoint la Loge écossaise. Avec son aide, ma mission fut facilitée. Nous avions l'un et l'autre la certitude que notre mouvement allait se développer en France avec une grande célérité.

— Mais enfin, s'exclama-t-il un matin où je parlais de repartir en Angleterre, vous n'allez pas quitter Paris sans avoir été présenté à nos jolies femmes ! Préférez-vous les grandes dames, les actrices, les courtisanes ?

Saint-Germain esquissa un sourire. En refusant le souper qu'il lui proposait, il avait déçu Belle-Isle et compris son erreur. S'il voulait s'intégrer dans le monde, il ne fallait pas qu'il se singularise. Jeux, soupers, spectacles, femmes, il fallait tout accepter, se divertir des talents, des célébrités, des modes, rire des excentricités, sans pour autant se trahir. On ne lui avait appris la dissimulation ni à Lisbonne, ni en Chine, ni en Inde. L'homme simple et austère qu'il était ferait fuir, sans aucun doute. Il devait changer.

Mais grâce à l'appui de Belle-Isle, il avait pu mener à bien la mission du duc de Newcastle. Une poignée d'aristocrates dont le marquis de Mareuil déjà ambitieux, quelques bourgeois fortunés réunis autour d'Alexandre de la Popelinière, fermier général, un drapier aux idées généreuses et à la bourse grande ouverte, s'étaient réunis en une assemblée destinée à établir les règles de leur Loge écossaise stuartiste. Que les Anglais en soient les inspirateurs ne les dérangeait guère, bien au contraire. A cette époque, tout ce qui venait d'outre-Manche passait pour neuf et hardi. Paris était toqué de Londres ou d'Edimbourg. Et la Maçonnerie avait le vent en poupe. Dans les loges, loin des oreilles de Versailles, on pouvait parler librement, s'enthousiasmer, bâtir des rêves de fraternité et de justice, déraisonner parfois. Et le mystère, les rites donnaient à chacun la sensation délicieuse de faire partie d'un petit nombre d'élus détenteurs de la Vérité.

A mon retour en Angleterre, le duc de Newcastle me félicita. « Well done, sir », se réjouit-il en me tendant sa tabatière. Cependant je ne partageais pas entièrement sa satisfaction. Avant de prétendre à l'amitié des Grands, il me fallait apprendre beaucoup encore et, sans le soutien de Belle-Isle, ma mission aurait tourné court. Je résolus alors de faire mon éducation en Angleterre et, désireux de me fondre parmi les indigènes, je cherchais sans succès un nouveau nom quand celui avec lequel le duc de Newcastle m'avait accueilli s'imposa à ma mémoire : « Well done ». Je serais donc sir Denis Welldone, citoyen britannique de retour de Madras.

Tang s'adapta avec une intelligence remarquable. Il avait acquis naturellement le merveilleux savoir-faire des majordomes anglais toujours disciplinés, jamais obséquieux. Nous louâmes un logement le long de Green Park, l'étage noble d'une vaste demeure appartenant à Lord Cardigan qui ne quittait guère ses terres du Pays de Galles.

J'avais assez de fortune pour jouer sans faute le rôle d'un jeune aristocrate colonial, mais la partition restait incertaine et j'étais un médiocre acteur. Etre un exemple pour des jeunes gens désabusés, leur donner un idéal autre que le jeu, les chevaux et les femmes exigeait un prestige personnel qu'il m'était difficile d'établir. L'alchimie et la Kabbale restaient mes domaines privilégiés car, dans le secret des laboratoires ou entre les pages des vieux manuscrits, tout orgueil de caste disparaissait. Y consacrant l'essentiel de mon temps, je continuais à progresser dans la hiérarchie maçonnique. La voie initiatique était longue et laborieuse, mais rien ne pouvait me rebuter dans cette marche vers le seul but qui eût pour moi de l'importance. Au Tibet, nous nous réclamions d'une tradition sans âge, antérieure à toute religion établie, antérieure à notre monde. Là était ma force. Je fus intronisé compagnon, le grade intermédiaire avant celui de maître. « Vous ne saurez en Maçonnerie que ce que vous aurez trouvé vous-même, me déclara Ramsay, mon initiateur. L'Espace est nuit, la Matière est jour, l'homme est une parcelle de Dieu qui peut et doit développer ses pouvoirs à l'infini. » Il me demanda quel symbole je choisissais, je lui montrai l'étoile de David confiée par Sarah qui jamais ne m'avait quitté.

De France venaient des nouvelles favorables : les maçons se multipliaient. Philippe de Wharton était élu Grand Maître. J'avais rencontré à Londres ce fils du fondateur des whigs. Fidèle à la cause des Stuart, il avait vécu longtemps à Saint-Germain et connaissait parfaitement la France. L'élan était donné.

Ce séjour à Londres fut exaltant et misérable. J'avais devant moi la perspective d'une tache écrasante mais aucun moyen de l'entreprendre sans passer pour un prêcheur ou un pédant. Pour s'imposer, il fallait un aplomb que je n'avais pas. Si à Lhassa la qualité de lama ouvrait portes et cœurs, celle de sage à Londres ne faisait naître que des sourires moqueurs. Et le monde avec ses plaisirs était à ma portée sans que je puisse y goûter. J'étais séduisant, les femmes me courtisaient. Certaines venaient jusque chez moi, mais, trop rude ou trop attentif, je n'avais pas acquis l'aisance de les tenir à distance tout en entretenant leurs espérances. La méditation que je pratiquais chaque jour m'enfermait dans un monde devenu refuge au lieu d'être évasion.

Deux années s'étaient écoulées. J'allais fêter mes trente-cinq ans et, hormis une progression dans ma loge maçonnique et des travaux d'alchimie, j'avais accompli peu de choses qui puissent réellement me satisfaire.

Un soir, je trouvai Tang malade. Il guérit mais, en dépit de mes efforts, resta sans énergie. Enfin il m'avoua que le Tibet lui manquait cruellement. En fermant les yeux, il revoyait le ciel gris tourmenté, ourlant les rocs, les longues bandes du lichen de printemps que broutaient les troupeaux de yaks, les vastes champs de neige où galopaient des poneys sellés de couvertures multicolores, entendait les gongs et les trompes, le chant monocorde des lamas.

— Nous allons repartir, lui annonçai-je soudain.

Ma décision était prise. J'avais quitté trop tôt le Tibet, je n'étais pas prêt. Il me fallait boire encore à la source avant de pouvoir désaltérer.

En dépit des bourrasques et du froid piquant, Hélie de Maisonvieille ne ralentissait pas sa marche. Sans cesse remâché depuis la veille, le discours tenu par le comte le laissait incertain. D'où venaient la méfiance et même le mépris que le comte inspirait ? Des seules médisances ? D'autre part, pourquoi douterait-il de la parole de son ami ? Soudain le visage blafard du marquis de Mareuil investit sa mémoire. Il revit les doigts minces jouant avec les miettes de pain, le regard las et perfide, puis s'imposa celui de Saint-Germain. « Le regard ne ment jamais, disait son père. Si tu veux piéger un homme, dévisage-le hardiment. » Pouvait-il être vraiment un ennemi de Dieu, comme le suggérait son oncle ? Un adversaire de l'ordre social ?

La pluie tombait drue et glacée, perçant le paletot, pénétrant les fines chaussures de peau à boucles d'argent mais le jeune homme n'avait pas la moindre envie de faire demi-tour.

Enveloppée dans un châle gris, une pauvresse proposait du vin chaud. Il s'arrêta, but quelques gorgées dans le pot cabossé qu'elle lui tendit. De légers flocons tombaient maintenant qui s'accrochaient aux vêtements, se posaient comme de l'écume sur les flaques d'eau noirâtres.

— Qu'attendez-vous de l'avenir ? interrogea-t-il à brûle-pourpoint en rendant le récipient d'étain.

Ahurie, la femme le considéra. Puis un sourire fendit son visage.

— Mais de vivre bien vieille, monseigneur !

La rue que suivait Hélie aboutissait au port. Tout le long d'un quai défoncé s'alignaient des caisses, des charrettes surchargées de tonneaux ou de ballots d'effets prêts à être chargés. Deux matelots réparaient l'aussière d'une barge encombrée de rondins, un groupe d'hommes sortait d'une taverne aux carreaux sales. A l'autre bout du quai, là où étaient amarrés les vaisseaux de haute mer, les hangars prenaient de l'importance. Bien entretenus, couverts d'enseignes indiquant les noms des armateurs, ils s'alignaient le long du ciel gris, coupés d'allées obscures où jaillissaient des touffes d'herbes ratatinées par le vent. Hélie enjamba un caniveau engorgé de têtes de poissons.

« Vivre bien vieille », avait souhaité la marchande de vin. Il lui semblait que cette réplique naïve répondait en partie à ses interrogations. Qu'est-ce qui avait de l'importance : l'existence au jour le jour de cette pauvresse rongée de scrofules ou une espérance beaucoup plus vaste ? Les ambitions sociales, religieuses et mondaines de son oncle ou la vision d'éternité qu'avait Saint-Germain ? La vérité est une lanterne magique, pensa-t-il, une ombre qui passe, un éclat de lumière créant l'illusion de la réalité. L'ordre social de son oncle était une prison dorée, sa religion une potion lénifiante, sa morale une arme destinée à les protéger, lui et les siens, de toute remise en question des privilèges dont ils jouissaient. Et quels privilèges ? Ceux de conserver fébrilement ce que tôt ou tard ils auraient à laisser derrière eux.

Une marre d'eau boueuse arrêta la marche du jeune homme. Il avait froid soudain, mais l'impression de doute s'était dissipée. Il n'avait à être le juge de personne. Que gagnait-on à blâmer ou à condamner ? Il allait répondre à son oncle, demander qu'il lui fasse la grâce de remettre au printemps le voyage à Rome et surtout l'amitié de ne plus lui parler du comte de Saint-Germain. De son côté, il promettrait de quitter Eckendörfe à la fin de l'hiver, de garder une grande lucidité et de ne couper aucun pont le reliant à cette société parisienne qui l'avait si favorablement accueilli.

« Un peu de courage, un peu de lâcheté, pensa Hélie en faisant demi-tour. L'essentiel est de gagner du temps. »

22

Après trois mois de voyage, Tang et moi arrivâmes à Lhassa au début du court été. Au pied de la montagne où la lumière du soir jetait des reflets roses, les troupeaux de chèvres festoyaient dans l'herbe drue et rousse. Le garçonnet qui les gardait nous tira la langue en signe de respect.

Lorsque nous pénétrâmes dans notre monastère, le gong résonnait pour la prière. Parmi les lamas vêtus de jaune safran et de pourpre qui se hâtaient vers le temple, je reconnus des visages familiers, en découvris de nouveaux.

— Vous voilà, mes chers enfants.

Le temps ne semblait pas avoir d'effet sur Konchog Pema. Hormis le large pli qui barrait son haut front, il avait gardé un visage rond sans rides, un regard jeune et plein d'indulgence.

— La nuit dernière, j'ai vu en rêve votre retour.

Nous le suivîmes dans le temple où brûlaient des centaines de bâtonnets d'encens. Au fond, sur son socle recouvert de soie brodée, la statue du Bouddha nous adressait son sourire d'éternité. Je m'assis en position de prière. Fatigues, interrogations, l'insidieux sentiment d'échec qui me rongeait, disparurent aussitôt.

— Pourquoi es-tu revenu si vite parmi nous ?

Dans la cellule de Konchog Pema bourdonnaient quelques mouches. Le long d'un rayon de soleil oblique qui perçait la fenêtre dansaient les pollens soufflés des herbages.

Je baissais la tête.

— J'étais seul.

— La solitude ne doit pas effrayer le sage.

Longtemps mon maître s'abîma dans ses pensées. Je me revoyais moi-même à Londres, à Paris, aussi étranger qu'on puisse l'être au milieu de gens avec lesquels je partageais si peu.

— Tu n'as peur que de toi-même. Va et médite. La réponse est dans ton cœur.

Le lendemain, à l'aube, je partis seul dans la montagne. Des yaks surchargés de ballots quittaient Lhassa pour Sangsang dans le tintement incessant des grelots accrochés à leur cou, les vociférations des nomades, l'aboiement des chiens de garde. Dans les crevasses, des plaques de neige subsistaient sur lesquelles le soleil venait se réfléchir en prismes lumineux. Au loin, les taches noires et grises d'un troupeau se confondaient avec les rocs. Coiffée de longues nattes, le visage noirci par la graisse, une jeune fille me tendit en souriant une boulette de tsamba. Elle portait autour du cou des colliers aux couleurs vives, aux oreilles des boucles d'argent et de turquoise. Je m'inclinai en signe de gratitude.

Jusqu'au milieu du jour, je marchais sans prendre de repos, le souffle court. Un couple de loups qui trottaient au loin sans me prêter la moindre attention disparut dans l'infractuosité d'une caverne. Je croisai un maigre troupeau de brebis gardé par une vieille qui disait son chapelet. Enfin à midi je m'assis sur une pierre pour manger mes tsambas et boire le thé beurré de ma gourde en peau de chèvre, décidé à trouver une réponse à la question posée par Konchog Pema : « *De quoi avais je peur ?* » Dans cette solitude grandiose, personne ne pouvait me distraire d'une vérité, fût-elle cruelle. Parti en Europe sûr de moi comme de ma mission, j'étais de retour malheureux et plein de doutes. Un vol d'oies sauvages passa au-dessus de ma tête. Dès octobre, au Portugal, le gibier d'eau venant du nord occupait nos étangs : colverts, hérons et grues huppées caquetaient dans l'or des petits matins d'automne. Et je revis soudain mon grand-père, mon père que je n'avais su pleurer dans notre demeure vide de Lisbonne. Me croyais-je alors détaché de mon enfance, incapable de m'attendrir sur des souvenirs ? Avais-je peur d'affronter le sentiment de rejet qui me hantait depuis la révélation du secret de ma naissance ? Nul ne pouvait se faire accepter en se justifiant. Avant de convaincre, je devais puiser mon énergie dans une réconciliation avec moi-même. Alors seulement je serais assez fort pour tracer ma route sans plus d'hésitations.

La vue de Lhassa au loin raffermit mes certitudes : les Chinois venaient de raser les murailles centenaires et cependant la ville ouverte, souvent attaquée, pillée, détruite, gardait intacte sa formidable puissance mystique.

Durant trois jours, je ne quittai pas ma cellule. La perspective de l'avenir qui m'attendait en Europe perdait peu à peu son aridité. J'avais commis l'erreur de me prendre au sérieux, de critiquer, de me sentir meilleur que les autres. Personne ne m'excluait, c'était moi-même qui me tenais en marge. Les vertus ne se prêchaient pas, elles se vivaient joyeusement.

Le comte quitta sa table de travail. L'écriture venait mal. La mort de Tang était une amputation dont la douleur le déroutait. Autrefois son refuge, cette maison l'étouffait aujourd'hui. Il allait de son cabinet de travail à sa chambre, de sa chambre au salon, comme un insecte prisonnier cherchant une voie pour s'évader et reprendre son vol. Mais, avant de quitter ce monde, il lui restait deux tâches à achever, confier à Hélie de Maisonvieille la mission de fortifier les bases d'une société théosophique tout juste établies avec Swedenborg quelques mois avant sa mort et charger Willermoz de donner à leur ordre une dimension œcuménique avec le grade de Grand Profès, jusqu'alors le sien.

Avertir les princes, les ministres, les hauts personnages de leurs responsabilités comme de leurs devoirs, souligner les besoins et les droits des humbles n'avait pas été un prêche dans le désert. La graine semée germerait un jour...

Je quittai de nouveau le Tibet à l'aube d'une cruelle guerre civile. Les renforts chinois, près de quinze mille hommes, approchaient, prêts à destituer notre dalaï lama. Konchog Pema me dit adieu. « Je ne survivrai pas à de nouveaux pillages, d'autres violences, déclara-t-il sereinement. Mais quelle importance ! Un autre est prêt à prendre ma relève. Reviens de temps à autre ici. Sans la paix de notre gompa, tu n'arriveras pas au bout de ta mission. »

23

Tandis que la diligence qui me menait de Lyon à Paris cahotait sur la route traversant la forêt d'Orléans, je me remémorais le long périple qui m'avait conduit de Constantinople à Amritsar puis en Allemagne, à Süremein où j'avais acquis quelques arpents de terre afin d'y ouvrir un atelier de teinture. Les résultats de mes premiers travaux s'y étaient montrés très encourageants. J'avais pu perfectionner mes connaissances et, dédaigneux d'en attendre un enrichissement personnel, avais décidé de les mettre au service du roi de France. Allié à mon haut grade en maçonnerie, c'était un moyen de capter sa confiance. L'Europe traversait une époque troublée. Remplacées par un affairisme débridé, les valeurs anciennes y étaient partout remises en question : grandes compagnies coloniales, manufactures, établissements destinés au commerce de l'argent se multipliaient, procurant à une minorité des richesses immenses dont elle faisait étalage sans scrupules tandis que la pauvreté minait les campagnes. Pour survivre, hommes et femmes quittaient leur province et, sans parents ni amis, sans soutien, erraient sur les routes à la recherche d'un précaire emploi. Tandis que le pain manquait, le roi bâtissait des maisons de plaisance, se lançait dans des guerres inutiles, entretenait une foule de parasites, avides de richesses et d'honneurs, augmentait redevances, tailles et dîmes qu'un trésor public semblable à un trou sans fond engloutissait. Si personne ne mettait en garde le roi, la France, et après elle bien d'autres pays d'Europe, allait connaître de grandes agitations populaires.

Avant d'arriver à Paris, nous fîmes une dernière halte à l'auberge du Chapeau-Rouge, au-delà d'Orléans. Par la fenêtre de ma chambre, je voyais se dérouler jusqu'à l'horizon la belle route bordée de platanes. Rien ne convenait mieux au paysage d'Ile-de-France que cette lumière hivernale libre et primesautière qui se riait de la chape des nuages comme de la barrière des forêts. Hormis mon pauvre Portugal si affreusement éprouvé par le tremblement de terre qui avait détruit la maison de mon enfance, c'était la France que je préférais à tous les pays d'Europe. Mais je gardais ma lucidité. Mes convictions comme mes objectifs n'étaient plus liés à une culture ou à une tradition religieuse. J'étais juif, certes, au moins par moitié, mais cette caractéristique due au hasard de ma naissance était devenue relative. J'avais appris à connaître le bouddhisme, le christianisme, l'islam. Et la Maçonnerie, en me liant à un passé beaucoup plus lointain que l'histoire de ma famille, faisait de moi l'héritier d'une longue lignée à laquelle je me sentais attaché. Inlassablement, dans les loges, nous tentions de dégager les vertus fondamentales des mérites liés aux règles de notre société. Le plus démuni y était respecté.

Alors que nous passions devant le château de Fontainebleau, un négociant en drap qui voyageait dans la même berline nous apprit que le roi et sa cour y séjournaient. « La favorite y est-elle ? » interrogea une prude baronne venue de l'Indre pour visiter à Paris une fille nouvellement accouchée. « Madame, affirma le négociant, on ne coupe pas aisément des fils que l'amour a entrelacés. Madame la marquise de Pompadour suit encore le roi en carrosse quand il chasse. » La baronne pinça les lèvres et ne souffla plus mot.

A Paris, je pris un appartement à l'hôtel du Saint-Esprit et, aussitôt mes bagages défaits, écrivis à ma loge ainsi qu'aux quelques amis que je comptais dans cette ville pour leur annoncer mon arrivée. Belle-Isle vieillissait et ne quittait guère son hôtel de Versailles.

Je pouvais m'appuyer sur Mme de la Popelinière, la maîtresse du duc de Richelieu rencontrée à Londres, et la comtesse de Cergy, épouse de l'ancien ambassadeur de France à Venise qui m'avait fait lors de mon premier séjour à Paris l'honneur de son amitié. Ces femmes influentes recevaient dans leurs salons ce que la ville comptait de plus considérable ou talentueux et il était important pour moi de m'y montrer. Les Parisiens sont versatiles, très soucieux de donner bonne figure. Qu'on parle d'un nouveau venu et chacun le réclame aussitôt.

J'envoyai Tang déposer mes billets et fis quelques pas dans les jardins du Palais-Royal. Profitant du soleil, hommes et femmes s'y promenaient, achetaient dans les échoppes eaux de senteur, cure-dents, colifichets. Je n'étais pas assis sur une chaise paillée depuis un instant qu'une vieille sorcière vêtue de noir vint exiger un sou.

Un attroupement se formait dans un coin du jardin, le nez en l'air. Chacun semblait guetter une apparition.

— Que font ces gens ? lui demandai-je.

La vieille s'amusa de mon ingénuité.

— Monsieur est provincial, pour sûr. Ces gens-là, voyez-vous, règlent leur montre à la méridienne au point de midi. La nôtre est la plus exacte du monde.

Je souris de ces bêtises.

Devant la Civette que la duchesse de Chartres avait mise à la mode, on faisait la queue pour remplir sa *tabatière. Dans le froid de janvier, vieux messieurs et jeunes gandins battaient la semelle. Se faire voir était le but de leur existence. Aucun n'aurait consenti à envoyer un valet patienter à sa place. Et quand, de son carrosse, une jolie femme leur adressait un signe, ils s'estimaient payés de leurs souffrances.*

Je ne fus guère étonné de trouver à mon hôtel un mot de Mme de la Popelinière m'invitant pour le jour suivant dans sa maison d'Auteuil. « Pour un nouvel arrivant, affirmait-elle, mon salon est un trésor. Je vous présenterai à Mme d'Urfé, acharnée chimiste, maçonne et adepte du culte des esprits de surcroît. Depuis que Mme de Ferriol, lui a affirmé que vous étiez un fakir ou quelque gourou oriental détenteur de grands secrets, elle meurt d'envie de vous connaître. Votre valet chinois a aussi excité beaucoup de curiosité. Vous serez le centre d'intérêt de ma réception. »

Je ne pouvais ignorer cette invitation. En hâte, je complétai ma garde-robe, me faisant déposer en vinaigrette louée à la journée chez des fournisseurs renommés. A Paris, il fallait impressionner ou retomber dans l'anonymat et l'oubli.

Le matin, Tang sortit le coffret où je gardais les pierres précieuses offertes par mon oncle Paolo. J'y prélevais un diamant pesant six carats pour l'épingler à ma cravate, des boutons de gilet en rubis, sûr que chacun les remarquerait et s'interrogerait sur mon identité. Cette curiosité me permettrait de retenir l'attention des femmes, toujours plus disponibles pour les grands voyages du cœur comme de l'esprit. On ne s'imposait pas sans elles en France.

— Le maréchal de Belle-Isle m'a parlé de vous en termes si chaleureux que je craignais de mourir d'impatience.

Mme d'Urfé, la fameuse Sémiramis dont chacun se gaussait en aparté, me fit l'effet d'une revenante. Petite et maigre, outrageusement fardée, elle avait des cheveux roux frisottés où tremblaient des aigrettes et des bras fluets tachetés de son qui ressemblaient à des pattes de dindon. On la disait immensément riche, brouillée avec sa fille, Mme du Châtelet, qui l'accusait de ruiner leur famille par ses extravagances. Entourée d'une cour de jeunes gens suspects empressés de plaire à leur bienfaitrice, elle alliait un goût véritable pour les arts et les lettres à une naïveté frôlant la niaiserie en ce qui concernait la magie, le spiritisme, la sorcellerie et l'alchimie.

Comme des crocs, ses mains s'emparèrent des miennes. Aussitôt elle m'entreprit sur elle-même, ses travaux, sa bibliothèque qui passait pour la plus complète d'Europe, sa correspondance avec d'éminents spirites européens. Patiemment je l'écoutais. Elle m'invita à visiter dès le lendemain son laboratoire et sa bibliothèque.

— Je sais qui vous êtes, me chuchota-t-elle à l'oreille : un maître de la Loge écossaise, un sorcier capable de guérir des maladies incurables et de créer des diamants à partir du cristal de roche.

— Qui vous a confié cela, madame ?

Elle baissa encore le ton.

— J'ai mes informations. Nierez-vous ?

Je la quittai un peu inquiet. Il me faudrait redoubler de vigilance pour ne point passer pour charlatan auprès de ceux auxquels je voulais plaire. L'amitié de Mme d'Urfé était à double tranchant. Je ne pouvais l'écarter et devais me tenir sur mes gardes.

Un homme de belle figure superbement vêtu me toucha l'épaule. Plus grand que moi, il avait le teint mat et les yeux noirs d'un Méditerranéen.

— Giacomo Casanova, se présenta-t-il, pour vous servir, monsieur de Saint-Germain.

Il me sembla déceler une certaine ironie dans la voix mais l'homme affichait un sourire charmeur.

— *Nous avons trois points communs, me déclara-t-il d'un ton enjoué. Un, nous appartenons vous et moi à cette race de métèques n'ayant pas droit de cité à Athènes ; deux, nous jouons du violon avec un certain talent ; et trois, nous sommes maçons. J'oserais ajouter qu'un autre lien va se tisser entre nous, celui de l'amitié nous attachant à l'incomparable Sémiramis, une folle délicieusement généreuse.*

Mon premier jugement sur Casanova fut indulgent. L'homme était cultivé, toujours de joyeuse humeur, prêt à rendre service.

Nous causâmes de tout et de rien. Ses connaissances étaient diverses et étendues et nous nous découvrîmes un autre goût commun : celui des tissus. Prétendant détenir des techniques révolutionnaires, il rêvait d'imposer de nouvelles impressions sur soie. Je lui révélai ma volonté de servir le roi en ouvrant des manufactures de teintures capables d'abaisser les coûts de production. Il parut intéressé et proposa de toucher un mot de mes projets à M. de Marigny, frère de Mme de Pompadour qui le recevait à Choisy, à La Muette, à Compiègne. La marquise n'était pas vraiment heureuse, me confia-t-il. Sans son amour absolu pour le roi, elle aurait fui Versailles depuis longtemps.

— *J'aimerais pouvoir l'approcher.*

— *Passez par le marquis de Marigny. Il a sur sa sœur une grande influence.*

Mme de la Popelinière interrompit notre conversation, elle venait me prier d'exécuter une partition au violon.

— *On prétend que vous êtes un grand artiste, déclara-t-elle en me prenant familièrement par le bras. Votre triomphe sera le mien.*

Dès le lendemain, j'écrivis à M. de Marigny. Sur ma terre de Sürremein, j'avais suffisamment perfectionné mes procédés de teinture pour les vanter sans craindre de décevoir. J'étais effectivement en mesure d'offrir au roi le moyen de transformer radicalement l'art de la teinturerie et de mettre la France au premier rang de la production européenne. Prêcher et moraliser n'était pas mon affaire, j'avais de ma mission des objectifs plus vastes. On ne faisait pas le bonheur des peuples par décret mais en leur procurant l'espérance d'un avenir meilleur. Cela passait par la création d'entreprises, la croissance du progrès, la distribution plus juste des biens. Le rôle d'un roi n'était pas de s'enfermer dans quelque thébaïde inaccessible où il signait lois et ordonnances mais de parcourir son pays, de rencontrer son peuple, de l'écouter, de lui tendre la main. En assumant ces responsabilités, le roi de France donnerait à la monarchie sa véritable signification. Là était ma conviction mais il me restait à persuader. Une dernière fois, je relus ma lettre.

« *Monsieur le marquis,*
« *Le hasard de mes voyages, un labeur considérable m'ont fait découvrir des techniques de teintures jusqu'alors inconnues en Europe. Je n'ai épargné pour les perfectionner ni efforts ni études ni dépenses et viens aujourd'hui volontairement en offrir le profit au roi de France, sans lui demander autre chose que la disposition libre d'une des maisons royales propre à y établir des gens arrivés d'Allemagne pour mon service. Ma présence sera assez souvent nécessaire là où le travail se fera, d'où la nécessité d'un logement prêt à m'accueillir. Je me charge de tous les frais, tant ceux qu'exigent les transports des matières préparées que de ceux du travail des couleurs...*

« Est-il nécessaire d'ajouter que j'aime le roi et la France ? Personne ne peut se méprendre sur le désintéressement et le mérite de mes motifs. Que Sa Majesté, que Mme de Pompadour daignent considérer l'offre dans toutes ses circonstances et l'homme qui l'a faite. Je m'ouvre, Monsieur, à un homme droit et franc, je n'ai pas tort, j'en suis certain.
« *Signé : Denis de S.M., comte de Saint-Germain.* »

La réponse ne tarda guère. Intéressé par le progrès des manufactures royales, M. de Marigny m'y remerciait d'une si honnête et aimable proposition. Grâce à des personnes entreprenantes et généreuses, la France pourrait rattraper un léger retard industriel imputable non au manque d'ingéniosité de ses ouvriers, mais à la réticence des investisseurs. Il me proposait un atelier et un logement dans le château de Chambord et me mettait en rapport avec un certain Collet, architecte et contrôleur des bâtiments du roi, chargé de rendre ces facilités promptement habitables. Le château avait été laissé à l'abandon depuis la mort du neveu du maréchal de Saxe.

Tang et moi fîmes nos malles pour Chambord. Entourée d'un parc de taille modeste, la demeure s'étendait le long d'une rivière aux eaux pures. Largement payés, mes ouvriers allemands étaient prêts à s'expatrier durant le temps nécessaire à la formation d'une équipe française.

La veille de mon départ, je reçus un billet de Mme d'Urfé me priant de passer la voir dans sa demeure du quai des Théatins. Tant par curiosité pour son laboratoire de chimie et sa fameuse bibliothèque que pour ne pas me faire une ennemie de cette femme considérable, je décidai de m'y rendre.

Jeanne d'Urfé m'accueillit avec des transports que je

jugeai outrés. *Elle avait reçu sur moi, m'avoua-t-elle, des renseignements propres à exciter son inlassable curiosité. Je serais un des Grands Sages, magicien hors pair, cabaliste et chimiste incomparable, un guérisseur appartenant à la lignée des fameux sorciers du Moyen Age. Je pris le parti de rire. M'entraînant alors dans son laboratoire, elle me montra son four où cuisait depuis quinze ans une matière susceptible de devenir poudre de projection et de transmuter les métaux en or pur. Puis elle me désigna un tuyau qui alimentait son four à charbon selon un ingénieux système de contrepoids. A intervalles réguliers, un tas de combustible tombait en quantité égale dans le four, ce qui lui permettait de s'absenter plusieurs mois sans nuire à la calcination. La cendre s'échappait par un autre tuyau très habilement pratiqué qui servait en même temps de ventilateur.*

— Venez là, me chuchota-t-elle.

Elle m'attira vers une barrique dont elle souleva le couvercle. Les ardeurs du brasier rougissaient sa peau flétrie de vieille sorcière.

— Ce tonneau est plein de platine, m'annonça-t-elle. Dès que j'aurai obtenu ma poudre de projection, il sera transformé en or.

— Ne craignez-vous pas les voleurs, madame ?

Elle me montra une clef qu'elle tira de son corsage.

— Il faudrait venir l'y dérober sur mon sein car je dors avec.

J'étais sûr en effet que nul n'irait la chercher là, hormis peut-être Casanova que chacun prétendait son amant.

Puis elle m'emmena dans sa bibliothèque. Je fus émerveillé par le nombre et la qualité des ouvrages qui y étaient rassemblés.

— Vous n'ignorez pas, nota-t-elle, que je suis par

mon défunt mari l'arrière-petite-fille du grand Honoré d'Urfé.

Elle me montra les œuvres de Paracelse, son auteur favori, et m'affirma qu'il était hermaphrodite, enragé d'alchimie et avait eu le malheur de s'empoisonner en absorbant une trop forte dose de panacée.

— Quelle est votre opinion sur l'élixir d'immortalité ? m'interrogea-t-elle à brûle-pourpoint. Beaucoup prétendent que vous, comme votre valet, avez plus de cinq cent ans.

Puis, baissant la voix, elle ajouta :

— Vous pouvez tout me confier car je suis plus génie que femme, prête moi-même à franchir la frontière de l'immortalité.

Je la quittai plein d'étonnement. Jeanne d'Urfé, comme tant d'autres, nourrissait le fol espoir de dominer la mort qui, représentant pour l'Occident un échec, une disgrâce, une injustice, terrorisait ou nourrissait d'absurdes fantasmagories. Pour les Européens, la mort signifiait souffrances, séparation. L'au-delà restait imprécis et, sous beaucoup d'aspects, peu enthousiasmant ! Cantiques et chœur des anges n'exerçaient pas sur les imaginations un pouvoir de rêve suffisant. Chacun préférait la perspective d'une vie terrestre, ses joies et ses peines, à cette interminable chorale céleste.

Les convictions que j'avais acquises en Inde puis au Tibet ne s'expliquaient pas comme un raisonnement mathématique. Je savais avoir connu déjà plusieurs morts, autant d'étapes sur un cheminement vers la paix et la fusion avec le Tout, explication finale de la lente progression de toute matière. Le destin de l'univers était aussi le destin des hommes, pendule oscillant de droite à gauche, toujours tenté par l'équilibre absolu, jamais au repos.

— Mais enfin, s'impatienta-t-elle alors qu'un valet

me présentait manteau et tricorne, êtes-vous réellement immortel ?

— Sans nul doute, madame.

Elle eut un petit cri de surprise. Divergences d'interprétation comme mésententes sentimentales reposent souvent sur une absurdité.

Tang et moi partions le lendemain pour Chambord.

24

A Chambord, Collet m'avait fait aménager trois pièces simples et propres, un cabinet de toilette, une cuisine et un office. Installé dans une partie des communs, l'atelier était vaste, clair, bien aéré. J'en fus enchanté. Tang et moi ne comptions rester à Chambord que le temps d'installer nos ouvriers allemands. Paris me réclamait et j'avais bon espoir d'arriver jusqu'à Mme de Pompadour puis au roi.

Le comte de Saint-Germain posa la plume. La douleur irradiait de l'avant-bras au poignet et aux doigts, lui interdisant d'écrire davantage.

— Une lettre de monseigneur le landgrave ! claironna la servante.

Il supportait difficilement l'indiscrétion de cette femme et son éternelle agitation.

— Où est M. de Maisonvieille ?

— Il dort encore. Mais je vais bientôt battre son chocolat et beurrer ses rôties. En désirez-vous ? Je vous vois nourri de l'air du temps, ce n'est guère raisonnable.

Avec résignation, le comte attendit que la servante soit sortie pour décacheter la lettre.

« Mon cher ami,

« Dans ces terres froides où les seules distractions sont la compagnie de quelques amis et mes lectures favorites, vous me manquez. Pour mieux m'isoler, je me suis enfermé hier dans mes appartements, persiennes closes. Et un spectre a répondu lorsque j'ai frappé sur une table. A mon interrogation : " Etes-vous un esprit ? Si oui, frappez deux fois ", il a aussitôt répondu et s'est identifié comme un ami de ma mère, prince anglais, mort très âgé. Mais au moment où je le pressais de questions, il s'est évaporé. Souvent nous avons évoqué, vous et moi, cette Société spiritualiste que je me propose de fonder si notre Sainte Mère l'Eglise m'y autorise. Les premiers chrétiens n'étaient-ils pas en communication avec les morts ? Je crains cependant que l'Evêché me mette en garde contre des démons cherchant à m'abuser. En attendant le triomphe de la lumière, il faut savoir subir l'ignorance.

« J'en viens à des nouvelles qui sont en droite ligne avec votre généreuse action. Loin d'être vaine, elle commence à changer l'Europe et le monde. Le grain que vous avez semé germe partout et je suis fier d'être l'ouvrier de la dernière heure, celui qui fera la moisson.

« En Russie, notre fidèle amie et sœur maçonnique, l'impératrice Catherine, embellit chaque jour sa ville de Saint-Pétersbourg. Les dépenses engagées qui peuvent paraître à certains trop fastueuses, resteront au peuple en définitive.

« A Varsovie aussi, Poniatowski, que vous estimez pour la largeur de ses vues politique, favorise arts et sciences, encourage la scolarisation des plus défavorisés en ouvrant des écoles gratuites. Voilà une grande satisfaction pour vous qui toujours avez bataillé en faveur de l'alphabétisation du peuple.

« A Paris, le scandale soulevé par M. de Beaumarchais et son *Mariage de Figaro* trahit l'inquiétude du roi, mon cousin, sur une contestation de plus en plus virulente de son absolutisme. Ne m'avez-vous pas chapitré, moi, prince libéral, sur le droit des peuples ? Je vous ai toujours approuvé. Nous ne sommes plus au temps de Charlemagne. Il est impossible d'imposer lois et décrets à une majorité qui n'en veut pas.

« En Amérique enfin, pays de toutes vos espérances, M. Jefferson songe à abolir l'esclavage d'abord dans les territoires de l'Ouest où il n'est pas encore implanté, puis dans ceux de l'Est. Voilà une nouvelle qui vous réjouira. Cette institution détestable qui a perduré depuis des millénaires touche peut-être à sa fin. Bien peu nombreux sont ceux qui, comme vous, l'ont énergiquement et inconditionnellement condamnée. Ni la Bible, ni le Nouveau Testament ne l'ont fait.

« Est-il vrai que vous songez à initier le jeune chevalier de Maisonvieille ? Je le crois, quant à moi, digne de rejoindre notre confrérie, c'est un garçon idéaliste, honnête et courageux.

« Prenez soin de vous. Je ne vous reproche point d'utiliser vos herbes pour vous soigner mais de refuser les remèdes de Lossau.

« Adieu, mon ami, je suis attendu à un concert donné par M. Gluck. J'aime sa musique énergique et touchante. Vous y êtes sensible, vous aussi. Les ailes de Polymnie nous réuniront. »

Saint-Germain replia la lettre, Hélie frappait à sa porte. Désormais les deux hommes partageaient le repas du soir. Aux céréales et légumes, Gertrude ajoutait dans l'assiette d'Hélie un blanc de poulet, un morceau de bœuf ou un couple de saucisses. Le vin comme les desserts étaient bannis. Hélie avait accepté de bon cœur cette frugalité qui lui faisait l'esprit clair, le sommeil profond et les jambes agiles.

— Laisse-moi te mettre en garde, avertit le comte lorsque Gertrude eut desservi. Si tu veux devenir maçon plus qu'organisateur, sois ouvrier, plus que donneur de leçons, reste fraternel. Aie des mœurs simples, austères si tu le peux, abandonne toute ambition personnelle pour te livrer à des travaux utiles, des études approfondies sur tout ce qui peut améliorer la société, lui donner foi en l'avenir.

Hélie tendit la main, s'empara de celle du vieil homme qu'il serra affectueusement.

— Ne doutez ni de mon cœur, ni de la raison pour laquelle je veux être maçon. Je suis décidé à vous le prouver.

— Tu n'auras ni dais, ni tentures, ni candélabres, ni symboles pour devenir apprenti, mais je te dirai les secrets que tu peux savoir à ce stade de ton initiation et tu me donneras ton serment. Ainsi tu deviendras maçon, aussi bien qu'au milieu d'une pompe destinée davantage à impressionner qu'à enseigner. Un attachement plus fort encore, une seule pensée nous uniront alors et je sacrifierai ce qui reste de ma vie à te rendre nos Vérités recevables et nécessaires. La Maçonnerie est une puissance, Hélie, mais plus invincible encore est le pouvoir de l'esprit. Afin de ne pas nuire à ton prochain ou à toi-même, tu devras étudier tes actions. Tu auras à combattre sans relâche les passions qui corrompent le cœur comme celles qui pervertissent l'intelligence ; tu régleras avec une prudente sagesse la marche vagabonde et presque toujours irraisonnée de ton imagination afin qu'elle ne te suggère point de désirs d'argent ou d'honneurs. L'ambition, Hélie, est comme une flamme incendiaire que rien ne peut éteindre, une fois qu'elle a gagné l'âme. C'est elle qui en tous temps a fait les grands scélérats et engendré les plus cruels ennemis de l'humanité. Le Temple symbolique ne se bâtit ni avec la pierre ni avec le bois mais avec vertu, sagesse, force et prudence. Veux-tu y pénétrer ?

— Je le veux, prononça Hélie d'une voix assurée.

Saint-Germain se leva, tendit à son ami un morceau de papier, une plume.

Hélie n'hésita pas. L'énigme de ce qu'il allait attester ne l'effrayait pas.

— Te voilà mon frère et mon fils, se réjouit Saint-Germain. Je n'aurai à te léguer que peu de biens matériels, ma fortune est dissipée. Mais ce que je te laisserai a plus de valeur que tout l'or du monde.

Chambord... ce château où tant de souvenirs de passions, d'intrigues, de plaisirs et de vengeances rôdaient entre tours et donjons, vit la fin de ma grande espérance. Sans prêter assez attention aux embûches jetées sur ma route, j'avais regardé trop loin. Les bains de teinture étaient prêts, mes ouvriers allemands installés tant bien que mal dans des mansardes aménagées sommairement au-dessus des ateliers.

Levé à l'aube, je mesurais les liqueurs, pesais les poudres, contrôlais la température des bains. Les draps que je me proposais d'utiliser comme échantillons avant d'entreprendre mon travail sur des pièces d'étoffe de grand prix étaient prêts. Déjà j'avais un carnet de commande : une manufacture champenoise m'annonçait une expédition imminente de pièces de coton, une autre à Lyon m'assurait sa pratique pour un lot de taffetas et de foulards. Les prix que je proposais étant sans concurrence, le bouche à oreille travaillait en ma faveur.

— *Je sollicite de vous un entretien immédiat,* déclara le petit bonhomme qui se tenait devant moi.

Tang venait de m'avertir qu'un visiteur me demandait. A peine avais-je eu le temps de coiffer ma perruque qu'il avait surgi, forçant ma porte.

— *Votre nom, monsieur ?*

Il me tendit une main dodue.

— *Amédée Lapierre, maître teinturier à Orléans.*

Je lui désignai un siège qu'il ignora.

— *Je ne suis pas venu pour une visite mondaine et serai bref.*

Il pleuvait ce jour-là. Je voyais les gouttes ruisseler de la redingote de mon interlocuteur pour s'arrondir en flaques sur mon parquet.

D'un ton aigre, Amédée Lapierre m'apprit qu'au nom de la corporation des teinturiers de Touraine, il me sommait de fermer mon atelier. Comme je tentais de protester, il m'interrompit.

— *Monsieur, j'ai entendu dire que vous n'êtes pas français. Voilà pourquoi vous ignorez les us et coutumes de ce pays. Mais avant d'ouvrir une manufacture où travaillent des Allemands, vous auriez dû prendre vos renseignements. Les ouvriers tourangeaux aussi qualifiés que les vôtres dans les techniques de teinturerie doivent bénéficier d'une priorité d'embauche. La vie n'est pas facile et se voir privé de pain par des étrangers leur paraît inadmissible.*

En donnant mon temps et mon argent à une entreprise, je n'avais pas un instant imaginé nuire à quiconque. L'équipe formée par moi ne devait rester à Chambord que quelques mois avant de passer le flambeau à des ouvriers de la région.

— *Nous ne tolérerons pas d'être spoliés*, martela Amédée Lapierre.

J'eus la naïveté de vouloir lui faire entendre raison, mais chacun de mes arguments semblait l'entêter davantage. Enfin je le saluai.

— *Je vais réfléchir, monsieur. Donnez-moi le temps d'aller à Paris et d'en revenir. Le marquis de Marigny qui a permis l'ouverture de cette manufacture doit être consulté avant que je prenne la décision de la fermer.*

Amédée Lapierre se raidit. Il était clair qu'il n'aimait guère le frère de Mme de Pompadour.

— *Les aristocrates n'ont pas tous les pouvoirs. Que monsieur le marquis vienne lui-même en Touraine et nous lui dirons très clairement ce que nous pensons. Il y a en France des corporations fort anciennes. Elles ont des droits inaliénables et ce n'est pas Versailles qui les abrogera.*

La mort dans l'âme, je remontai à Paris. M'étais-je trompé en choisissant la France ? Marigny serait capable d'évaluer les menaces de Lapierre à leur juste valeur.

Dès mon arrivée, je sollicitai une entrevue de mon bienfaiteur. Il me fit patienter. Ne recevant aucune réponse, je fis porter par Tang un autre billet suppliant au nom de la justice et de l'humanité qu'il me reçoive. Mes affaires ne pouvaient attendre et je craignais qu'après avoir terrorisé mes pauvres ouvriers, les amis de M. Lapierre ne viennent chez moi tout saccager.

Enfin je reçus un mot du marquis de Marigny me priant de venir le voir avant souper. Il me reçut dans son hôtel du quai d'Anjou en habit de cérémonie car il allait au bal chez M. d'Epernon. On venait de le saigner et il restait étendu sur une duchesse tapissée de grenat. C'était notre première rencontre, l'arrangement pris pour l'atelier de Chambord s'étant fait par lettres.

Il s'excusa de rester allongé : « Un léger malaise que mon chirurgien vient d'arranger. » Puis il me fit asseoir dans un fauteuil poussé à son chevet.

— Paris tient sur vous des propos élogieux, monsieur le comte, déclara-t-il sans détour. Mme d'Urfé jure que vous avez la pierre philosophale, Mme de la Popelinière le secret d'un élixir de jeunesse. Quant à Belle-Isle, il ne tarit pas d'éloges sur les hautes qualités de votre âme. Voyez, je suis bien renseigné.

Le fin sourire m'indiqua qu'il n'était pas dupe de son discours.

— Je considère la dernière affirmation comme un compliment, répliquai-je. Quant aux deux premières, laissons aux dames le bénéfice de la galanterie.

— Vous êtes alchimiste cependant et maçon de la Loge stuartiste ?

Il tira sur ses genoux une courtepointe de satin magnifiquement brodée de bouquets de fleurs champêtres.

Brièvement je lui exposai le désobligeant discours de M. Lapierre, interprète de la Confrérie des Teinturiers tourangeaux.

— Je suis peiné, conclus-je, des soupçons qu'il nourrit sur mes intentions car vous n'ignorez pas, monsieur, combien je suis désintéressé dans ce projet.

Le marquis me remercia d'avoir eu assez confiance en lui pour venir exposer mes ennuis. Il ne pouvait, hélas, rien entreprendre en ma faveur, les corporations jouissant de statuts fort anciens auxquels nul n'oserait toucher.

— Nous vivons une époque bien malheureuse, notat-il rêveusement en jouant avec les franges de sa courtepointe. Alors que notre pays aurait besoin d'industriels entreprenants et généreux comme vous l'êtes, d'audacieux financiers, un immobilisme frileux le paralyse. Chacun préfère spéculer plutôt que de placer ses capitaux dans le travail. Mais il faut vivre avec les hommes,

mon ami, et connaissant la hauteur de votre esprit, je suis sûr que vous surmonterez sans mal cette contrariété. Cependant j'écrirai à M. Lapierre et vous ferai parvenir copie de la lettre.

Incapable de rassembler mes pensées, j'allais prendre congé quand Marigny m'arrêta.

— Croyez bien, monsieur, que je garde ma foi en vous.

En dépit de ces paroles de réconfort, je restais chagriné. Il le remarqua sans doute car le ton de sa voix se fit plus avenant.

— Laissons de côté ces mesquineries, voulez-vous ? Et parlons de choses qui pourraient vous faire espérer un avenir moins décevant. Nous avons besoin, comme je vous l'ai dit, d'hommes audacieux et de grande élévation morale. Quoique établie solidement, la position de ma sœur peut se voir affaiblie soudain par une cabale dirigée contre elle. Je n'ignore donc pas qu'adulé aujourd'hui, je peux demain me retrouver abandonné de tous. Mme de Pompadour comme moi-même avons besoin d'amis n'ayant d'autres ambitions que de rester probes, clairvoyants et sûrs. Vous n'ignorez pas combien ma sœur s'intéresse aux arts, à la philosophie, à tout ce que l'esprit crée de plus hardi. Outre votre immense culture, il y a en vous un mystère qui la fascinera.

Ce que le marquis de Marigny me proposait allait dans le sens de mes espérances. J'avais à rencontrer Mme de Pompadour et le roi Louis XV pour leur parler à cœur ouvert. Entourés de flatteurs tout à leur dévotion, certains mots n'étaient jamais prononcés devant eux. Le pouvoir était une cage où des animaux prisonniers et sans cesse caressés se croyaient au paradis.

— Monsieur, assurais-je au marquis de Marigny, je n'épargnerai rien pour mériter votre confiance.

25

« Le premier maçon fut Hiram, l'architecte du Temple de Salomon. Venu de Tyr, il travaillait l'airain. C'était un sage qu'on appelait aussi Adoniram ou Adoram. Chef des travaux du Temple, il distribuait à chacun sa juste rétribution. Mais trois ouvriers déçus de ne pas recevoir le même salaire que le maître d'œuvre décidèrent de se venger. A la porte d'Occident, Hiram fut frappé une première fois à la tête avec un marteau, une seconde fois à la porte de Septentrion, et à celle d'Orient reçut le coup de grâce. Les trois ouvriers transportèrent sa dépouille sur une montagne où ils l'enterrèrent et, afin de ne pas oublier l'emplacement, plantèrent sur la tombe un rameau d'acacia.

« Au bout de sept jours, Salomon ordonna à neuf maîtres de rechercher son Grand Architecte. Enfin on trouva la fosse, exhuma le cadavre auquel le roi désespéré offrit des obsèques solennelles dans l'enceinte du Temple. Tous les maîtres y portaient des tabliers et des gants de peau blanche en témoignage de leur innocence. »

— Une belle légende, reconnut Hélie

— Non pas une légende, mais un symbole, mon

fils. La vie, la mort, la résurrection, car Hiram, comme Osiris, comme Jésus, comme Ismaïl, ressuscita des morts. Le cercle parfait énergie-matière-énergie hors de l'espace-temps tournant sur lui-même de plus en plus vite jusqu'à la parfaite immobilité. N'essaie pas de comprendre, accepte avec humilité car, si brillante soit ton intelligence, tu es et resteras prisonnier de tes sens. Le Secret est inexprimable.

Un malaise persistant empêchait Hélie de se rallier tout à fait.

— Les mots peuvent tout et rien prouver, objecta-t-il. Obéissez, disent les parents, ayez la foi, prêchent les Eglises, soumettez-vous, ordonne l'Etat. N'est-ce pas traiter les hommes en enfants que d'exiger une adhésion aveugle ? Ce Secret, cette Lumière pourraient-ils être des extrapolations de l'esprit ? Je crois en la justice et la fraternité, adhère volontiers à cette loi de cause à effet dont vous m'avez entretenu. Mais au-delà, je l'avoue, je suis perdu.

Saint-Germain souriait. Quoique jamais il n'eût douté des thèses soutenues par les cabalistes, il avait eu à Goa un même rejet ironique des propositions de Nehnang Pawo. La philosophie des Orientaux était proche cependant de celle de Luria ou de Maïmonide. Avant de progresser, il fallait se dépouiller de tout acquis.

L'un et l'autre absorbés dans leurs pensées, Hélie et Saint-Germain gardaient le silence. L'esprit du comte, une fois encore, remontait le passé jusqu'à Goa, Amritsar et Lhassa, comme si à l'approche de sa mort, l'Inde et le Tibet redevenaient les lieux de la paix ultime. Dans ses souvenirs passaient des villes aux remparts fortifiés, des mosquées ocres et des temples rouges, la majesté paisible du Gange où venaient s'immerger les pèlerins pour mériter l'éternité. Il revit le visage de son maître, mort depuis longtemps, son sourire confiant. Pas une fois pendant les quinze années qu'ils avaient partagées, il n'avait exigé d'obéissance aveugle.

— Si quelqu'un, Hélie, te déclare : « Je connais la vérité », tourne le dos et fuis. Au terme de sa vie, le Bouddha ne prêchait plus. Il savait que le silence l'emportait sur les discours, la compassion sur la pitié et l'oubli de soi sur les préceptes moraux. Avant d'inspirer des fidèles, un homme doit rester longtemps dans le désert. Moïse, Jésus et Mahomet le firent. J'ai trop connu de charlatans pour ne pas les redouter. Ils se jouent de la naïveté des âmes à la dérive. Nos loges reçoivent quotidiennement des postulants désireux de se débarrasser du fardeau de conduire leur vie. Nous les éconduisons.

— Mais ne vous dit-on pas guide inspirateur ?

— Jamais je n'ai nourri l'ambition de prendre de l'influence sur les consciences. J'avais à avertir, apporter secours et réconfort aux humbles comme aux puissants. Mais la vérité est amère et fait grincer les dents. Le roi Louis XVI ne la veut point.

— Le roi est sous l'influence de la reine, elle-même manœuvrée par les Polignac.

— Sans doute, mais rien n'empêchera cependant la roue du destin de tourner, murmura Saint-Germain.

Tendu de soie vert d'eau, le boudoir où on m'avait prié d'attendre était décoré avec un goût exquis. A loisir, je pus contempler sur les murs des paysages italiens. Un soleil couchant jetait des reflets doux sur les bouquets de roses blanches savamment disposées dans des vases de porcelaine chinoise d'un bleu dur.

— J'insiste, monsieur. Ce brevet de manufacture royale me tient beaucoup à cœur. Je compte sur vous pour agir promptement.
La marquise de Pompadour se tourna alors vers moi. Je vis un sourire charmeur, un regard doux mais intense auquel rien ne devait échapper.
— Monsieur de Saint-Germain ! s'exclama-t-elle, comme surprise de me découvrir. Je suis bien aise de pouvoir enfin vous connaître.
Presque autoritaire un instant auparavant, la voix avait pris un ton d'une affabilité délicieuse. Je trouvai la marquise à la fois séduisante et redoutable. En face de cette femme, il fallait plaire ou être brisé.
— Je tiens à protéger la manufacture de Sèvres qui est un bien précieux pour notre pays. Un brevet royal est nécessaire, m'expliqua-t-elle.
Elle me fit signe de prendre un siège et m'abandonna le temps de signer le feuillet qu'un secrétaire lui tendait.
Je pris place sur une bergère tendue d'un damas bleu pervenche, tissé de fils d'or. La marquise me faisait face. Rehaussé de rouge, le charmant visage ovale, marquait une fatigue certaine. Le sourire avait une expression forcée qui m'inquiéta.
— Mon frère m'a parlé de vous et je regrette, croyez-le bien, que vos affaires soient si malencontreusement empêchées à Chambord.
— J'espère encore pouvoir les rétablir, madame.
La marquise eut un sourire moqueur.
— Les Français sont partiaux et souvent injustes envers les étrangers, mais ils ont des excuses, n'est-ce pas ? Cette guerre qui se prolonge lasse et inquiète le peuple. Mon souci majeur est de la voir se conclure au plus tôt.

Je venais de quitter mon ami Belle-Isle que la perte de son fils unique, le comte de Gisors, mort à la suite de la bataille de Crefeld, avait anéanti. Le vieux maréchal ne montrait plus d'intérêt pour rien. « On est prêt à s'enthousiasmer pour toutes sortes de choses quand la fortune vous comble, m'avait-il avoué. Puis le malheur survient et tout semble illusion. »

La marquise de Pompadour m'observait.

— On vous attribue d'innombrables talents, déclarat-elle. Musicien, peintre, physicien, chimiste, grand érudit, que sais-je encore ? Outre le maréchal de Belle-Isle, beaucoup de mes amis se flattent d'être les vôtres.

— N'oubliez pas, madame, les méchantes paroles. On me dit aussi sorcier, mage et immortel.

Elle parut songeuse.

— Si vous possédiez réellement le secret de l'éternelle jeunesse, je serais bien aise de le connaître. L'affection des hommes, vous le savez, est trop souvent dépendante de la beauté des femmes.

On nous servit une tasse de chocolat. J'avais le pressentiment que l'autoritaire marquise n'était qu'une femme malheureuse.

— J'aime les esprits libres et hardis, m'avoua Mme de Pompadour. Au milieu d'une cour où tout est sous entendu, ils me sont nécessaires. Si j'avais été une femme pouvant disposer d'elle-même, j'aurais fui le monde pour m'entourer d'artistes et de penseurs.

— Vous avez Sa Majesté le Roi, madame.

Elle me considéra d'un air triste.

— Le roi n'appartient à personne.

Je regagnai pensif l'hôtel de la rue de Richelieu où mon amie, Mme de Lambert, veuve d'un de mes banquiers, me prêtait un appartement. J'y avais rassemblé les biens qui me restaient. Outre la plupart des bijoux de mon oncle Paolo, les tableaux de ma mère, je possédais encore suffisamment de rentes pour ne devoir rien à personne. Pour seconder Tang qui craignait Paris, j'avais engagé Maurice, un Gascon dont la faconde et la vitalité me rappelaient les Portugais de ma jeunesse. Equipages, domestiques, beaux vêtements et dîners d'apparat étaient un spectacle dont j'admirais la mise en scène et le lustre. Mais j'avais perdu à jamais le sentiment d'appartenir à ce monde-là.

Quelques jours après notre première entrevue, la marquise de Pompadour me fit porter un billet rue de Richelieu. Elle me priait à une soirée intime où je pourrais retrouver quelques amis dont le maréchal de Belle-Isle s'il se sentait mieux, le marquis de Mareuil qui m'avait aperçu chez Mme de Marchais, une parente, ainsi que Casanova, le gentilhomme vénitien.
Conformément aux instructions du billet, je me présentai à huit heures du soir au château de Trianon. Sous ma veste de taffetas noisette, j'avais revêtu le gilet brodé de fils d'or et boutonné de diamants, cadeau de mon oncle.
Je louais une voiture au mois, élégante calèche tapissée de velours bleu nuit qui avait appartenu à Mme de Choiseul. On avait gratté les armoiries et peint à leur place l'innocent blason de la corporation des carrossiers. Tang refusant de plonger dans la folie de la circulation parisienne, Maurice me conduisait. J'avais adopté pour lui une livrée tabac d'Espagne avec collet et manchettes bleu lilas galonnés d'or, celle des domestiques de ma famille maternelle. Désormais je pensais tendrement à ma mère. Avec simplicité, elle avait accepté de vivre une grande passion et d'en payer le prix. Ainsi était-elle beaucoup plus proche de moi que la plupart de ceux qui m'entouraient. Ma famille paternelle m'avait laissé en héritage son immense

curiosité intellectuelle, sa scrupuleuse probité, celle de ma mère le goût de l'aventure.

Un certain nombre d'invités se trouvaient déjà dans le salon de Mme de Pompadour lorsque j'y pénétrai. J'aperçus dans un coin le marquis de Mareuil en conversation avec Giacomo Casanova, puis mon très cher Belle-Isle qui vint aussitôt à ma rencontre. Nous nous embrassâmes.

Nous attendîmes la marquise un certain temps. La soirée d'août étant exquise, les portes-fenêtres restaient ouvertes sur la perspective du parc. Une vapeur légère montait des pièces d'eau où le soleil déclinant semblait faire danser des papillons de lumière. Au loin, autour d'un rond-point où une Diane de pierre tirait une flèche de son carquois, les bois se resserraient, formant une masse sombre déjà teintée du roux de l'automne.

Enfin, escortée par les duchesses de Noailles et de Grammont que suivait un petit abbé à la démarche sautillante, la marquise fit son entrée. Je croisai le beau regard intelligent et pathétique et j'eus l'impression de retrouver une amie.

*J'acceptai avant souper d'accompagner au violon la duchesse de Choiseul qui chantait un air assez insipide d'*Alphée et Aréthuse *que Mareuil, courtisan jusqu'à la bassesse, avait suggéré. On servit du vin de champagne.*

— Nous aurons peut-être une surprise, me confia la marquise en aparté. Le roi veut vous connaître.

Durant le souper où chacun parlait fort librement, on me harcela de questions. Etais-je aussi bon médecin qu'on le prétendait ? Avais-je la recette de l'élixir de jouvence ? A ce moment, la marquise m'observa avec une attention très vive.

— L'avez-vous, monsieur ?

Quoiqu'il se voulût léger, il y avait quelque chose de pathétique dans le ton de sa voix.

— *Nous en reparlerons quand vous le désirerez, madame.*

Remarquant que je ne touchais à aucun plat ni ne buvais de vin, ma voisine, la duchesse de Choiseul, s'en étonna.

— *Boire et manger, lui dis-je, est une occupation trop despotique. Je ne veux de maître que moi-même et mange ce qui m'est nécessaire pour vivre.*

— *Il faut cependant avoir du plaisir dans l'existence, m'assura-t-elle, sans quoi, elle serait bien aride.*

— *En prononçant le mot « il faut », madame, vous vous rendez prisonnière.*

Je savais les Choiseul bien en cour. Belle-Isle ne les aimait pas. Inféodé à la marquise de Pompadour, le duc de Choiseul lui devait tout.

Au dessert, on évoqua la guerre. La marquise refusait que la France puisse solliciter la paix. A l'issue de ce trop long conflit, le pays devait imposer ses objectifs d'une façon éclatante et définitive. La duchesse de Choiseul acquiesçait quand Casanova suggéra l'idée d'une paix séparée avec l'Angleterre. A mon grand étonnement Belle-Isle l'approuva.

— *Les Anglais sont patriotes. Qu'on les attaque et leurs dissensions politiques disparaissent. Ils forment alors un bloc inébranlable derrière le roi. Faisons la paix avec eux, et leurs conflits internes reprendront vigueur à notre grand avantage.*

La marquise de Pompadour fronça les sourcils. On aurait pu la croire fâchée, mais je la devinais attentive.

On servait des sorbets en forme de pêches et de poires qui retinrent mon attention car je m'amusais à confectionner moi-même des bonbons qui avaient l'aspect des fruits dont ils étaient parfumés.

Mme de Pompadour se tourna vers moi.

— *Où en sont vos démêlés avec les Tourangeaux ?* me demanda-t-elle.

J'exposai le désarroi de mes ouvriers allemands, avouai ma propre déception. Mareuil m'observait comme un serpent guette sa proie. Nous étions de la même loge mais il supportait mal de m'avoir pour supérieur. Je venais d'être intronisé rose-croix, honneur que je considérais comme une chance pour approfondir mes connaissances ésotériques mais qui avait fâché le marquis de Mareuil encore davantage. Athée, il me haïssait de ne pas fréquenter les églises et me jugeait indigne de rejoindre une assemblée dont par trois fois il avait été écarté.

— *Vous ignorez sans doute, monsieur, insinua-t-il que nos ouvriers teinturiers comptent parmi les plus qualifiés d'Europe. Ne pas leur accorder votre confiance était une offense. Pourquoi diable ne pas embaucher des Tourangeaux ? Vous défiez-vous d'eux ou détenez-vous des petits secrets que vous tenez à garder pour vous seul ?*

La fausse gaieté du marquis ne m'abusait nullement.

— *Il faut laisser aux maîtres d'œuvre détenteurs de procédés exceptionnels le temps de les enseigner à leur convenance. En employant des ouvriers totalement ignorants de mon art, il me fallait remettre en cause leur savoir-faire, donc les mortifier. La France peut gagner beaucoup à s'ouvrir à des techniques nouvelles, fussent-elles étrangères.*

— *Vous êtes joliment donneur de leçons, répliqua Mareuil dans un demi-sourire. Croyez-vous que l'industrie française ait à en recevoir ?*

La marquise allait prendre la parole pour me défendre, je l'espérais, quand un laquais ouvrit la porte du petit salon où nous soupions. Le roi fit son entrée.

26

Avant de clore les volets pour la nuit, Hélie resta songeur devant sa fenêtre. Pourquoi cette fille encapuchonnée, aperçue un bref instant dans la rue, lui rappelait-elle Alexandrine, la seule femme qu'il eût jamais possédée ? Pour un jeune homme de la noblesse ardéchoise protestante, avoir une maîtresse était aussi improbable que de découvrir une marmite d'or au pied d'un arc-en-ciel. Puceau à dix-neuf ans, il était arrivé à Paris, sûr de n'avoir qu'à solliciter pour obtenir. Mais on l'avait ignoré, souvent éconduit, parfois ridiculisé. Entraîné par des amis, il avait accepté un soir de visiter une maison de plaisirs, l'hôtel du Roule, tenu par Mme Pâris. L'amour qu'il avait idéalisé n'y était là que bagatelle ou vanité, mais il était accessible. D'un ton hautain, un suisse aussi pompeux que celui d'une duchesse leur avait demandé de patienter. Tandis que ses deux compagnons plaisantaient, l'angoisse le tenaillait. Tout lui déplaisait dans le décor faussement raffiné de l'antichambre mais, pour ne pas attirer les moqueries, il s'était efforcé de n'afficher aucun embarras. Enfin, fardée et parfumée, les cheveux tressés de guirlandes de violettes, Mme Pâris avait fait son entrée. Une taille mince alliée à une forte poitrine parsemée de mouches la rendaient provocante et désirable. Elle avait embrassé ses deux compagnons comme des amants chéris, risqué quelque allusion, révélant une grande familiarité.

— Voilà un beau jeune homme ! s'était-elle exclamée en le découvrant.

Comme il esquissait un pas en arrière, elle avait happé sa main.

— Suivez-moi...

La jeune Allemande avait disparu au coin de la rue. Hélie ferma les persiennes et s'éloigna de la croisée. La santé de son ami déclinait. Il n'espérait plus voir le comte survivre jusqu'à l'été. Que ferait-il après sa mort ? Où irait-il ? S'installer à Paris et reprendre le cours d'une vie superficielle n'était plus possible. Revenir en Ardèche : intolérable. Comme Saint-Germain, il couperait les amarres, voyagerait, irait de loge en loge pour étudier, parfaire ses connaissances, devenir digne de son maître. Et il se marierait peut-être.

La pensée d'Hélie revint à la pension de Mme Pâris. Vêtue de mousseline rose, Alexandrine attendait dans le salon, jouant de l'éventail comme une jeune fille timide cherchant à se donner contenance. Tandis que ses amis sortaient leurs écus, elle lui avait tendu une main gantée de dentelle. La place était chère. Mme Pâris n'admettait dans son établissement que des hommes d'excellente réputation financière.

— La veux-tu ? lui avait soufflé son ami Valandré.

Sans lui laisser le temps de répondre, Alexandrine déposait un baiser sur sa joue.

Avec beaucoup de science, elle avait fait semblant de l'aimer. « Je n'étais pas née pour me prostituer, lui avait-elle confié alors qu'il renouait sa cravate, toutes les filles proclament un passé vertueux, mais moi je dis la vérité. » Ses compagnons l'ayant mis en garde contre les simagrées des femmes galantes, il n'avait rien répondu.

— Vous ne me posez aucune question ? s'était-elle étonnée.

— Je suis trop absorbé par le bonheur que vous m'avez donné.

Il s'était sauvé. C'était là sa première et unique expérience amoureuse.

Dans un siècle où hommes et femmes accumulaient intrigues et liaisons, la pureté semblait une bizarrerie, presque une tare. On surnommait le comte de Saint-Germain l'« aventurier vierge ». L'était-il ? Au poignet, accroché à un jonc d'or, son ami portait une miniature qu'il avait brièvement aperçue. Une femme aimée ?

La veille, il l'avait interrogé sur l'amour, jugeant cette folie comme un mal incurable. « L'amour, lui avait répondu Saint-Germain, est la forme la plus haute de la générosité. Loin d'être tempête, il est source de sérénité. Qui aime dans l'inquiétude n'a rien compris à ce sentiment. »

Hélie commença une lettre à son oncle qu'il déchira aussitôt. Il n'avait rien à lui dire. Tant que le comte de Saint-Germain vivrait, il n'aurait de disponibilité pour quiconque.

Une horloge sonna. L'heure tant attendue était arrivée de rejoindre son ami au salon.

— Je souhaite qu'après ma mort, tu ailles en Orient à Amritsar, Lhassa, Bénarès si tu as le courage de parcourir un pays où rien n'est prévu pour les Occidentaux. Ce voyage te sera nécessaire pour comprendre et propager mon message.

Saint-Germain hésita. Devait-il parler de son manuscrit ? Ce qu'il avait à léguer était simple, un secret qu'un enfant pouvait comprendre s'il avait le cœur pur. Mais ce secret donnait un sens à l'histoire des hommes et ne devait pas être perdu.

— Je n'ai plus d'amis là-bas. A mon âge, la terre est une île déserte où des naufragés guettent le navire, chaque jour moins distant, qui les amènera de l'autre côté de l'océan. Mais si tu es curieux et humble, mieux que des amis, tu y trouveras des frères.

Hélie tenta d'imaginer ces pays mystérieux représentés par des gravures illustrant les récits d'aventureux voyageurs. Il se souvenait de croquis où l'on voyait des moines portant des chapeaux coniques sur la tête et des moulins à prières à la main, des bœufs à poil long ressemblant à des ours cornus, des temples, ou plutôt des citadelles, nichés en haut d'inaccessibles sommets. Obéir aux désirs de son ami, c'était accepter la solitude et la pauvreté car son oncle ne lui offrirait pas un écu pour entreprendre le voyage. Et cependant il pressentait que solitude et pauvreté étaient les clés obligatoires du royaume.

— Tu rejoindras ensuite la société des hommes, poursuivit le comte, non pas comme moi en ermite, mais en époux et en père, en citoyen actif. A cette époque, poussé par les forces de l'esprit, le monde aura accouché dans la douleur d'un ordre nouveau où le jeune hobereau protestant que tu es aura sa juste place. Ce en quoi je crois de toutes mes forces, c'est que Dieu est en nous, et non assis sur un trône dans les nues, que la Vérité n'est point révélée à coups de trompette mais mouvante, personnelle, difficile, relevant de chaque intelligence et de chaque cœur, que les âmes ont de longs parcours à accomplir à travers de multiples existences de douleurs et d'illusions jusqu'à l'illumination qui les délivrera enfin, que l'amour est une réponse à toutes les questions. Ces convictions seront partagées alors par beaucoup et nul n'aura besoin de renoncer au monde pour atteindre la sagesse.

Au prix d'un grand effort sur lui-même, le roi glissa à chacun un mot aimable. Il haïssait se contraindre et, fort timide en société, ne prononçait la plupart du temps que des platitudes qui désolaient la marquise de Pompadour. A plusieurs reprises, je l'entendis balbutier des mots sans suite à des proches frappés par le malheur. C'était un homme froid qui pouvait occasionnellement avoir beaucoup de cœur, un timide souvent autoritaire, un sensuel peu soucieux des petits plaisirs féminins. Mais Mme de Pompadour l'adorait presque religieusement.

— Sire, demanda la marquise sans élever la voix, autoriseriez-vous nos amis à s'asseoir ?

On servit le café. Le roi qui avait entrepris la duchesse de Choiseul sur son domaine de Chandelay où de somptueux embellissements étaient en cours, interrogeait maintenant Belle-Isle sur le Canada et le Québec que Montcalm défendait avec acharnement passant du sujet le plus futile au plus grave, avec la même imperturbable et froide politesse. Profitant de ce qu'il ne s'intéressait pas à moi, je le scrutai et l'écoutai avec la plus extrême attention, disséquant ses gestes, attitudes et expressions. Je découvris sans peine un être blessé par son enfance : la solitude l'avait rendu méfiant, le manque d'affection secret, une trop grande servilité suffisant et désabusé. Mais l'homme était intelligent, sans illusions, observateur. Séduisant sans aucun doute.

Enfin il se tourna vers moi.

— *Me ferez-vous, monsieur, le plaisir de rester quelques instants ?*

C'était un congé pour les autres convives qui se retirèrent. La nuit, pas encore obscure, jouait avec candélabres et lustres en éclats de lumière. Une senteur d'herbe sèche et d'eau dormante passait les portes-fenêtres derrière lesquelles deux gardes suisses étaient en faction. Depuis l'attentat de Damien, le roi vivait dans l'épouvante d'être assassiné et ne faisait plus un pas hors du palais sans escorte.

— *On rapporte que vous êtes une sorte de mage,* prononça-t-il en me regardant attentivement. *Ma nature me porterait à en douter mais je suis toujours prêt à faire amende honorable lorsqu'il m'arrive de me tromper. Mme de Pompadour semble vous apprécier, voilà qui marque un point important en votre faveur.*

Le ton était doux, courtois.

— *Un mage, sire, serait astrologue et sorcier. Mon seul pouvoir est de décrypter les cœurs.*

— *Pouvez-vous remonter le passé ? J'ai une énigme à vous soumettre que nul n'a pu résoudre et qui m'intrigue beaucoup.*

Le temps passé, présent et futur était un tout cohérent et intelligible et il m'arrivait en effet d'avoir des visions.

— *Je vous écoute, sire.*

Le roi me désigna un siège.

— *Nous sommes ici en amis. Vous êtes maçon d'un haut grade, je sympathise avec vos idéaux. Oublions donc l'étiquette et parlons simplement. Voici de quoi il s'agit. Il y a de cela plusieurs années, vivait rue de l'Hirondelle, dans la maison de François Ier, un procureur au Châtelet, presque nonagénaire et prodigieusement riche. Il s'appelait maître Dumas. On le soupçonnait dans son quartier d'être alchimiste et magicien, libre penseur en tout cas, car il ne fréquentait ni l'église ni les prêtres.*

Tout le jour et une partie de la nuit, il restait enfermé dans une sorte d'observatoire qu'il avait fait construire au dernier étage de sa demeure et où étaient rassemblés un nombre considérable de traités, grimoires, livres et manuscrits traitant de divination, de magie ou d'astronomie. Quantité de personnes venaient en cachette se faire dresser des horoscopes, tirer les cartes, se livrer à d'obscures besognes dont aucun écho ne passait les murs épais de la maison de maître Dumas.

Le roi fit une pause dans son récit. Quoique l'ayant sans doute maintes fois écouté, la marquise montrait une attention passionnée. J'étais quant à moi suspendu à ses lèvres. Il le remarqua et parut satisfait.

— Chaque vendredi, lorsque sonnaient les trois heures de l'après-midi, maître Dumas gagnait son poste d'observation où il s'enfermait à triple tour. Et peu après, une grande mule noire que chevauchait un cavalier masqué enveloppé d'une longue cape s'arrêtait devant la porte cochère. Les voisins, des passants qui à maintes reprises virent la mule et son cavalier, témoignèrent de leur étrangeté et de l'horreur qu'ils inspiraient. La bête et l'homme portaient de terribles cicatrices, l'une à la croupe, l'autre au front.

« Durant trente années, la mule et son fantastique cavalier s'étaient arrêtés ainsi chaque vendredi à trois heures sonnantes rue de l'Hirondelle devant chez maître Dumas. L'homme entrait et demeurait invisible une heure ou deux, jamais plus, avant de renfourcher la mule et de s'éloigner dans un train d'enfer. Le vieux magistrat, quant à lui, descendait à l'heure du souper, toujours d'humeur égale, frais et pimpant, incroyablement bien conservé pour ses quatre-vingt-dix années.

« Le 31 décembre de l'année 1700, un vendredi, on vit apparaître la mule noire et son cavalier masqué à dix heures du matin. Maître Dumas était dans son

observatoire et il ne devait pas s'attendre à cette visite car les serviteurs l'entendirent pousser un horrible cri. Le silence revint, plus sinistre encore que la lugubre clameur. Durant une heure, à peu près, les deux hommes restèrent ensemble puis la cuisinière vit le cavalier s'éloigner comme s'il avait le diable aux trousses. Il n'était pas midi.

« A six heures sonnantes, l'heure du souper venu, la femme vint frapper à l'huis de son mari et, n'obtenant aucune réponse, fit venir son fils. Enfin après force tambourinages et supplications, Dumas consentit à ouvrir. Saisis par l'horreur, la mère et le fils reculèrent ensemble. Ce n'était plus un fringant vieillard qu'ils avaient devant eux mais une sorte de momie blafarde, cadavérique, épouvantable à voir avec de rares cheveux ressemblant à de l'étoupe, des traits pincés, une peau parcheminée.

« Maître Dumas descendit souper mais ne toucha à aucun plat. La table desservie, il accepta un verre de vin doux et demanda à son fils de l'aider à remonter l'escalier car il voulait regagner son observatoire. En vain sa brue tenta de l'en dissuader. Un valet aida le fils à soulever le pauvre homme sous les bras et tant bien que mal ils grimpèrent jusqu'aux combles. Après avoir ordonné à son fils de l'enfermer, de garder la clef sur lui et de revenir le chercher au petit matin, le procureur congédia tout le monde.

« Le lendemain, fort inquiet, le fils gravit de nouveau l'escalier en compagnie d'un voisin venu visiter son ami. Il tourna la clef dans la serrure, poussa la porte. La chambre était vide. Maître Dumas s'était volatilisé.

De nouveau le roi s'interrompit. J'étais si absorbé par le récit que je sursautai lorsqu'il s'adressa à moi.

— A partir de cet instant, personne n'a pu reconstituer la fin de l'histoire de maître Dumas. Le fils fit appel

à des ingénieurs, maçons, charpentiers, menuisiers qui sondèrent, creusèrent, démolirent en vain. Aucune issue secrète ne fut découverte et le lieutenant de police commença à s'intéresser au cas du procureur. A qui profitait sa disparition ? On interrogea l'épouse, le fils et sa femme, les serviteurs. Chacun parla du mystérieux cavalier dont, en dépit de multiples recherches, nul ne put découvrir la moindre trace. La famille Dumas dut affronter la justice, payer avocats, procureurs et greffiers. Leur procès resta en suspens de nombreuses années et ils y engloutirent une grande partie de leur fortune.

« Les années passant, on oublia peu à peu l'affaire Dumas. L'hôtel de la rue de l'Hirondelle resta clos. Les voisins moururent, d'autres arrivèrent qui ne savaient rien.

« J'étais enfant lorsque mon gouverneur, le marquis de Villeroy, évoqua devant moi ce mystère, vieux de dix années déjà. Il frappa si fort mon imagination que je pris la décision de l'élucider. Ce jour est-il enfin arrivé ? A vous, monsieur, d'en décider. Pouvez-vous me dire où est maître Dumas ?

— Je le pourrais, sire, mais...

— Mais quoi, monsieur ? s'exclama la marquise.

Le ton cassant dévoilait son caractère mieux que des heures d'entretiens amicaux.

— Madame, il faut m'accorder un peu de temps.

— Un jour, deux jours ?

— Quelques minutes durant lesquelles je veux être seul.

Le visage de Mme de Pompadour se détendit, elle m'adressa un sourire charmeur.

— Mon boudoir est attenant à ce salon, vous pouvez vous y retirer. Sa Majesté et moi-même demeurerons ici à vous attendre.

Mieux je me concentrais, plus nombreuses apparaissaient les images. Je voyais la maison de la rue de l'Hirondelle. C'était une bâtisse triste traversée par des ondes négatives, le genre d'endroit où reviennent les spectres et où rode le malheur. Passé, présent et avenir fusionnaient en mon esprit. L'ombre de maître Dumas se faisait plus précise, il était proche de moi, âme encore en attente, tourmentée par une force qui l'empêchait de s'élever. Je vis un corps non enseveli autour duquel cette âme errait, un squelette recroquevillé sur des pavés d'où émanait une infinie tristesse. La cave était obscure et cependant un mince rayon de lumière filtrait du plafond. Je vis une trappe où était scellé un anneau, les fragments d'une échelle de bois rongée par l'humidité. Les yeux clos, je sentais le contact visqueux des murs et frissonnais. Où était située cette cave ? Sous la maison de la rue de l'Hirondelle ? Mentalement je devais remonter dans l'observatoire d'où le vieux procureur s'était évaporé, tenter de capter des images disparues. Reliant la cave à la tourelle, quoique nul ouvrier n'ait trouvé d'ouverture, je vis une ligne droite comme un chemin ou un escalier. Et soudain, j'aperçus le Signe. Maître Dumas était rose-croix, il l'avait gravé sur un angle de son cabinet. Pour moi, ce signe brûlait comme un appel irrésistible. Le point de départ et d'arrivée du mystère était au cœur de cette croix ansée, l'Ankh égyptienne, symbole de la vie éternelle pénétrant du tréfonds jusqu'à l'infini. Je revis le squelette et cette croix qu'il ne pouvait atteindre pour enfin partir. Il n'y avait plus d'énigme. Ouvriers et ingénieurs qui avaient sondé l'observatoire, tous maçons, n'avaient pas osé toucher à la Croix. Maître inconnu de l'ordre rosicrucien, seul je pouvais le faire.

Le roi et Mme de Pompadour m'attendaient en causant.

— *Sire, il existe dans un coin de l'observatoire un signe indiquant un passage secret. Si vous voulez bien faire prévenir votre lieutenant de police, je me rendrai rue de l'Hirondelle en sa compagnie. Il écrira un rapport qui vous sera aussitôt transmis.*

Le roi parut à la fois heureux et déçu. Sans nul doute, il avait espéré avoir à l'instant la clef du mystère qui avait hanté son enfance.

— *C'était donc le diable qui venait lui faire visite ?*

Je souris. Le monarque distant, parfois glacial, m'interrogeait presque candidement.

— *Que Votre Majesté se fasse rose-croix et je me hâterai de soulever le dernier voile qui recouvre encore ce mystère. Quant à présent, il m'est impossible de répondre à cette question car, en le faisant, je me parjurerais.*

Il n'insista pas.

— *M. de Sartine sera chez vous demain à la première heure, déclara la marquise. Nous attendrons son rapport dans la journée.*

Au petit matin, le lieutenant de police frappa en effet à l'huis de Mme du Châtelet. N'ayant guère dormi de la nuit, j'étais prêt à l'accompagner rue de l'Hirondelle. Nous bavardâmes dans sa voiture en chemin. Nouvellement nommé, le lieutenant de police Antoine-Gabriel de Sartine était un homme jeune, plein de vivacité et d'imagination. Nous sympathisâmes. Il me parla de ses projets : assainir Paris, améliorer l'éclairage public, construire une halle à grains. Je suggérais d'intéresser les habitants de chaque quartier à la propreté de leurs rues. Mais il ne croyait guère à l'esprit d'entraide des Parisiens, ni en leur désir de fournir un travail gratuit. Il avait vu des Londoniens planter des fleurs le long des maisons, entretenir jalousement un petit parc, les abords d'un bâtiment public. A Paris où chacun se moquait du tiers comme du quart de faire un effort pour le bénéfice de ses voisins, une telle initiative était impensable.

Comme nous approchions de la rue de l'Hirondelle, nous abordâmes enfin l'énigme du procureur Dumas sur laquelle il avait pu examiner un rapport au cours de la nuit. Je lui répétai ce que j'avais appris au roi et à Mme de Pompadour et il parut plus intéressé par le signe des rose-croix que par les fables de diableries longuement évoquées dans le procès-verbal. Maçon lui-même depuis peu, membre de la loge des Arts Sainte-Marguerite, elle-même affiliée à la Grande Loge de France dont faisait partie également Puisieux, le grand architecte du roi, il m'interrogea sur le Rosicrucisme. Qui étaient ces fameux Maîtres inconnus ? Etait-il vrai que cette poignée d'hommes affranchis de la domination des sens parcouraient inlassablement le monde ? Pour l'éclairer, je ne pouvais que l'orienter vers la Kabbale et l'alchimie, sciences menant au Rosicrucisme, mais sans l'expliquer toutefois. Ces traditions secrètes qui avaient cheminé durant tout le Moyen Age et la Renaissance annonçaient un retour de l'âge d'or que mes frères tibétains expliquaient par l'Illumination. Déchu de sa divinité et emprisonné dans la matière, l'homme pouvait réintégrer son essence surnaturelle par la méditation et l'extase.

— Citez-moi un maître des temps anciens, me demanda Sartine.

Je lui donnai le nom de René Descartes et il parut surpris, le tenant pour un défenseur du rationalisme.

— L'erreur, monsieur, est de croire que la raison est opposée au mysticisme, lui répliquai-je, comme si les êtres atteignant la Vérité par la méditation et l'intuition ne pouvaient qu'être dénués de raisonnement.

Nous étions arrivés devant la demeure de maître Dumas dont les volets clos et l'aspect mal entretenu indiquaient l'absence d'occupants. Une femme qui faisait office de concierge vint nous ouvrir cependant, « sans nul gages, précisa-t-elle en maugréant, sinon un logement des plus sommaire ». De ses hardes malpropres s'exhalait une odeur de sueur et d'oignons frits.

La porte grinça sur ses gonds lorsque Antoine-Gabriel de Sartine la poussa. En dépit du soleil d'été qui déjà s'insinuait dans la ruelle, le corridor restait obscur. Nous mîmes, le lieutenant et moi-même, un instant à pouvoir discerner deux portes se faisant face et tout au fond un bel escalier à rampe de bois tourné.

— Je vous remercie, déclara Sartine à la vieille sorcière.

Et, comme les yeux exorbités elle ne bougeait pas, son ton se fit péremptoire :

— Nous resterons seuls, si vous le voulez bien.

S'éloignant à reculons, elle passa une porte qu'elle laissa ouverte à moitié. D'un coup de pied, un des deux sergents qui nous accompagnaient la referma.

Les uns derrière les autres, nous gravîmes les degrés jusqu'au deuxième étage. Ils aboutissaient à un long couloir desservant les chambres des domestiques.

— Il doit y avoir un escalier à vis quelque part.

Ma propre voix me semblait haut perchée, peu naturelle. Décidément cette maison renvoyait de détestables vibrations.

Il nous fallut un certain temps pour découvrir l'escalier dissimulé par un cabinet de toilette, lui-même caché au fond d'une antichambre.

L'antre secret de Maître Dumas n'avait dû recevoir nul visiteurs depuis que maçons et menuisiers s'y étaient évertués à trouver un passage. Les araignées y avaient tissé leur toile, rats ou souris établi leur demeure, rongeant livres, papiers et manuscrits. A côté d'une carte maculée de poussière, un astrolabe gisait par terre. Pour tout mobilier, le vieux procureur avait rassemblé dans son observatoire une table de chêne, deux fauteuils recouverts de cuir de Cordoue, une chaise paillée, un cabinet de bois sombre aux multiples tiroirs qui avaient été fouillés, car la plupart étaient dispersés sur le sol. La pièce ne comportait pas de fenêtre mais une ouverture au plafond permettant de contempler les étoiles.

— A vous de jouer, monsieur.

Le lieutenant de police affichait un petit sourire où je décelais une pointe de sarcasme. En dépit de notre amicale conversation, il était évident qu'il doutait de moi.

J'avais « vu » cette pièce, elle m'était familière. Le Signe devait se trouver à droite de la porte dans l'angle du mur la séparant du cabinet de toilette. Un certain temps, je le cherchais, étonné de ne pas le trouver. Enfin je l'aperçus, minuscule mais fort bien dessiné, une croix surmontée d'un cercle, le vieil emblème égyptien, celui des rose-croix. Afin que les sergents ne puissent l'apercevoir, je m'interposai entre elle et eux.

— Trouvez-vous quelque chose, monsieur de Saint-Germain ?

— Un instant encore, si vous le voulez bien.

J'appuyai au centre du cercle. Un pan de mur bascula, dévoilant un trou qui semblait sans fond.

— Donnez-moi de la lumière.

Un sergent battit le briquet, alluma une chandelle qu'il me tendit. Stupéfaits de ce qu'ils découvraient, les trois hommes se pressaient en écarquillant les yeux.

L'escalier de bois qui descendait à pic au fond du trou ne semblait pas trop mangé par les vers. Une rampe de corde subsistait où s'enroulaient des toiles d'araignée.

— Je descendrai, décidai-je.

— Je vous suis, affirma le lieutenant de police.

Il donna l'ordre aux deux sergents de nous attendre et de n'intervenir que si nous les appelions.

La descente nous sembla interminable. Il fallait être

fort vigilant car chaque degré manquant ou vermoulu pouvait nous précipiter dans le vide. Enfin nous atteignîmes une dalle. La chandelle tremblait dans ma main, faisant danser la mince lumière le long de murs gris qu'aucune ouverture ne perçait.

— Là ! jeta Sartine.

Du doigt, il m'indiquait une forme recroquevillée sur le sol. Je m'approchai. A mes pieds, un squelette revêtu d'une robe de chambre de velours gisait sur le ventre. Près de lui, une coupe d'agate brisée et un flacon de cristal taillé semblaient avoir échappé à l'étreinte de sa main. Sartine s'empara du flacon, le fourra dans sa poche.

— Au moins, murmura-t-il, saurons-nous ce qui a causé la mort de maître Dumas. Quant à la raison...

Ne pouvant donner des éclaircissements à cet homme, je me contentai de proposer :

— Il s'est parjuré, sans doute.

Le jour même, le lieutenant de police fit analyser la pincée de poudre contenue dans le flacon. C'était de l'opium mêlée à du cyanure de mercure. La mort du vieux procureur avait été foudroyante.

Cette affaire me donna la confiance du roi. J'étais désormais prié assez régulièrement à de petits soupers, des réunions informelles où, conseillé par la favorite, il réunissait des esprits brillants, scientifiques, artistes ou philosophes. Peu à peu, je fus en position d'avancer quelques suggestions qu'il écoutait avec attention et pus enfin débattre de cette guerre qui se prolongeait au plus grand dommage des populations. Je haïssais la violence au point de refuser d'écraser un insecte. Le comble du mal était le pouvoir brutal des uns sur les autres, la joie de faire souffrir, l'indifférence à tuer qui caractérisaient les guerres. Aurais-je pu servir à en éviter une seule que mon existence aurait été pleinement justifiée.

27

La soudaineté et la violence de la douleur firent blêmir le comte de Saint-Germain. Les herbes du Tibet avaient cessé d'être efficaces ; quant aux sels du docteur Lossau, ils lui rongeaient le ventre un peu plus encore. Désormais, il ne pouvait qu'endurer son mal en espérant une prompte délivrance. « Il faut disséquer la souffrance, expliquait Konchog Pema, jusqu'au moment où elle disparaît. » Le vieux maître tibétain était-il sorti victorieux de son ultime combat ?

Les soins d'Hélie l'attendrissaient, ainsi que ses efforts pour ne pas laisser paraître son inquiétude. Mais, songeant sans doute à sa fin prochaine, il n'avait pu s'empêcher de l'interroger sur sa foi. A quelle Eglise appartenait-il ? désirait-il la présence d'un prêtre ? Il s'était contenté de répondre qu'il souhaitait être porté en terre selon les coutumes du pays où il mourait.

Ondées neigeuses et brusques coups de soleil se succédaient. Le comte savait qu'il ne verrait pas la fin de l'hiver. Il regrettait de ne pouvoir fuir ce malaise indéfinissable qui s'emparait de lui dans les pays septentrionaux pour aller s'éteindre au soleil, à Lisbonne ou à Amritsar.

Même préparé, mourir n'était pas aisé. Avec aversion, il se souvenait du long supplice que s'infligeaient certains moines japonais afin de « mourir vivants » mêlant ces deux états pour n'en faire qu'un seul. Tout en s'activant à leurs prières, des années, parfois plus de vingt ans avant la date qu'ils avaient arrêtée pour leur mort, les futurs momifiés se privaient pendant mille jours de poisson et d'œufs, puis durant trois autres années s'interdisaient les céréales avant de supprimer légumes et fruits. Enfin ils ne se nourrissaient plus que de l'écorce du marronnier d'Inde et de boulettes de laque qui, contenant une grande quantité de tanin, commençaient lentement leur œuvre de momification. Sentant la mort proche, l'ascète préparait sa tombe, sorte de caveau où il allait lui-même s'enterrer vivant. Recevant de l'air par le moyen d'un bambou creux, il signalait de loin en loin sa survie en frappant à l'aide d'un petit marteau la clochette qu'il tenait à la main et que sa momie conserverait à jamais. Son maître Konchog Pema avait pu voir une de ces momies exhumées, parée de somptueux atours. Il en avait été horrifié. « En se mortifiant si cruellement, avait-il expliqué, ces moines attachent trop d'importance à leur corps. Le Bouddha lui-même renonça aux inhumaines privations qui n'aidaient pas à la progression de son âme. Sobriété et chasteté suffisent. »

Belle-Isle s'allia à moi pour plaider en faveur de la paix. Pourquoi ne pas s'entendre avec les Anglais ? En dépit des convictions de Choiseul, le vieux maréchal restait persuadé qu'une marge de négociations existait dont il fallait tirer parti pour le plus grand bien du Trésor et du peuple français. Isolés, Prussiens et Hanovriens devraient concentrer leurs efforts sur les armées russes et autrichiennes qui les cernaient. Alors la victoire serait possible. Mais aussi longtemps que les navires anglais roderaient le long de nos côtes et bloqueraient celles de nos colonies, tant en Inde qu'au Canada, les chances de mettre fin à cette guerre à notre avantage resteraient faibles. Et l'argent manquait. En dépit de l'effort de tous, de la générosité de Mme de Pompadour et du roi qui avaient mis leur vaisselle d'argent à la fonte, les réserves du Trésor étaient au plus bas.

— Des pourparlers de paix peuvent s'engager en Hollande, nota la marquise de Pompadour. M. d'Affry, notre ambassadeur à La Haye, est venu hier me voir. Il affirme avoir d'excellents contacts avec les Anglais.

— Et les Hollandais sont riches, ajouta le roi. Nous prêteraient-ils de l'argent sur des garanties suffisantes ?

Belle-Isle prit une pincée de tabac qu'il posa dans son mouchoir.

— Votre parole, sire, suffirait.

— L'affaire est à considérer, murmura le roi. Obtenir un prêt et négocier les bases d'un traité de paix avec les Anglais serait fort avantageux pour nous.

— M. de Choiseul s'y oppose. Il refuse d'octroyer un pouce de terrain au roi George.

— Choiseul ne sera pas mis dans la confidence, monsieur le maréchal.

La marquise avait refermé son éventail d'un mouvement sec. Je voyais ses joues enfiévrées, son regard trop brillant, et présumais qu'elle était malade.

— Sire, intervins-je, si vous considérez le choix d'un émissaire secret, je brigue l'honneur de pouvoir remplir cette fonction. Des liens privilégiés avec les différentes loges d'Europe m'ouvrent bien des portes. Célibataire, je ne peux compromettre ma famille et je m'enorgueillis de posséder assez de fortune pour ne pas être soupçonné de vénalité.

Cette mission était trop dans la ligne de mon attente pour imaginer la voir m'échapper. Si les Anglais se retiraient de la coalition, combien de souffrances seraient épargnées ? Et, bien au-delà d'un simple souci de bonheur immédiat, je voyais un temps où les hommes, au lieu de se battre, apprendraient à se connaître et à créer ensemble.

— Un émissaire secret ne pourrait compter que sur lui-même, vous ne l'ignorez pas, nota le roi.

Le regard froid en disait plus que tous les discours. Au premier accroc, le roi m'abandonnerait.

— Pourrai-je m'appuyer sur M. d'Affry ?

— Vous ne pourrez vous reposer sur personne, répliqua la marquise. M. d'Affry vous recevra, mais ne tentez aucune démarche sans instructions précises. A vous de le juger, puis de le convaincre.

— Nous en reparlerons, jeta le roi.

Chacun savait que cette phrase, toujours la même, mettait un terme aux discussions. Mme de Pompadour elle-même n'insistait jamais.

A la fin du mois d'octobre, Tang tomba malade et je consacrai l'essentiel de mon temps à le soigner.

Compromis dans une affaire de faux, Casanova s'était enfui hors de France et la bouillante Jeanne d'Urfé avait dû lui faire ses adieux. Comme elle s'ennuyait, elle me fit parvenir un billet dans les premiers jours de janvier me priant de venir la visiter quai des Théatins. La société de cette excentrique ne m'avait guère manqué. Entichée de l'un ou de l'autre, elle avait des caprices exclusifs, jaloux, tyranniques et j'avais été bien aise de son désintérêt temporaire.

Elle m'accueillit avec des transports de joie. Je la trouvai encore vieillie, maigre et ridicule sous les fards tentant en vain de contrefaire l'éclat d'une jeunesse enfuie. Avec fébrilité, elle m'annonça d'extraordinaires trouvailles alchimiques et m'entraîna dans l'antre qu'elle désignait comme son « salon de conversation » où elle s'entretenait avec les esprits. Là, à l'abri des oreilles des domestiques, elle m'apprit que sa fille, Mme du Châtelet, furieuse de la voir dépenser une fortune qu'elle jugeait lui appartenir puisqu'elle venait de son père, lui intentait un procès. Mais elle était prête à se battre. Sa propre dot, considérable, avait été réunie par contrat aux biens de Louis, feu son époux, et il ferait beau voir qu'on tente de la dépouiller ! Jeter un sort à sa fille ne lui faisait pas peur. Elle déboucha devant moi une fiole à moitié remplie d'une liqueur mordorée.

— J'ai confectionné cet élixir avec l'aide du grand Casanova.

— Qui est un escroc, madame.

Elle parut très fâchée.

— C'est un grand homme méconnu. Il me changera en hermaphrodite et j'aurai, grâce à lui, la vie éternelle.

— Et comment réalisera-t-il cette opération miraculeuse ?

— En me faisant un enfant qui sera moi. Aussitôt accouchée, je quitterai mon corps comme un papillon se délivre de sa chrysalide.

J'étais trop accablé pour argumenter. Je tentai de la calmer en parlant d'un manuscrit fort intéressant que j'avais découvert chez un marchand de livres anciens. Il traitait de la fabrication des diamants et pierres précieuses.

— On dit partout que vous en produisez, m'affirma-t-elle.

— Madame, on dit aussi que j'ai deux mille ans d'âge, que je construisis de mes mains le temple de Salomon, que je possède la pierre philosophale et l'eau de jeunesse. Voilà beaucoup de bruit pour rien.

Elle me regarda, ne croyant manifestement pas un mot de ce que je disais.

— Le roi a mentionné vos pouvoirs au duc de Penthièvre, ajouta-t-elle avec délectation. « De deux petits diamants tachés, ce diable d'homme en a fait un gros sans défaut. » Voilà les termes exacts employés par Sa Majesté. Me confierez-vous votre secret ?

Tenter de raisonner Jeanne d'Urfé était une entreprise au-dessus de mes forces. Mes dons ne venaient ni de Dieu, ni du diable, je les avais forgés moi-même à grand-peine. Si elle le voulait, la sotte Mme d'Urfé elle-même pourrait me surpasser. Mais les espoirs des hommes sont bien au-delà de leur courage, et ils se plaisent à rêver de miracles capables de remédier à leur manque de caractère.

C'était après souper à Trianon, un soir de novembre. Le roi avait tiré d'une poche un sac de peau qu'il ouvrit avec précaution.

— On m'a rapporté, monsieur de Saint-Germain, que vous aviez le talent de pouvoir effacer les défauts des pierres précieuses.

— Sire, j'ai simplement la science de les retailler habilement de façon à rendre ces défauts moins évidents.

— Ne soyez pas modeste, une amie m'a juré vous avoir vu accomplir un miracle sur un golconde[1]*.*

Le roi n'était pas d'humeur à écouter mes arguments. J'avais eu le bonheur, il est vrai, de pouvoir ôter le crapaud d'un joli diamant appartenant à la duchesse de Luynes, mais la petite imperfection, située près du pourtour de la pierre, avait été, selon des méthodes apprises en Inde, assez facile à faire disparaître.

— Voici une pierre pesant douze carats, continua le

---

1. Diamant provenant de la ville indienne de Golconde. Ces pierres avaient la réputation d'être d'une eau exceptionnelle.

roi en me tendant un solitaire, il est d'une eau superbe et vaudrait dix mille livres s'il était sans défaut. Voulez-vous me faire gagner quatre mille livres en le purifiant de sa tache ?

J'examinai la pierre. Situé en son milieu, le crapaud était impossible à ôter.

— Combien de temps vous faudra-t-il ? pressa le roi.

Je hasardai :

— Un mois, sire.

Je ne savais pas encore si j'accepterais ou non de tenir ce pari de dupe. Plaire au roi était une chose, faire une fausse promesse en était une autre. J'avais besoin de réfléchir. Une semaine plus tard, Mme de Pompadour m'invita de nouveau.

En arrivant dans l'appartement de la marquise, j'y trouvai M. d'Affry, notre ambassadeur à La Haye, en conversation fort animée avec Belle-Isle.

— Le comte de Holdernesse et le baron de Kniphausen, l'un mandaté par les Anglais, l'autre par les Prussiens, ont fait remettre à M. d'Affry par l'intermédiaire de Louis de Brunswick une déclaration suggérant l'intention que pourraient avoir leurs souverains de conclure un traité de paix, m'expliqua la marquise. Le temps presse, il faut agir et tirer parti de ces velléités.

Belle-Isle était sens dessus dessous. A ses yeux, la touche était sérieuse. Il fallait envoyer en Hollande un émissaire dans les semaines à venir et faire examiner l'authenticité de cette dépêche. D'Affry restait circonspect. Brunswick n'avait joint aucune promesse à son rôle de messager. Il n'était pas impossible qu'Anglais et Prussiens cherchent à duper les Français en les précipitant dans de trop hâtives négociations. Appartenant au clan Choiseul, il ne considérait pas avec faveur le rôle d'ambassadeur secret que le roi était sur le point de me confier. Dans le petit salon tendu de soie crème rehaussée *de peintures jaune d'or, la marquise allait et venait. Chacun silencieux attendait son verdict. Enfin elle s'assit dans sa bergère et, après une dernière hésitation, se tourna vers moi.*

— Le roi a toute confiance en vous, monsieur. Votre honnêteté et les bonnes dispositions que vous avez montrées à son égard l'ont convaincu. Irez-vous à La Haye ?

Je notai le regard froid de M. d'Affry. Belle-Isle aussitôt s'avança et posa une main sur mon épaule.

— Il n'y a pas de meilleur choix, madame.

— Ce serait, précisa la marquise, une mission difficile, mais le roi vous fera un blanc seing. Revenez pour recevoir ses ordres.

Je pris congé et comme je m'inclinais, Mme de Pompadour me lança avec malice :

— Et ce diamant, monsieur ? Le roi l'attend avec grande impatience.

Je ne pouvais avouer mon impuissance. Désappointé, le roi pouvait me retirer son amitié.

— Je le remettrai bientôt à Sa Majesté.

Je n'avais plus le choix. De ma cassette, je prélevai un diamant d'un poids égal et le taillai d'une façon identique. C'était une pierre superbe, une des plus belles de mon héritage.

Le roi fut enchanté. Il fit peser le solitaire, remarqua qu'il n'y avait point de différence remarquable dans son poids et le remit à M. de Gonthaut avec mission de le faire estimer. Un moment plus tard, le joaillier de la Couronne donna le prix de neuf mille six cents livres.

— Je le garderai, *décida Louis XV et, se tournant vers moi :* Monsieur, vous êtes un magicien et j'investis les plus grands espoirs dans la mission dont vous voilà chargé aujourd'hui.

28

« Mon neveu,
« Assez d'enfantillages. Parti au Schleswig en jeune loup, tu t'y terres en mouton. Celui qui héritera de ma fortune et de mon honneur ne te ressemble pas. A plusieurs reprises, je t'ai demandé de revenir à Paris, l'entêtement que tu mets à me désobéir m'offense. Si je ne t'ai pas vu passer ma porte avant la mi-carême, inutile de t'y présenter par la suite. Il te restera l'Ardèche où, fâchés de ton silence obstiné, tes parents te réduiront à la bouillie de châtaignes.

« Porte-toi bien et surtout pèse attentivement les conséquences de tes décisions.

« PS. Si tu fais le courtisan auprès du comte de Saint-Germain pour hériter de sa prétendue fortune, tu es un sot. Le comte est ruiné et vit de la charité du landgrave de Hesse. »

La neige s'était mise à tomber. Alors qu'il ouvrait la fenêtre, une rafale de flocons fouetta le jeune homme en pleine figure.

— Le vent retourne au vent, prononça-t-il à mi-voix.

Un instant, la lettre dansa sous ses yeux, puis un tourbillon l'emporta. Hélie revint à la cheminée, y entassa du papier, quelques bûches, battit le briquet. Il avait froid, il était furieux et malheureux.

Appuyé sur le dos du seul fauteuil qui meublait la chambre, les mains tendues aux flammes qui se développaient, le jeune homme pensa à ses parents, à son oncle. Les uns ratatinés au fond de leur province cernée par les montagnes, l'autre, plus conventionnel et moins sincère que quiconque dans son opiniâtreté à rester singulier. Il n'avait plus d'autre famille que Saint-Germain. Mais comment subsister sans la moindre fortune ? Travailler sans déchoir et à quelle occupation ? Il ne savait rien faire. On lui avait appris la religion, le latin et le grec, l'orgueil d'être protestant et aristocrate mais point à se battre pour gagner des écus. Saint-Germain avait possédé une fortune lui ayant permis de tenir son rang dans le monde. Mais lui, sans le sou, quel serait son destin ?

Frau Gertrude avait posé sur la table le plateau sur lequel était disposé le repas : des céréales collantes, des légumes trop cuits. Mais Saint-Germain n'y prenait garde.

Seule dans son petit salon, la marquise semblait morose. Elle avait les yeux cernés. Nous parlâmes de musique et de peinture, de Voltaire et de Marmontel, des Jésuites communément détestés. Me souvenant que, dans le Portugal de mon enfance, eux seuls osaient plaider en faveur des juifs, je pris leur défense. Mme de Pompadour s'en étonna.

— On vous prétend philosophe et vous voilà l'avocat de l'ordre catholique le plus hiérarchisé et le plus prosélyte !

— *Ils ont du courage, madame, et une grande liberté de pensée.*

Elle esquissa un geste de lassitude ou d'indifférence. Ce qui la préoccupait n'avait rien à voir avec la Compagnie de Jésus.

— *La liberté n'est pas toujours bonne, soupira-t-elle. En France, on raille pour mieux abattre.*

Je me doutais qu'elle évoquait les maîtresses du roi qui la bravaient jusque chez elle. Cette femme autoritaire et intrépide tremblait de se voir un jour congédiée.

— *Les passions passent, l'amitié demeure.*

Elle me regarda, incrédule.

— *Vous êtes décidément un homme attachant.*

La marquise se confia alors à moi avec une sincérité qui m'alla droit au cœur. Elle était malheureuse. En dépit de ses efforts, elle vieillissait et sa santé la trahissait. Une foule de jeunes femmes rêvaient de la voir à terre. Le roi étant faible, son existence était devenue un combat permanent pour le séduire, le surprendre, l'amuser, l'intéresser. Autrefois exaltant, ce défi maintenant l'épuisait.

— *Mme de Coislin qui convoite le lit du roi m'a jeté tantôt en abattant ses cartes d'un air triomphant : « J'ai brelan de rois. » Tout est prétexte pour m'humilier.*

— *Laissez le flot couler, madame, ne vous dépensez pas à édifier d'inefficaces barrages. Au bout du chemin, toutes les rivières seront englouties par l'océan.*

— *Me conseilleriez-vous de laisser faire ?*

— *Ignorez ce que le roi ne cherche pas à vous mettre sous les yeux.*

— *L'angoisse demeurera, monsieur. Je n'en suis point maîtresse.*

— *Soyez sereine et vos rivales vous craindront.*

— *Vous parlez en philosophe qui vit hors du monde. Je suis, quant à moi, le point de mire d'une société qui ne* pardonne rien. On m'épie, guette un signe de fatigue, une ride sur mon visage. J'aurai trente-neuf ans, monsieur, à la fin de cette année. A quarante ans, on est vieux à la Cour.

— Le roi vous aime.

— Le roi aime la jeunesse et la beauté.

Son regard fit le tour de l'exquis boudoir qui avait englouti une fortune en meubles et tapisseries. Chaque bibelot coûtait plus que n'en gagnait un paysan en une année de labeur.

— La beauté vient du cœur.

La marquise fronça les sourcils mais je devinai qu'en dépit de son impatience, elle ne désirait pas clore notre conversation.

— Ne vous offensez pas de mes paroles, jeta-t-elle enfin, mais on vous dit vierge. Comment la notion de féminité pourrait-elle vous toucher ? Quant à moi, je donnerais la moitié de ce que je possède pour arrêter la marche du temps.

Avec une feinte gaieté, la marquise se leva et m'invita à la suivre dans son cabinet de toilette. Sur une coiffeuse en marqueterie s'alignaient des flacons de cristal, des pots d'or et d'argent gravés à ses armes, des coupelles, des cuillères d'ivoire, quelques spatules de corne. Il régnait dans ce cabinet une chaude intimité.

— Voilà mes armes pour gagner la bataille.

Je hochai la tête en signe de perplexité.

— Madame, nul n'est capable d'arrêter le cours du temps, mais je pourrais vous donner le moyen de le ralentir.

La marquise vint vers moi et s'empara de mes mains.

— Que voulez-vous dire ?

Le gris-bleu de ses prunelles avait pris une teinte vert d'eau.

— J'ai ramené d'Orient un onguent qui adoucit et

repose le visage. Il faut l'appliquer chaque jour et absorber une pastille qui complétera l'œuvre de ce baume. Je n'en possède qu'une infime quantité, c'est la raison pour laquelle je vous demande une grande discrétion.

Sans doute la marquise parlerait de mon cadeau à sa première femme de chambre, Mme du Hausset, infatigable bavarde qui se chargerait elle-même de répandre mes confidences à la Cour. J'allais être assailli de requêtes, de supplications, et, ne pouvant les satisfaire, me ferais mille ennemis.

— *Garder la jeunesse m'est une nécessité, monsieur. Que puis-je vous offrir en échange de ce service ?*

— *Votre amitié, madame, et un soutien dans l'affaire qui m'envoie en Hollande. M. de Choiseul cherchera à ouvrir des trappes sous mes pas.*

— *Il ignore les desseins du roi. Sa Majesté tient à garder secrètes quelques décisions concernant sa politique étrangère.*

Son regard m'enveloppait, charmeur et cependant insaisissable.

— *Ce baume, monsieur, a-t-il la faculté de prolonger longtemps l'éclat de la jeunesse ?*

Le cartel posé sur la cheminée sonna trois heures de l'après-midi. Le roi n'allait pas tarder à nous rejoindre.

— *Trop d'espoirs, madame, mènent à de grandes déceptions. Il est efficace, certes, mais nulle science humaine ne peut octroyer l'immortalité.*

— *On affirme cependant que vous avez plus de deux mille ans.*

— *Je suis plus âgé que cela, madame, car l'énergie qui compose mon corps est éternelle.*

En dépit de la légèreté de mon ton, la marquise comprit que je ne plaisantais pas.

— *Ne me dites pas comme mes confesseurs que la mort n'est rien.*

— *Bien au contraire, la mort est tout.*

Elle s'assit et me fit signe de prendre le siège disposé à côté du sien. De la robe de la marquise, du collier de dentelles en bouillonné qui encerclait son cou, s'exhalait un parfum de rose mêlé à du musc, doux et poivré. Et cependant je devinai que la maladie faisait son chemin dans ce corps charmant et triompherait bientôt.

— *Parlez-moi de la mort, murmura-t-elle. Je cherche à comprendre et à accepter la perte de ma petite Alexandrine.*

— *La mort n'est pas un état, madame, mais l'instant très bref qui nous délivre d'une prison où notre âme est captive.*

Dans sa curiosité naïve, Mme de Pompadour retrouvait l'expression d'incrédulité qu'ont les enfants en écoutant une histoire.

— *Expliquez-vous!*

J'osai poser ma main sur la sienne.

— *Pourquoi craindre de rejoindre une condition qui fut la nôtre à l'origine ?*

— *La solitude m'effraie. J'y vois un abîme prêt à m'engloutir. Une âme n'a point de chaleur. Elle ne parle, n'entend pas, ne voit rien. Cette perspective, monsieur, est bien terrible et je préfère encore les misères de ce monde.*

— *Vous aimez la musique, n'est-ce pas ? Alors souvenez-vous d'un morceau pour clavecin, d'une envolée lyrique où vous vous êtes sentie emportée par l'harmonie. La vie après la mort ressemble à ce bonheur-là. Une succession d'émotions s'accordant avec les autres âmes et l'univers entier. Que redoutez-vous ? Les triomphes qui vous enchantent sur terre sont précaires et vite dissipés. Le bonheur est gâché par l'inquiétude de le perdre, l'amour par la hantise de la séparation, l'amitié par celle d'être trahi. Est-ce là l'idéal dont peut rêver une* âme comme la vôtre ? L'inconnu, c'est la terre avec ses aléas et ses mensonges. La frayeur qu'éprouvent les hommes en songeant à la mort vient de leur ignorance.

— Que puis-je donc espérer ?

— Une paix qui en elle-même est un bonheur absolu.

La marquise m'interrogea alors sur le cycle des âmes. Elle ne pouvait accepter de revenir sur terre en servante, ou pire encore comme un sauvage dans une de ces lointaines contrées inexplorées dont lui avait parlé Montcalm ou Bougainville. Je la rassurai. Nul ne revenait en arrière, à moins d'avoir accompli de grands forfaits.

— Je suis la maîtresse d'un homme marié, s'effrayat-elle. Ceci est un grand péché.

— Les crimes d'amour sont vétilles, madame. Quel mal avez-vous fait puisque la reine elle-même se moque de partager un époux qu'elle n'a jamais aimé ? Votre affection pour le roi et les conseils que vous lui avez prodigués ont contribué au rayonnement et au bonheur de votre pays.

Elle serra ma main dans la sienne.

On entendit un grincement dans l'escalier de bois.

— Le roi ! s'exclama la marquise.

Abandonnant ma main, elle alla à sa coiffeuse, s'empara d'un miroir.

— N'oubliez pas de me faire parvenir le baume et les pastilles que vous m'avez promis.

Belle-Isle nous avait rejoints. Enfermés tous les quatre dans le boudoir de la marquise, nous ressemblions à des comploteurs. Tout était prêt pour mon départ. J'avais décidé de louer une voiture que Maurice conduirait. Mes malles étaient bouclées, mon passeport visé.

— Le mérite de la paix rejaillira sur vous, monsieur le maréchal.

Le roi n'étant pas prodigue de compliments, Belle-Isle

se rengorgea. Ce succès serait son dernier triomphe car, usé par l'âge, miné par la mort de son fils, il avait déjà un pied dans la tombe.

Sir Joseph Yorke, ministre d'Angleterre à La Haye, m'avait fait parvenir la veille un message assurant qu'il me recevrait avec promptitude. J'étais moins assuré du soutien de M. d'Affry, très lié au clan Choiseul, mais comptais en Hollande quelques amis sûrs, rencontrés autrefois à Londres ou en Allemagne.

— Une fois suggérée, la paix sera en bonne voie d'aboutir, se réjouit la marquise. Seul le premier pas coûte. Les Anglais comprendront que leur intérêt est lié au nôtre.

— Quant à l'emprunt, insista Belle-Isle, tentez d'obtenir le maximum. Ces banquiers hollandais ont plus d'or qu'ils n'en avouent. Avec la garantie de Sa Majesté, ils devraient s'empresser de vous satisfaire.

Je ne partageais pas les certitudes de mon ami. La garantie du roi était secrète donc sans effet réel. Le vieux militaire qu'était Belle-Isle ignorait le pragmatisme des gens de finance qu'une vague promesse royale n'impressionnerait guère.

Néanmoins il fallait se monter optimiste et j'assurai le roi du bonheur qu'auraient les banquiers hollandais à lui avancer les cent millions qu'il espérait en dépit de l'indifférence des frères Pâris.

— Quand serez-vous de retour ? me demanda-t-il.

— Dans trois ou quatre semaines, sire.

— J'écrirai à M. d'Affry, assura Belle-Isle, afin qu'il facilite vos démarches. Choiseul ne doit rien soupçonner.

Comme à son habitude lorsqu'il était embarrassé, le roi ne dit mot.

Le 14 février, veille de mon départ, Belle-Isle me fit parvenir deux lettres écrites de sa main, me recommandant à d'Affry. Dans le portefeuille où il les avait enfer-

mées, je trouvai aussi la missive secrète promise par le roi, une feuille blanche au bas de laquelle il avait apposé sa signature. Je fus consterné. Quelle réelle caution donnait ce simple blanc-seing à ma difficile mission ?

29

Fallait-il détruire cette lettre ? Le comte de Saint-Germain hésitait. Il lui semblait qu'un ennemi venait de pénétrer par effraction dans l'asile inviolable de sa chambre.

L'ivoire d'un bouddha en méditation se détachait dans la pénombre. Posé sur la table de travail au milieu des papiers épars, il dispensait la paix. Saint-Germain le posa dans le creux de sa main, sentit sa lumière le pénétrer et une profonde compassion s'empara de lui. Son châtiment, le marquis se l'infligeait à lui-même. « Jean de Mareuil, murmura-t-il, pourquoi vous portez-vous ainsi préjudice ? »

De nouveau, il déplia la lettre. Les caractères avaient perdu tout aspect offensif. Son pardon l'avait effacé.

« Monsieur,
« Mon ami Joachim de Maisonvieille me quitte à l'instant, bouleversé. Il vient de m'apprendre que son neveu ne le rejoindra pas à Paris, non poussé par le désir bien compréhensible chez un jeune homme de voir du pays et de risquer des aventures, mais muré dans l'exaspération malsaine de ne point vous quitter.

Afin de rester sous une influence qu'il estime divine et que je juge, quant à moi, diabolique, Hélie est prêt à sacrifier fortune, carrière, espérances. Il a vingt ans. Dominer un si jeune homme est un objectif bien méprisable mais, de vous, il ne me surprend guère. Si vous m'avez, je l'avoue, diverti autrefois par vos extravagances, vous m'insupportez aujourd'hui. Prenez garde, monsieur, la justice s'intéressera un jour au faux prophète et vrai escroc. En dépit de votre âge, vous ne lui échapperez pas.

« Vous ne méritez pas que je me justifie. J'ai des amis auxquels je suis attaché, Joachim de Maisonvieille en particulier. Il avait un neveu auquel il voulait assurer un brillant avenir. Ce neveu n'est plus. Cela suffit. Vous êtes Grand Maître en Maçonnerie, supérieur des rose-croix, Elu Cohen des Frères d'Asie. Quoi encore ? Que vous faut-il pour satisfaire une inépuisable ambition ? Si la qualité de maçon fait de moi un citoyen éclairé, un être humain soucieux de justice, elle vous sert à vous, sous couvert d'idées généreuses et de spéculations prétendument philosophiques, à saper l'autorité, détruire la foi, jeter des doutes sur les valeurs essentielles de la société pour mieux les voir s'effondrer. Vous prêchez les bons sentiments, la paix, la croyance en l'immortalité mais vous n'avez ni patrie, ni famille, ni religion.

« Vous comptez des amis, me direz-vous ? Parbleu, mieux que personne vous savez vous insinuer, flatter, mais plus le temps passe, plus vous choisissez des victimes faciles à dominer, comme Mgr Charles de Hesse. Les hommes de bien et d'esprit depuis longtemps vous ont tourné le dos. Vous avez été recherché, courtisé en Angleterre, en France, en Russie. Vous voici seul dans une ville du bout du monde, réduit à séduire un prince extravagant, un jeune homme naïf et sans défense. Mais vous n'avez pas gagné encore. Hélie réfléchira et comprendra. Le landgrave vous abandonnera. Personne ne vous pleurera. Le visage de saint que vous avez voulu si fort offrir au monde montrera alors toute sa laideur.

« D'où venez-vous ? Qui êtes-vous ? Voilà les questions que tous se sont posées sans obtenir de réponses. Le duc de Choiseul, celui qui vous a peut-être le mieux démasqué, optait pour une naissance juive portugaise. Il avait, disait-il, de bonnes raisons pour l'affirmer. Les juifs sont en Russie, en Pologne, en Allemagne et, bien sûr, au Portugal, en Espagne et en France. Voilà ce qui explique cette facilité à vous introduire partout et vous sentir chez vous, paré du plumage qui est l'apanage de cette race : de l'instruction, de l'argent, une absence absolue de scrupules, la jouissance de tirer les ficelles dans l'ombre. Poussé par la nécessité de remplir un Trésor à sec, le roi Louis XV lui-même a été abusé. Les banquiers, juifs pour la plupart, sont généreux envers les leurs. Le juif attire le juif.

« Et les salons vous ont ouvert leurs portes. Je ne fus pas une exception. Les nantis par le nom et la fortune trouvent une sorte de volupté à se placer en dehors de leur caste et à jouer avec des opinions destructrices. J'avoue qu'il y a de la sottise dans cet engouement naïf pour des idées dont ils sont les premières dupes avant d'en devenir victimes. " Qui est cet homme, demanda un jour à votre sujet sir Jeremy Bentham en visite à Paris, un génie ou un polichinelle ? " Question à laquelle Mme de Polignac répondit avec esprit : " Un polichinelle de génie sans doute. " A mon tour, je questionne : qui êtes-vous ? le fils d'un usurier, d'un boutiquier enrichi ? Votre insolence à vous vouloir aristocrate m'inclinerait à le croire. Superbement vêtu, logé dans les hôtels les plus nobles, portant diamants et dentelles, vous avez sussuré des paroles prônant le dénuement, la charité, la modestie. Insolent, ambigu, extravagant, vous avez su séduire. " Aujourd'hui, a plaisanté le duc de Choiseul, les juifs vivent comme des comtes. " Brillant et vide, vous avez abusé maints esprits en leur laissant espérer des voyages spirituels, une immortalité enfin où le Christ, notre Sauveur, n'a nulle place. De l'ancien monde, rien pour vous ne doit subsister.

« Voyons les choses froidement, monsieur, je ne vous déteste pas, je vous méprise. Hélie ne méritait pas d'être perdu pour la société. Fils unique d'une famille pauvre mais au nom très ancien, il était le seul héritier de son oncle. J'ai bien écrit " il était ", car le voilà vôtre désormais. Que Dieu auquel vous ne croyez guère juge.

« Jean, marquis de Mareuil. »

Une émotion profonde étreignait de nouveau le comte de Saint-Germain. Les murs de sa chambre l'oppressaient. Il fallait écrire, s'isoler un peu plus encore, oublier.

J'arrivai à Amsterdam le 20 février de cette année 1760 et descendis à L'Etoile d'Orient, une excellente auberge où m'avait été réservé un appartement. Durant le voyage, j'avais pu arrêter l'ensemble de mes plans. Tout d'abord, je devais me consacrer à l'emprunt. Le « maximum », avait recommandé Belle-Isle. Les garanties que je pouvais offrir avec le blanc-seing du roi étant médiocres, c'était la partie la plus difficile de ma mission. Il me fallait des protections. Je m'étais souvenu des frères Adrien et Thomas Hope, riches négociants de la Compagnie des Indes-Orientales que j'avais connus à

Macao au temps où chacun s'agitait autour de la création des grandes sociétés marchandes. Les chances pour qu'ils se souviennent de moi étaient fort minces, mais la solidarité coloniale existait et ils m'ouvriraient probablement leurs portes. J'avais aussi sur moi une lettre de Mme de Lambert, me recommandant aux sieurs Coq et Vangiens, commerçants associés fort influents à Amsterdam. Le jeu que je devais jouer était serré car si l'emprunt dont j'étais chargé pouvait être ouvertement discuté, il fallait tenir secrète ma mission diplomatique.

Tang me prépara à dîner avec les provisions que nous avions emportées de Paris, puis je jouai un peu de violon, moment de bonheur toujours renouvelé. J'avais alors bon espoir d'être digne de la confiance du roi et estimai inébranlable le soutien d'un monarque aussi glorieux.

Après mes prières, je quittai tout fringant L'Étoile d'Orient le lendemain matin pour rendre visite aux frères Hope chez qui Maurice avait déposé un billet la veille. Il faisait soleil. Comme ils logeaient non loin de mon auberge, je décidai de marcher.

Plus matinaux que les Français, les Hollandais allaient et venaient déjà à leurs occupations. La propreté de la ville me surprit. Le pas des portes était balayé et je ne pus apercevoir nulle part de tas d'immondices croupissant dans les cours ou les déchets de toutes sortes simplement écartés de devant leur boutique par les commerçants parisiens.

Je trouvai Thomas Hope dans son cabinet de travail où son valet de chambre m'introduisit. Je ne le reconnus pas. C'était un vieil homme maintenant au dos cassé, aux membres grêles, mais il avait conservé un regard d'une intelligence alerte.

— Votre billet d'hier évoquait une rencontre à Macao vieille de près de cinquante années. J'avais vingt-cinq ans alors, vous sans doute beaucoup moins. Ne vous offensez donc pas si j'avoue n'en avoir gardé nul souvenir. Mais je n'ai pas oublié don Vaz de Sequeira, un hôte charmant, un redoutable homme d'affaires aussi, mort hélas depuis fort longtemps. Que puis-je pour vous ?

J'exposai brièvement que, nouvellement arrivé à Amsterdam, je devais m'assurer du soutien de banques solides pour une affaire de grande importance intéressant des personnages considérables.

— Je puis vous introduire auprès de quelques amis, assura-t-il en me tendant sa tabatière, mais ce genre de transaction ne se fera que si vous êtes connu en Hollande. Avez-vous rencontré notre maire, M. Hasselaar ?

Je lui avouai que c'était mon désir le plus cher.

— Je vais souper chez lui ce soir avec mon frère Adrien. Accompagnez-nous.

Tout réjoui, je quittai l'hôtel cossu des Hope pour me rendre à la banque française des sieurs Coq et Vangiens. Eux aussi me reçurent fort bien. Je ne fis qu'évoquer le motif de ma visite et ils ne cherchèrent pas à me presser. A Amsterdam comme à Londres ou à Paris, les affaires d'importance se traitaient sans hâte. Mais ils me certifièrent en prenant congé de moi que leurs confrères banquiers m'écouteraient avec intérêt.

Ma mission se mettait en place au-delà de mes espérances. Le soir même, chez le maire d'Amsterdam, je fis la connaissance de M. Astier, notre commissaire à la marine et au commerce, et de Mme Geelwinck qui s'enticha aussitôt de moi sous le prétexte que j'étais français sans l'être. Forte femme d'environ cinquante ans, elle avait le teint vermeil, l'œil bleu porcelaine et une confortable fortune venue de feu son époux, ex-gouverneur de la Gueldre. Aucun étranger ne passait par Amsterdam sans qu'elle souhaitât aussitôt le connaître.

M. Astier et cette noble dame m'entretinrent une partie de la soirée des prochaines fêtes données à La Haye pour le mariage de la princesse Caroline avec le prince Charles de Nassau-Weilberg. J'allais m'impatienter d'un discours aussi futile qui m'empêchait de rejoindre un groupe de banquiers bataves quand Thomas Hope posa amicalement sa main sur mon épaule.

— Voyagez donc avec nous, cher ami, les fêtes sont souvent une excellente occasion de côtoyer des gens importants. L'humeur y est gaie et les affaires plus faciles.

Le visage de M. Astier se figea.

— Ainsi vous êtes venu pour affaires.

Thomas Hope se mit à rire.

— On vient aux Pays-Bas, cher monsieur Astier, pour commercer, emprunter ou se délecter de nos fromages et de notre lait. A vous de deviner les véritables raisons qui nous procurent le bonheur d'accueillir M. de Saint-Germain.

— J'écrirai donc à M. d'Affry à La Haye pour lui annoncer votre arrivée. Il mettra certainement tout en œuvre pour vous aider à réussir dans vos entreprises.

Le ton brusque me déplut.

Le voyage à La Haye entre Thomas Hope et Mme Geelwinck fut délicieux. Très érudits l'un et l'autre, spirituels, un peu frondeurs, ils s'étonnèrent de mon régime alimentaire mais eurent la délicatesse de ne pas m'en demander les raisons.

— Si j'avais votre courage, soupira Mme Geelwinck, je l'adopterais. L'embonpoint ne convient pas à la vieillesse.

— Je proteste, madame, s'écria Hope. Les femmes n'ont rien à gagner à trop de minceur. Une élégante un peu dodue est ce qu'on appelle un beau poulet de grain, toute offense oubliée.

— Pourtant, continua mon amie en me regardant,

ceux qui savent rester maigres semblent ne pas vieillir. On dit, monsieur de Saint-Germain, que vous êtes fort âgé.

Avec amusement, je constatai que ma réputation d'immortalité avait franchi les frontières. Oublieux des véritables mérites ou vertus d'autrui, les hommes, où qu'ils fussent, s'attachaient à des points de détail sans portée et la plupart du temps imaginaires.

Mes amis étant accueillis par des parents, je logeai seul à l'auberge du Prince d'Orange où j'eus la surprise, pas très heureuse je l'avoue, de retrouver le Vénitien Casanova qui me prodigua mille amabilités. Venu lui aussi pour affaires, il me déclara être déjà au mieux avec d'Affry grâce à une lettre d'introduction du duc de Choiseul très élogieuse à son égard. Je n'avais aucune raison de lui demander quelles affaires il désirait traiter en Hollande, mais il prit l'initiative de me les expliquer. Il s'agissait de négocier sur l'ordre du Contrôleur général, M. de Boulogne, vingt millions de papier monnaie de France, partie or, partie valeurs. Cette information m'atterra. Le Trésor français était-il asséché au point de dépêcher cet aventurier ? Après les démarches de Casanova, comment les banquiers hollandais m'accueilleraient-ils ?

Les fêtes du mariage de la princesse Caroline, sœur du stathouder, furent pleines de gaieté. Je pus retrouver sir Joseph Yorke, ministre anglais dépêché à La Haye, avec lequel je partageais maintes relations à Londres.

M. d'Affry me fit mille amabilités. A peine reconnaissais-je l'homme distant rencontré brièvement à Versailles. Il m'invita dans sa demeure, m'emmena au théâtre et je me sentis enfin assez en confiance pour lui parler franchement. « Encore un emprunt ? s'étonnat-il. Mais je viens d'écrire à Choiseul pour le mettre en garde. Ce coquin de Vénitien, Casanova, n'est pas du tout ce que le duc suppose. *Il joue gros jeu, fait des paris insensés, courtise les femmes et, outre cette tenue déplorable, bavarde à tort et à travers sur ses aventures personnelles comme sur la cour de France. Je lui ai fermé ma porte définitivement.* »

Puis il m'interrogea avec insouciance sur ma vie à La Haye. Pouvait-il me faciliter les choses en me présentant d'éminents financiers, des princes comme le duc de Brunswick ? Je le remerciai sans trop m'engager. Quelque chose en cet homme m'inquiétait. Enfin il revint au sujet qui nous avait occupés en me demandant à brûle-pourpoint si M. de Boulogne, notre contrôleur général des finances, se trouvait au courant de mes démarches.

— Non, monsieur, avouai-je. Je suis venu secrètement en Hollande où j'espère pouvoir créer une caisse d'escompte, pratique courante dans les grandes compagnies commerciales dont les Etats auraient intérêt à s'inspirer. Bien gérée, une telle caisse est génératrice de profits considérables. Mais je n'en suis qu'aux premières démarches et, hormis vous, n'en ai soufflé mot à personne, surtout pas aux frères Pâris qui voudraient aussitôt s'emparer de l'idée.

— Elle me semble excellente, murmura-t-il. Mais pour la mener à bien ici, il vous faudra des garanties. En possédez-vous ?

Je lui présentai les deux lettres du maréchal Belle-Isle et le blanc-seing du roi.

Il hocha la tête sans mot dire et me les rendit.

J'avais traversé le monde en côtoyant méchants et fourbes sans jusqu'alors soupçonner que sous des sourires exquis, des mots charmants, les hommes pouvaient haïr à ce point.

A peine avais-je le dos tourné que d'Affry écrivit à Choiseul pour lui faire part de notre conversation et solliciter ses instructions.

Le soir même, je dînai chez Joseph Yorke, rendez-vous de la plus haute importance que j'avais préparé en tentant de prévoir toutes les facettes possibles de la conversation. S'il m'écoutait et acceptait de transmettre à Londres mes propositions, un premier pas vers la paix tant souhaitée serait accompli.

Le printemps s'annonçait, poussant dans les rues les promeneurs à pied ou en voiture. Fiacres, phaétons, cabriolets et huit-ressorts se côtoyaient, se dépassaient, frôlant les parterres des premières tulipes aux coloris enchanteurs. J'avais beaucoup d'espoir de succès tandis que je regagnais à pied mon auberge avant mon dîner chez sir Yorke.

J'avais revêtu un habit de couleur pourpre avec gilet de satin rebrodé, posé sur mes cheveux qui grisonnaient une perruque poudrée. En dépit des allusions à mon éternelle jeunesse, je vieillissais. Maurice me tendit un ample pardessus doublé de petit-gris. L'heure de méditation que je m'étais accordée m'avait montré plus clairement encore le bien-fondé de mes démarches. Une guerre achevée, c'était des milliers de vies préservées, les terres d'innombrables paysans épargnées, des sommes considérables économisées, prêtes à être utilisées pour le bien-être des peuples.

Sir Yorke était assis sur une causeuse au fond de son salon, tendu de reps bouton d'or. Il s'entretenait avec un homme replet à la physionomie joviale, M. de Bentick Van Rhoon, président du conseil des députés commissaires de la Hollande.

Yorke me tendit la main à l'anglaise.

— Nous nous sommes rencontrés à deux reprises chez lady Townsend. En outre, nous avons un ami commun à Londres qui m'a parlé de vous et d'une mission accom-

plie voici plusieurs années à Paris pour la cause de notre Loge écossaise.

— Votre Grâce veut-elle parler du duc de Newcastle ?

J'avais sur ce grand seigneur qui s'était prétendu mon ami une opinion mitigée que je dissimulai. Yorke comme Newcastle touchaient de près au roi George II et pouvaient beaucoup pour moi. Mieux valait oublier tout ressentiment. Mes maîtres ne disaient-ils pas : « Les plaisirs du monde viennent des vœux de bonheur que l'on forme pour autrui et les malheurs de la volonté de se rendre heureux soi-même » ?

Bentick me posa mille questions et nous finîmes par nous trouver un intérêt commun pour les textiles. Il avait investi de l'argent dans des manufactures de draps et prêta une oreille attentive aux quelques explications que je lui livrai sur l'art des teintures. Lorsqu'il s'agissait d'espérer des profits, Allemands et Hollandais avaient en commun une absence de vanité très saine. Un seigneur ne dérogeait pas en travaillant au milieu de ses ouvriers.

— J'habite Leyde où je serai de retour dès demain. C'est une ville charmante, me déclara-t-il. Venez m'y voir.

Afin de me laisser seul avec Yorke, il quitta la causeuse pour présenter ses compliments à une femme mûre qui venait d'entrer.

— On dit que vous êtes un émissaire du roi de France ? m'interrogea Yorke aussitôt.

La voix était aimable avec une pointe d'ironie. Je ne voulais pas abattre mes cartes trop promptement et me contentai de généralités assez intéressantes cependant pour lui donner l'envie d'en savoir davantage.

— Un emprunt ? hasarda-t-il, piqué par la curiosité. Les Français n'offrent aucune garantie sérieuse. Qu'ils commencent par discipliner les dépenses de leur

Etat avant de se mettre sur le dos les intérêts d'une dette nouvelle.

Je lui livrai mon projet de caisse de gestion copiée sur celles des entreprises commerciales. Il m'écouta sans perdre ce demi-sourire que je ne savais interpréter.

— M. de Bentick sera pour vous un précieux interlocuteur, m'assura-t-il, beaucoup plus utile pour vos projets que ne pourrais l'être moi-même. Les diplomates et les banquiers n'utilisent pas les mêmes armes pour convaincre.

— Je n'en suis pas sûr, mylord. Quand une arme est en évidence dans la main d'un banquier, il y a tout à parier que la même se dissimule dans la poche du diplomate. Chacun sait où elle se trouve mais personne n'en parlera. Voilà l'art de la diplomatie.

Yorke eut un petit rire.

— Vous êtes donc banquier mais aussi diplomate. Que puis-je pour vous ?

Je ne pouvais plus tergiverser sans l'indisposer. Joseph Yorke m'entraîna dans son cabinet de travail dont il ferma la porte à clef derrière lui.

Je jetai un coup d'œil autour de moi. La pièce était meublée avec austérité mais les tapis d'Orient, une multitude de tableaux représentant des scènes de bataille, des bestiaux dans un pâturage, des chiens de chasse ou de compagnie, un coucher de soleil sur des ruines italiennes lui conféraient cette atmosphère chaleureuse que les Anglais savent si bien créer.

— Je vous écoute, déclara sir Yorke en me désignant un siège.

Je lui parlai du mauvais état de la France, de son besoin de paix et du désir qu'elle avait de la conclure. J'ajoutai que ma seule ambition était de contribuer à cet événement si désirable pour les peuples. Il m'interrompit :

— *Ces affaires sont trop délicates, monsieur, pour être traitées par des personnes non qualifiées.*

Je tirai de ma veste les lettres du maréchal de Belle-Isle et le blanc-seing du roi qu'il examina avec beaucoup d'attention.

— *Je ne peux m'engager à ce stade, poursuivit-il d'une voix d'où toute ironie avait disparu, mais je suis en mesure de vous assurer du désir qu'a l'Angleterre de conclure une paix rapide et honorable. Je vais écrire à Londres.*

Il se leva.

— *Puis-je vous demander, monsieur, de tenir secrète cette conversation et de me transmettre dès que possible la position de votre gouvernement ?*

Il me donna sa parole. Mais la raideur de sa réaction, une certaine irritation dans le ton de la voix me confortèrent dans ma résolution de ne pas négliger le concours d'intermédiaires susceptibles de prendre le relais au cas où un obstacle, comme un antagonisme de personne à personne, suspendrait les négociations. Bentick pouvait être un allié précieux et j'étais décidé à aller le voir à Leyde.

Durant le souper offert par sir Joseph Yorke, je pus échanger quelques mots avec le résident du roi de Pologne et l'électeur de Saxe, M. Kauderbach. Bentick me pria d'expliquer mes découvertes en teinturerie puis m'interrogea sur le pouvoir que j'avais de guérir grâce à des plantes inconnues. Il assura sans plaisanter que je détenais l'élixir de jouvence dont j'aurais remis un flacon à la marquise de Pompadour qui avait rajeuni de vingt ans. Enfin, comme je le craignais, chacun me pressa de questions sur mes recherches alchimiques, mon habileté extraordinaire à fabriquer diamants et pierres précieuses.

Incapables de me comprendre, hommes et femmes

tissaient sans cesse autour de moi les fils compliqués d'extravagances nouvelles. J'étais une machine à produire des rêves insensés. Yorke avait retrouvé son regard ironique mais, trop intelligent pour épouser les divagations proférées autour de sa table, il se contentait de tirer profit de mon embarras pour mieux me dominer.

Bentick m'accueillit chez lui avec beaucoup de chaleur. J'avais confiance en cet homme. Il m'avoua avoir été surpris par la naïveté de ses semblables et des questions dont ils m'avaient assaillis la veille au soir. « Ce qui est différent dérange ou intrigue. On vous voit refuser nourriture et vins, vivre en solitaire, exhiber des toiles de maître et des bijoux de grand prix, ôter en quelques jours les défauts des diamants, de quoi aiguillonner les imaginations. Mais j'aime les personnages qui osent être singuliers. » Il aurait désiré, quant à lui, devenir astronome mais ses parents l'avaient voulu, comme eux, serviteur de l'Etat.

Puis sans autre détour, nous parlâmes de Joseph Yorke pour lequel Bentick avait une grande estime : je pouvais me fier à lui.

Un valet nous apporta du thé de Chine sur un plateau de laque. Mon hôte m'en tendit lui-même une tasse.

— Causons, déclara-t-il en jetant plusieurs morceaux de sucre et un long trait de crème dans son breuvage. Qu'êtes-vous venu faire exactement en Hollande ?

Je n'avais aucune raison de cacher à cet homme dont l'amitié m'était précieuse les véritables raisons des démarches que j'entreprenais. Je lui parlai du roi de France dont le manque de fermeté permettait tous les abus. Il comptait certes des serviteurs fidèles comme le maréchal de Belle-Isle mais aussi des ennemis qui se déguisaient en amis, la plupart inféodés aux intérêts des frères Pâris. Je craignais, lui avouai-je, que le duc de

Choiseul, lui-même très attaché à la monarchie, ne soit aveuglé par un désir immodéré de s'enrichir.

— Le roi, avançai-je en conclusion, n'a pas assez de sagacité pour apercevoir la malice de ceux dont les frères Pâris l'environnent. Connaissant son peu de fermeté, ils le flattent pour être mieux écoutés. Le même défaut se trouve chez Mme de Pompadour. Elle connaît le mal et n'a pas le courage d'y remédier.

— Vous êtes donc venu en Hollande pour rehausser l'image du roi de France, ironisa Bentick.

— Je suis venu tenter de négocier une paix avec l'Angleterre.

Bentick ferma à demi les yeux dans une pose de profonde réflexion. Enfin il me regarda et hocha la tête.

— Je suis avec vous, me déclara-t-il.

— J'écrirai demain à Mme de Pompadour, décidai-je, afin de lui faire connaître l'appui que vous êtes prêt à m'offrir. Elle fera en sorte de nous faciliter les contacts nécessaires à notre réussite.

Les dernières lueurs du jour se perdaient dans la soie écarlate des tentures. Un valet entra pour allumer les chandelles. A pas comptés, il allait de chandelier en candélabre, raide et serein comme un garde pontifical. Bentick le suivait des yeux, l'air pensif.

— Restez donc souper avec nous, me proposa-t-il soudain.

Aussitôt à l'auberge, je m'installai devant ma table de travail. De Leyde à La Haye, ma voiture avait filé le long d'une route plate et déserte dans le froid mordant de la nuit. J'avais repensé à chaque mot de ma conversation avec Bentick et me sentais plein d'espoir. Cet homme aimait la France.

J'avais devant moi l'encrier en argent offert par Mme de Pompadour et j'y plongeai ma plume.

« *Madame,*

« *Mon attachement pour le roi, le bien de votre nation et vous-même ne changera jamais quel que soit l'endroit de l'Europe où je me trouve. Pas un instant je ne vis sans vouloir vous le prouver avec force et loyauté.*

« *Je suis actuellement à La Haye où j'ai rencontré M. le comte de Bentick, seigneur de Rhoon, avec lequel je me suis lié. La France n'a pas d'ami plus sage, plus sincère et plus solide. Soyez-en sûre, Madame, en dépit de ceux qui pourraient vous affirmer le contraire.*

« *Ce seigneur est tout-puissant tant ici qu'en Angleterre, grand homme d'Etat et parfait honnête homme. Il s'est entièrement ouvert à moi. Vous pouvez compter sur lui comme sur moi-même. Je crois que le roi peut en attendre de grands services.*

« *Vous connaissez la fidélité que je vous ai vouée, Madame. Ordonnez et vous serez obéie. Vous pouvez donner la paix à l'Europe sans les longueurs et les embarras d'un congrès. Vos ordres me parviendront en toute sûreté si vous les adressez chez M. le comte de Rhoon à Leyde ou, si vous le jugez plus à propos, chez MM. Thomas et Adrien Hope où je logerai à Amsterdam.*

« *Si vous n'avez pas le temps de me faire réponse vous-même, je vous supplie de me la faire faire par quelqu'un de sûr et de confiance car je me méfie de ceux qui sont trop inféodés au duc de Choiseul. Ne tardez pas, je vous prie, chaque jour compte.*

« *Je suis, etc.*

« *Denis comte de Saint-Germain.* »

Ma lettre fut expédiée dès le lendemain matin. Deux jours plus tard, elle était sur le bureau du duc de Choiseul qui disposait du secret de la poste, prérogative que nul à Versailles n'avait jugé bon de me faire connaître. Alors que, plein d'espoir, je m'activais à La Haye, mon arrêt de mort tombait à Paris sans qu'aucun avocat, pas même le roi, ne se levât pour me défendre.

Le 23 mars, je fis une nouvelle démarche auprès de sir Joseph Yorke afin de connaître les prémices de ses pourparlers avec Sa Majesté le roi George II. Il m'accueillit avec une certaine réserve que je mis sur le compte de son caractère dissimulé. La santé du roi déclinait. A Londres, Pitt prenait une importance considérable et les diplomates anglais ne savaient plus s'ils devaient recevoir leurs ordres du monarque ou de son ministre. Yorke me demanda de le suivre dans son bureau que je retrouvai avec bonheur, tant cet endroit dégageait une intimité studieuse, propice aux grandes décisions.

— Lisez, me pria-t-il en me tendant une lettre. C'est un message que je viens de recevoir de lord Holdernesse, ministre d'Etat auprès de mon roi.

Cette missive, la première d'une série de lettres désastreuses, me pétrifia. J'avais certes prévu des contretemps, indécisions et fausses promesses, mais, fort de l'appui du roi de France, n'avais jamais imaginé être traité de menteur.

« Cher ami,

« Sa Majesté ne pense pas impossible que le comte de Saint-Germain ait été réellement autorisé (peut-être même à la connaissance de Sa Majesté Très Chrétienne) par quelques personnes de poids au Conseil, de parler comme il l'a fait. Mais il ne doit pas y avoir d'autres conversations entre le ministre accrédité du roi que vous êtes et une personne telle que le comte de Saint-Germain. Ce que vous dites à La Haye est officiel tandis que Saint-Germain peut être désavoué sans cérémonie si la cour de France le juge nécessaire. D'après ses propres paroles, sa mission n'est pas seulement inconnue de l'ambassadeur de France à La Haye, mais encore de

M. le duc de Choiseul, ministre des Affaires étrangères à Versailles, qui, bien qu'il soit menacé du même sort que le cardinal de Bernis, est encore le ministre apparent... Selon le désir de Sa Majesté, informez le comte de Saint-Germain que vous ne pouvez vous entretenir avec lui de sujets aussi importants, à moins qu'il ne vous fournisse quelque preuve authentique que Sa Majesté Très Chrétienne connaît et approuve sa mission. »

La lettre entre les mains, je gardai un instant le silence. Il me semblait que le sol se dérobait sous mes pieds.

— Possédez-vous d'autres papiers que ces deux lettres de M. de Belle-Isle et le blanc-seing du roi ? interrogea Yorke d'une voix grave.

J'étais accablé. Soudainement tous mes efforts et espérances se révélaient stériles.

La voix de sir Joseph Yorke semblait venir d'un autre monde.

— Vous comprendrez, monsieur, qu'il est désormais inutile de revenir sur ce sujet. J'éprouve pour vous une amitié dont le sacrifice m'est cruel mais ma position à La Haye m'impose de ne plus vous ouvrir ma porte. Les obstacles qui nous séparent sont aujourd'hui insurmontables.

Il me tendit une main que je ne pris pas. En un éclair, je me retrouvai devant le père de Selena, congédié comme un valet. La souffrance que j'éprouvais était identique.

Le lendemain, je donnai l'ordre à Maurice de me conduire chez le comte de Bentick.

— Mon conseil, cher ami ? Gagnez du temps. Effacez-vous pour un moment. A Versailles les influences changent et un ministre au faîte de sa gloire peut être expédié soudain dans ses terres. Qui sait ? Il est concevable d'imaginer M. le maréchal de Belle-Isle occuper le fauteuil laissé vacant par le duc de Choiseul. Le roi ferait semblant d'avoir été pour vous le plus fidèle des alliés. Tout serait oublié.

Le Hollandais marchait à travers son salon, les mains derrière le dos. Les lourds rideaux filtraient un jour maussade et pluvieux. Sur une table ouvragée en bois sombre, une Bible restait ouverte, probablement lue chaque jour au milieu du cercle de famille. Un chat dormait près d'un poêle décoré de jolis carreaux en faïence.

— Je ne crains pas M. de Choiseul. Qu'il reste ou qu'il s'en aille ne changera en rien ma détermination. Mon objectif se situe bien au-delà du désir de plaire, de m'enrichir ou de m'attirer louanges et remerciements. Tout cela m'indiffère, vous le savez, n'est-ce pas ?

Bentick arrêta sa marche à quelques pas de moi.

— Que cherchez-vous ?

— A rester fidèle à moi-même. Si je me souciais des mesquineries de mes semblables, je ressemblerais à un épervier enfermé dans un poulailler.

Il sourit.

— Avant d'agir, réfléchissez cependant. Les poules sont des volatiles cruels qui cherchent à se crever les yeux lorsqu'elles ont peur.

Je me retrouvai dans la rue. Le soleil jouait entre les nuages dans un ciel clair à la gaieté limpide. Maurice qui m'attendait ouvrit la portière de ma voiture. J'allais m'y installer quand une voix chaleureuse m'interpella par le nom de ma mère.

— Vous souvenez-vous de moi ? Je suis Cornelius Coelkoen. Nous nous sommes rencontrés à Constantinople.

30

— A aucun moment je ne t'ai imposé de rester à mes côtés. En es-tu convaincu ?

La lettre de Mareuil demeurait si présente dans l'esprit du comte qu'il voulait, une fois pour toutes, sonder le cœur d'Hélie. S'il devinait la moindre contrainte, il le persuaderait de partir aussitôt rejoindre sa famille.

Dans le salon, Frau Gertrude avait arrangé un bouquet de branchages que piquetaient les boules rouges du houx. Sur les étagères, à côté de manuscrits traitant de Kabbale et d'alchimie, s'alignaient les œuvres de Swedenborg et de Leibniz, quelques textes en langue tibétaine.

— Pourquoi veux-tu rester près de moi ? insista-t-il. Crains-tu de me laisser seul ? N'oses-tu pas m'avouer que tu souhaites partir ?

Stupéfait, Hélie observait son ami. Ces paroles en apparence bienveillantes lui signifiaient-elles son congé ? Qu'avait-il fait pour subir un tel interrogatoire ?

— Je reste avec vous, affirma le jeune homme, parce que nulle part ailleurs je ne pourrais être plus heureux.

Le visage de Saint-Germain s'illumina.

— Cela suffit.

Il tendit une main qu'Hélie serra avec vénération.

— L'amour des vieillards est embarrassant et la jeunesse n'en a que faire.

Dans le demi-jour, Hélie observait le profil net au nez accusé, au menton volontaire, la tête romaine surmontée de cheveux blancs drus comme une crinière, simplement ramassés sur la nuque et noués d'un ruban. Mais le sourire avait une douceur enfantine.

— Tu es le messager de ma jeunesse, celui de la vie que rien n'arrête. Tu as bien fait de m'accorder ta confiance. Ne prête pas attention aux bruits qui courront sur moi après ma mort. Willermoz te dira qui je fus.

— N'écrivez-vous pas l'histoire de votre vie ?

— Tu la liras mais ce que Willermoz te révélera aura une autre portée. Un instant, le comte garda le silence.

— J'ai reçu hier une lettre infâme du marquis de Mareuil. Veux-tu la lire ?

La question troubla Hélie. Ce qui venait de Paris avait toujours un goût d'amertume. Il se sentait délié de la promesse faite à son oncle de le suivre en Italie. S'il revenait en France, ce serait pour reprendre sa liberté. Solitude et pauvreté ne l'effrayaient plus. Il comptait maintenant une famille spirituelle, un père qui, même absent, le soutiendrait et le stimulerait.

— Déchirez-la, décida-t-il sans hésiter. La malveillance perturbe la paix de l'esprit.

Cornelius Coelkoen tira pensivement sur une pipe au fourneau d'argent ciselé.

— *Dans votre situation, je serais moins confiant.*

Pourquoi le duc de Choiseul renoncerait-il à vous persécuter ? Un seigneur humilié est pire qu'un loup.

— *Je ne suis pas français, il ne peut me jeter en prison.*

— *Croyez-vous ? Il est vrai que, pour vous faire arrêter, il faudrait au duc l'appui des Hollandais. Grâce au comte de Bentick, ce soutien pourrait lui faire défaut.*

L'excellent Cornelius avait pris en main la stratégie que je devais utiliser. Connaissant d'Affry, il tenterait de lui tirer quelques confidences afin de faciliter la tâche de Bentick, trop ouvertement lié à moi pour en solliciter sans attirer de soupçons. Il était évident que d'Affry remuerait ciel et terre pour plaire à Choiseul.

Je garde de cette époque de ma vie la nostalgie d'un échec dû tout autant à la confiance exagérée que j'avais en autrui qu'en une surestimation du pouvoir de mes qualités. J'avais accepté la mission du roi Louis XV, ne pouvant imaginer qu'il n'avait pas la réelle intention d'obtenir la paix et, trop impatient d'atteindre mon but, je m'étais jeté sans réfléchir dans une aventure où les vertus qui me semblaient fondamentales, franchise et honnêteté, n'avaient nulle place.

Ne doutant plus de la volonté du duc de Choiseul de me faire conduire à Lille sous bonne escorte, puis jeter en prison, je savais mon sort dépendre désormais de mes amis Bentick et Coelkoen.

Le jour même, je négociai deux mille florins, laissant en gage un rubis et une superbe opale. Le trésor offert par mon oncle s'amenuisait. Je ne possédais plus que quelques diamants de moindre valeur, trois émeraudes et deux saphirs de Ceylan. Quant à ma fortune, quoique encore appréciable, elle était déjà bien entamée.

La veille du jour où je devais revoir Bentick, Coelkoen me fit une courte visite pour m'apprendre que *d'Affry avait écrit à M. Astier, son très cher ami, le pressant d'obtenir ma prompte extradition vers la France. Il lui demandait en outre de veiller à ce qu'aucune banque d'Amsterdam ne me consente le moindre prêt.*

31

— Je ne renonce qu'à vous soigner, mon ami, nullement au bonheur de votre compagnie.

Lossau enleva sa houppelande où des plaques de neige s'attachaient encore.

— L'hiver n'en finit pas, soupira-t-il.

Une fatigue lancinante avait empêché le comte de Saint-Germain d'assister à la réunion de frères maçons tenue à Eckernförde deux jours auparavant.

— L'ambassadeur de France au Danemark a la petite vérole, il est au plus mal, annonça Lossau en tendant ses mains aux flammes.

Il était gelé. Décidément le jeune Hélie n'avait guère suivi ses conseils. Il ne devait guère faire plus de dix degrés dans ce salon.

— Nous sommes tous mortels !

— Venant de vous, cette remarque est plaisante ! s'exclama le vieux médecin.

La mine du comte l'atterrait et il devait faire effort pour cacher son inquiétude. Si longtemps droit, sec et vert, Saint-Germain ressemblait désormais à une momie prête à tomber en poussière. Du prince, il avait reçu un seul billet depuis les fêtes de Noël. Son retour à Eckernförde était prévu pour la fin de février. Saint-Germain serait-il encore là pour l'accueillir ?

— Hélie est sorti avec Gertrude pour acheter un poêle à bois qu'ils prévoient d'installer dans ma chambre. J'avais flairé cette conspiration depuis longtemps mais n'ai rien pu faire pour la déjouer.

En dépit des souffrances qui le rongeaient, la voix de Saint-Germain restait taquine, le regard malicieux. « Quel homme ! » pensa Lossau. Mais le vieux médecin du prince de Hesse rageait de n'avoir pu réussir à percer les secrets du comte. Il devait tenter quelque chose. Quel mal y avait-il à ruser pour le progrès de la science ?

— Puisque Frau Gertrude et Hélie sont absents, laissez-moi m'occuper de vous. Je vais faire chauffer un peu de lait bien sucré qui vous réconfortera.

Sans attendre de réponse, Lossau se dirigea vers la cuisine. La découverte du cagibi l'emplit de stupéfaction. Pots, fioles, boîtes sur lesquels étaient inscrits des caractères étranges s'y alignaient en ordre parfait.

D'une poche de sa veste, le vieux médecin tira la loupe qui lui servait à rédiger ses ordonnances. Que signifiaient ces épigraphes et en quelle langue étaient-elles rédigées ? En hâte, il déboucha un flacon, y trempa le bout de son index. La liqueur d'un brun doré collait à la peau. Il la flaira et, sans hésiter davantage, fourra le récipient au fond de sa poche. Puis, le cœur battant, il s'empara d'un sachet en papier rouge.

Des cristaux de glace collaient aux vitres de la lucarne donnant sur une cour. Dans la lumière grisâtre, Lossau chauffa le lait, prit au hasard deux tasses qu'il posa sur un plateau et, mis en belle humeur, se coula dans le corridor. Son larcin avait toutes les chances de passer inaperçu.

— Hélie sera mon unique héritier.

Lossau jeta un regard autour de lui. Dans cette succession, le pauvre jeune homme ne s'enrichirait guère ! Il ne voyait que de vieux bouquins, quelques bibelots démodés. Seul l'encrier d'argent de la marquise de Pompadour, un pastel représentant le roi Louis XV et la miniature aperçue au poignet du comte pourraient avoir quelque valeur.

— Si je mourais durant une absence d'Hélie, poursuivit Saint-Germain, brûlez mes papiers, à l'exception de ceux qui sont enfermés dans mon cabinet d'ébène, détruisez les fioles et boîtes de remèdes rangées dans ma cuisine, ils ne seraient utiles à quiconque. S'ils vous intéressent, prenez quelques-uns de mes livres et laissez les meubles à Frau Gertrude. Quant au prince, je lui écrirai une lettre qui sera mon adieu.

Bentick et Coelkoen s'employèrent avec ardeur a me disculper auprès des autorités et à faire apparaître au grand jour les intrigues de d'Affry et de Yorke. Leurs efforts me permettraient de choisir le lieu de ma résidence et non de fuir comme un paria. J'écrivis au maréchal de Belle-Isle pour lui exposer ma situation et solliciter ses conseils. J'en reçus une prompte réponse dans laquelle il me priait affectueusement de prendre mon parti de ce fâcheux malentendu. Le roi ainsi que Mme de Pompadour me gardaient leur amitié et leur confiance. Quant à d'Affry, je ne devais pas me tracasser. Seul, il ne pouvait rien contre moi. La froideur que lui avait témoignée le roi lors d'un récent voyage à Versailles devrait lui servir d'avertissement. Sentant le vent,

Choiseul, en bon courtisan, s'était détourné de son homme-lige. Bref, d'Affry ne montrerait plus le même zèle à me persécuter. Le ton plein d'humour m'attrista cependant. Les hommes haut placés manipulaient les consciences, l'honneur et la probité d'autrui comme des joueurs avides de gagner poussent des pions sur un échiquier. De mes déceptions, mes souffrances, nul n'avait cure à Versailles. J'avais honte, non d'avoir été trahi mais de ne pas avoir su comprendre assez tôt la pusillanimité de ceux qui se prétendaient mes protecteurs et mes amis.

L'inaction comme les mondanités m'étant devenues insupportables, je pris la décision au début de l'année 1762 de reprendre mes recherches sur les matières colorantes et d'ouvrir une nouvelle manufacture. Je gardais la conviction que de l'industrie naîtrait une grande prospérité pour l'humanité. Près de la frontière allemande, j'achetai à Ubbergen des ateliers désaffectés où je m'installais avec Tang et quelques ouvriers. Mon entreprise prospéra. La ville d'Amsterdam, la manufacture de porcelaine de Weesp firent appel à moi et se déclarèrent enchantées de mes services. Je ne voyais plus personne, vivais reclus entre ma chambre, le laboratoire et les ateliers. Sans doute n'étais-je destiné qu'à ces recherches silencieuses, ce travail acharné dans la solitude et la paix de la campagne hollandaise. Je retrouvais le temps de prier, de méditer et j'éprouvais la sensation heureuse d'avoir laissé derrière moi la tempête pour gagner un abri.

Mon cher Belle-Isle était mort mais d'autres amis m'écrivaient. Mes frères maçons et rose-croix me réclamaient. Un grade encore, et je pourrais prétendre devenir Grand Ecossais, Elu des rose-croix mais, quoique entreprenant une correspondance active avec Jean-Baptiste Willermoz et Martinez de Pasqually, d'origine juive portugaise comme moi, je n'assistais à aucune réunion. Là aussi, j'avais besoin d'un temps de réflexion. Leurs tentatives pour donner à notre ordre une dimension œcuménique me séduisaient. Si le duc de Brunswick acceptait de prendre la tête de cette branche nouvelle, j'étais prêt à le rejoindre aussitôt et à lui consacrer toutes mes forces.

Au printemps, Willermoz vint me visiter. J'avais côtoyé dans mes différentes loges cet homme extraordinaire qui se dépensait sans compter pour la cause maçonne. Très attaché aux Stuart, il avait fondé le Rite écossais rectifié, que j'avais rejoint et où nous avions œuvré main dans la main.

Le soir même de son arrivée, il me tendit un pli tracé en écriture cyrillique et recopié en allemand. La nouvelle tsarine Catherine, sœur maçonne, me demandait de la rejoindre aussitôt à Pétersbourg pour une mission secrète.

— Si la tsarine ne s'empare pas du pouvoir, m'expliqua Willermoz, de grands malheurs vont fondre sur le peuple russe dont le sort est déjà pitoyable.

Je passai le reste de la nuit à réfléchir.

— Imaginez-vous un refus possible ? me demanda Tang au matin.

Cette simple question me décida. Une fois encore, j'allais quitter tout ce qui me tenait à cœur pour aller de l'avant.

Laisser ma manufacture derrière moi fut un déchirement. Un sort funeste semblait peser sur mes entreprises. Après l'Allemagne, Chambord, je devais abandonner l'atelier hollandais et des ouvriers qui déjà faisaient merveille. Bien que Coelkoen m'assurât qu'il veillerait à la bonne marche de mes affaires, je ne me faisais guère d'illusion. Mon bon Cornelius était encore plus rêveur que moi.

L'enthousiasme de ma jeunesse m'avait quitté mais

ma sérénité perdurait. Par Bentick, j'avais approfondi mes connaissances sur la Russie. Si le tsar Pierre demeurait au pouvoir, c'en était fini de l'empire. Entre sa dévotion pour la Prusse et ses débauches, il n'accordait à son peuple que mépris.

Nos malles prêtes, Tang et moi prîmes la route avec Maurice comme cocher. J'avais acheté à La Haye une berline à quatre chevaux qui nous offrirait un relatif confort au cours de ce long voyage. Derrière moi, sous un ciel où couraient quelques lambeaux de nuages annonciateurs de mauvais temps, s'éloignaient la manufacture, mes terres, la bourgade. La voiture filait maintenant dans la plate campagne.

Après avoir traversé forêts et plaines, dormi dans des auberges inconfortables, nous atteignîmes enfin Saint-Pétersbourg.

Avec précaution Lossau versa dans une pipette la liqueur brune contenue dans le flacon. L'attention qu'il prêtait au moindre de ses gestes mouillait son front de sueur. Il allait chauffer, réduire, distiller, analyser comme au temps de sa jeunesse lorsque, jeune clerc en médecine, il s'activait à des travaux pratiques dans le laboratoire de l'université de Heidelberg. « Comment à mon âge puis-je nourrir encore l'espérance de nouvelles découvertes ? » songea-t-il en transvasant le contenu de la pipette dans le ventre de l'alambic. Le docteur était embarrassé de son larcin. Si par malchance le comte s'apercevait de la disparition de la fiole et du sachet, il accuserait Frau Gertrude qui viendrait se plaindre à lui. Faudrait-il alors avouer ?

Tandis que la liqueur bouillonnait, une vapeur parfumée s'éleva de l'alambic. La petite pièce sentait la camomille, la menthe, la muscade mêlées à une fragrance plus âcre, mais agréable. Lossau gonfla les narines. Devait-il se rendre à l'évidence ? La liqueur semblait composée d'herbes sauvages, certaines familières, d'autres inconnues. Où était l'ingrédient magique qui faisait du comte un guérisseur ? Du bout des doigts, il saisit une pincée de la poudre contenue dans le sac de papier et la posa sur sa langue : des racines pilées dont il ne reconnaissait pas le goût et du piment rouge à la saveur brûlante. Il était impossible que là soit le secret de Saint-Germain.

32

Le comte Pierre Rotari, Grand Maître de la Loge italienne et peintre officiel de la cour des tsars m'attendait à Saint-Pétersbourg. Aussitôt il m'informa des intentions de la tsarine. L'impératrice avait un pressant besoin d'argent pour mener à bien ses desseins. Me sachant lié à maints banquiers importants et l'ami de nombreux princes en Europe, Catherine m'avait choisi comme l'homme pouvant réussir l'impossible : obtenir soixante mille livres dans les plus brefs délais.

Je venais de m'éveiller dans la jolie demeure donnant sur la Néva que possédait mon ami. Il était tôt le matin. Sans me laisser le temps de me vêtir, Pietro Rotari m'avait entraîné, encore en robe de chambre, dans son cabinet de travail où brûlait un bon feu.

— Et que se propose d'entreprendre l'impératrice ?

Je n'étais pas aussi innocent que je voulais le paraître. Il était notoire que la jeune tsarine était bafouée par son mari et souvent menacée. Entre sa passion pour la Prusse et sa maîtresse Elisabeth, le tsar perdait la tête.

— Elle veut s'emparer du pouvoir avec l'aide des Orlov.

— Ce sont des aventuriers.

— L'impératrice est une aventurière, elle aussi. Ils

sont faits pour s'entendre. Et Gregor Orlov est beau comme un dieu.

— Et à quel titre agirais-je ?

— Vous rejoindrez le réseau italien de Saint-Pétersbourg qui vous soutiendra. Paul Nikita Panine, le gouverneur du tsarévitch, homme de grande influence sur l'impératrice, est d'origine italienne. Nous avons pensé à tout : vous serez M. Odard, Piémontais, alias comte de Saint-Germain. La princesse Aschkova, amie intime de Catherine, entrera en relation avec vous. Bien que sœur de la maîtresse du tsar, son dévouement pour notre cause ne peut être mis en doute. C'est une tornade qui renverserait des montagnes, une femme difficile, dominatrice, mais elle connaît tout le monde à Moscou comme à Pétersbourg. Par elle, vous serez introduit chez les Razoumowski et les Ioussoupov qui affermiront votre influence. D'autre part, Gregor Orlov qui a entendu parler de vous par Catherine tient à vous rencontrer aujourd'hui même.

Quoique ma résolution d'aider l'impératrice à s'emparer du pouvoir pour le bien de son malheureux peuple fût prise, j'étais abasourdi par l'ampleur qu'avait déjà pris le complot. Comment le tsar pourrait-il longtemps l'ignorer ?

Cette première journée, je pris le temps de faire quelques pas dans le quartier de mon hôte où s'élevait le palais impérial. Un coche d'eau remontait la Néva et s'apprêtait à accoster. Deux marins en blouse jetaient des filins à un troisième déjà sur la rive. Le bateau ressemblait à une arche de Noé où grouillait une cargaison humaine que rien n'abritait des intempéries. Entre ballots, caisses et bagages, se faufilaient des cochons et des chiens. A trois pas de moi, attendant qu'on les libère de leur harnais, les forts chevaux qui avaient halé le coche arrachaient l'herbe maigre poussant entre les pavés. A *mon côté, Tang s'amusait des facéties d'un petit singe, compagnon d'un mendiant. La Russie rapprochait mon inséparable ami de l'Orient et, au milieu de ces tuniques, chemises brodées et chapeaux d'astrakan, je le sentais plus heureux qu'à Paris ou à Londres.*

Sur le chemin du retour, je passai devant le palais impérial. Des ondes angoissantes s'en dégageaient. A l'intérieur de ces murs, la haine régnait en maîtresse absolue. « Les âmes qui vivent là sont toutes captives de leurs ambitions et de leurs vices, chuchota Tang derrière moi. Aucune ne se libérera. »

— Vous voici enfin, mon cher comte ! tonitrua Gregor Orlov. Est-il vrai que vous êtes le fils d'un grand seigneur des Carpates et d'une sorcière ?

L'imposante stature me dominait de deux pieds. J'éprouvai pour le favori de la tsarine une immédiate antipathie. Orlov était un homme aimable mais capable de tuer un moujik ou un juif à coups de canne si la fantaisie l'en prenait. Je coopérerais avec lui et sa famille en évitant toute familiarité.

Il éclata de rire et m'entraîna dans sa chambre où une petite femme joufflue, assise sur une bergère, patientait. « Princesse Aschkova, se présenta-t-elle en me tendant une main gantée de mitaines roses. Nous vous attendions avec impatience, cher comte. »

En quelques mots, la princesse me résuma la situation. Le tsar, amant de sa sœur, la comtesse Elisabeth Vorontzov qu'elle détestait, avait perdu toute mesure et proférait des menaces de plus en plus virulentes contre l'impératrice, affirmant désormais publiquement qu'il n'hésiterait pas à s'en débarrasser. Empêchée par une grossesse et un accouchement clandestin le mois précédent, la tsarine restait sur la défensive, tout en regroupant autour d'elle ses amis les plus fidèles. Les frères

Orlov, le comte Panine, Bibikov, officier aux gardes, mais aussi certains membres des plus grandes familles comme les Ioussoupov, tous attendaient l'occasion propice pour agir.

La fièvre du complot faisait briller les yeux noirs de cette femme volontaire.

— Hormis les démarches pour rassembler un trésor de guerre, qu'attendez-vous de moi ? demandai-je.

— Pietro Rotari ne vous l'a pas dit ? s'étonna-t-elle. Vous vous introduirez dans le cercle de la plus haute noblesse afin de réunir discrètement autant de partisans que possible. Il faut isoler Pierre. Aucun repli ne doit lui être possible lorsque le moment d'abdiquer sera venu.

— Votre frère, madame, ne commande-t-il pas le régiment Preobrajenski dévoué au tsar jusqu'à la mort ?

— Je constate, monsieur, remarqua-t-elle, que vous êtes déjà familiarisé avec nos alliances comme nos inimitiés. Voilà du temps gagné. Mais l'impératrice a pour elle le droit, la morale et la sauvegarde de notre religion. Oublions ma famille, voulez-vous.

Gregor Orlov, qui jusqu'à présent avait gardé le silence, intervint avec fougue.

— Katiocha omet de vous préciser que mes frères et moi-même avons comme allié le général Menchikov, destitué par le tsar au profit de cet imbécile de Vorontzov. Il est resté très populaire dans son ancien régiment.

Orlov s'était levé et arpentait sa chambre de long en large. Soudain il frappa sur une table et tonna :

— Et qu'importe ! Je suis prêt à mourir pour la tsarine.

Cet homme, une force de la nature, pouvait à la fois nous servir et nous nuire mais, amant adoré de Catherine, il était un allié incontournable, l'âme de ce complot.

La princesse m'expliqua que, puisque j'avais été l'ami du roi Louis XV et de Mme de Pompadour, aucune *famille russe ne me fermerait ses portes. J'aurais donc une position privilégiée pour élargir le réseau des conspirateurs et leur indiquer la marche à suivre lorsque le grand jour serait arrivé.*

— Prochainement vous serez présenté à la tsarine, m'assura-t-elle. Mais auparavant faites-vous remarquer à Saint-Pétersbourg afin que son invitation ressemble à une simple marque de curiosité envers le fameux Odard. Les espions de Pierre sont partout.

Elle me tendit de nouveau sa main menue gantée de soie rose. L'entretien était terminé. Orlov tint à me raccompagner jusqu'à l'entrée de sa demeure. Katiocha exerçait manifestement sur lui un grand empire car il ne cessa de vanter son courage.

— Elle vous a fait les yeux doux, plaisanta-t-il en éclatant de son rire énorme. Profitez-en, on affirme que c'est une sacrée luronne !

— Je vais y réfléchir, assurai-je. Mais le temps va me manquer pour les galanteries.

Le géant s'immobilisa.

— Les femmes, mon cher comte, n'aiment rien tant que la vulgarité. Plus elles sont de condition élevée, plus un amant brutal les séduit.

Il m'adressa un clin d'œil qui me rebuta.

Le 5 juin, je reçus un billet du palais impérial. Catherine m'invitait dans ses appartements à trois heures de l'après-midi. La princesse Aschkova m'y conduirait.

Très vaste, la chambre d'apparat était meublée des créations les plus modernes des ébénistes parisiens. Au coin de l'immense cheminée au manteau de marbre blanc sculpté d'angelots portant des guirlandes de fleurs, deux confortables bergères suggéraient d'amicales conversations. Une table à ouvrage, une commode d'ébène aux lourdes ferrures de bronze, un lit drapé à la polonaise de soie bleu pervenche festonnée d'or formaient un ensemble élégant et sans raideur à l'image de la tsarine.

Catherine me souhaita la bienvenue. Puis, sans perdre davantage de temps, m'interrogea sur son avenir.

— Vous êtes un sage, m'a-t-on affirmé, un homme capable de percer les secrets du futur.

— Je ne suis, Majesté, qu'un homme au-dessus des ambitions de ce monde, un observateur sans illusions mais convaincu que les forces du bien peuvent l'emporter, pour peu qu'on veuille les imposer au prix d'une grande abnégation et d'un réel courage.

L'impératrice avait un visage dont l'énergie presque farouche pouvait passer pour de la dureté mais, quoique pleinement maîtrisée, la voix chaude contredisait cette impression première.

— Quel avenir me voyez-vous, monsieur de Saint-Germain ? insista-t-elle.

A maintes reprises, j'avais résisté aux fréquentes sollicitations de la marquise de Pompadour, comme à celles de l'inénarrable Jeanne d'Urfé qui m'en avait gardé une aigre rancune. Mais mon devoir ce jour-là était d'aider cette jeune femme sur laquelle pesait la plus écrasante responsabilité afin qu'elle puisse mener à bien sa courageuse entreprise. Je voyais d'un côté une Russie misérable, moquée et ruinée par son tsar, précipitée dans d'absurdes guerres, de l'autre une princesse intelligente et déterminée en face d'un colossal pari : ouvrir son pays au monde, y développer l'industrie et les arts, instituer une véritable justice.

— Madame, déclarai-je, laissez-moi un coin où je puisse me retirer.

Katiocha me conduisit dans le cabinet de toilette de la tsarine où flottait une délicate odeur ambrée. Je refermai la porte. Derrière les fenêtres, une brise fraîche semblait aviver le bleu du ciel, les feuilles nouvelles d'un *vert tendre, les rangées de pensées, de giroflées, d'iris et de mufliers si savamment ordonnées. Mais, peu à peu, les visions qui s'imposaient à moi devinrent les seules réalités.*

— La victoire est donc assurée ?
— Elle l'est, Majesté. Mais de cette victoire vous incombera une très lourde tâche. Faites-y face avec courage.
— Personne n'a à me donner de leçons, rétorqua l'impératrice.
— Songez à votre ancêtre Pierre le Grand, poursuivis-je en ignorant son sursaut d'amour-propre. Il est proche de vous et vous aidera.
— Les âmes reviennent donc sur terre ?
— Les âmes n'ont pas à voyager, madame. Elles sont partout et nulle part, omniprésentes et éternelles.
L'impératrice eut un rire moqueur.
— N'engagez pas cette conversation avec les prêtres ou ils feraient chauffer leurs brasiers.
— Les opinions contraires finissent par se rejoindre, Majesté. Ce n'est pas ce qu'il faut croire qui importe, mais ce que l'on croit dans le secret de sa conscience.

Je gardai une impression profonde de cette visite à la tsarine au cours de laquelle elle me révéla spontanément ses plans. L'aveuglement causé par ses passions paralyserait certainement le tsar et les conjurés comptaient sur sa lâcheté pour gagner les quelques instants nécessaires à la victoire. Mon rôle, m'avait-elle affirmé, serait d'assurer la coordination entre les conspirateurs et leurs sympathisants. Rien ne devait être laissé au hasard.
En prenant congé, j'avais remis à Catherine l'argent tiré de la vente de mes ultimes joyaux.
— Je me souviendrai de ce geste, avait-elle assuré.

Nous achevions de souper ce 9 juin quand la princesse Aschkova fit irruption dans la salle à manger de Pietro Rotari. Le désordre de sa mise, sa voix et ses gestes indiquaient la plus grande agitation. Mon hôte lui fit avancer un siège qu'elle refusa.

— Je ne reste qu'un instant. Tenez-vous prêts.

D'une seule traite, elle nous narra les événements survenus lors du banquet offert par le tsar pour célébrer la ratification de son traité avec la Prusse. L'empereur avait proposé trois toasts : l'un à sa famille, l'autre à Frédéric II, le dernier à la paix. Selon l'étiquette, l'impératrice assise à l'autre bout de la table devait lever son verre pour le premier toast. Avec beaucoup de grâce, Catherine s'exécutait quand le général Goudovitch, fort gêné, vint lui demander au nom du tsar pour quelle raison elle demeurait assise. « Parce que la famille impériale ne comprenant que Sa Majesté, notre fils et moi-même, je ne peux concevoir d'avoir à me lever », répondit la tsarine d'un ton calme. Plus mort que vif, Goudovitch vint transmettre la réponse à Pierre dont les yeux s'injectèrent de sang. « Va lui dire, clama-t-il, qu'elle n'est qu'une imbécile, la famille impériale comprend également mes deux oncles Holstein ici présents. » Le pauvre général restant paralysé par l'épouvante, le tsar se leva alors et, appuyé sur l'épaule de sa catin, vociféra en fixant Catherine : « Tu es une imbécile. » Chacun autour de la table sembla frappé par la foudre. Puis les regards se portèrent sur la tsarine. Pétrifiée, les larmes aux yeux, elle eut le courage cependant de se tourner vers son voisin pour lui demander avec grâce une anecdote amusante susceptible de la distraire. Stroganov s'exécuta aussitôt tandis qu'un rictus ressemblant à un sourire apparaissait sur les lèvres de l'impératrice.

Déjà Katiocha avait regagné la porte. Je la suivis jusqu'à sa voiture.

— Chaque jour compte, m'assura-t-elle. Stroganov vient d'être banni de Saint-Pétersbourg. Le prochain coup sera pour la tsarine.

Longtemps je restai sur le trottoir, le regard perdu dans la direction de la calèche qui venait d'emporter à vive allure la princesse Aschkova. Si Catherine tergiversait, le tsar aurait le temps de se faire couronner rendant de facto *sa personne sacrée.*

33

Saint Germain referma le livre qu'il venait d'ouvrir. Maintenant il ne quittait plus sa chambre où Hélie venait le rejoindre à la tombée du jour. L'un après l'autre, les sceaux se brisaient. Le septième, l'ultime, fermerait le manuscrit qu'il achevait. Alors il serait libre, déchargé du fardeau qu'était devenu le moindre geste.

Janvier s'achevait. La lumière se faisait plus légère, presque gaie parfois lorsque le soleil parvenait à percer les nuages. A la neige avaient succédé de fortes ondées qui faisaient suinter les murs, déborder les égouts.

Indifférent soudain à des conversations qui jusqu'alors les avaient l'un et l'autre enchantés, Lossau ne venait plus le visiter. Il n'en éprouvait pas de déception. Tout se détachait de lui. Des souvenirs légers passaient furtivement dans sa mémoire : quelques conversations, des bribes de mélodie, l'odeur des roses dans le jardin du palais des tsars à Saint-Pétersbourg, la vision gracieuse du panache mousseux des plumes fichées sur les chapeaux des dames à Trianon.

Hélie secoua ses galoches sur le pas de la porte. Il était fourbu. Poussant ses promenades de plus en plus loin, il lui arrivait maintenant de sortir de la ville et de suivre d'un pas vif labours ou vergers jusqu'à la lisière de la forêt. Il songeait à son ami. Plus impénétrable était son mystère, plus forte était l'attirance qu'il exerçait sur son imagination. Avide d'idéalisation, sa jeunesse aspirait à quelque révélation extraordinaire qui viendrait confirmer les certitudes accumulées durant leur longue intimité. Depuis son enfance, les travers des autres, leur mesquinerie l'avaient convaincu que nul n'était digne d'amour. Mais soudain un modèle se proposait à lui et il était prêt pour l'imiter à investir le meilleur de son imagination et de son cœur.

A pas feutrés, le jeune homme monta l'escalier. Nul bruit ne provenait de la chambre du comte. Il allait préparer sa tisane, y ajouter un biscuit, une branchette encore parée de ses feuilles roussies cueillie au bord d'un chemin, tenter d'imaginer d'autres discrètes attentions. Puis à l'angélus du soir, le cœur battant, il toquerait à la porte comme chaque soir.

Frau Gertrude avait préparé une soupe au choux, un hareng, un ragoût de porc dont l'odeur lourde investissait la maison. Cette nourriture ne lui plaisait plus guère et il déplorait de ne pouvoir comme Saint-Germain se contenter d'un fruit et d'un bol de gruau.

Hélie versa l'eau bouillante sur la poignée de fleurs et de feuilles séchées tirée d'un sac rangé sur l'étagère de l'arrière-cuisine. Il allait poser le plateau devant la porte du comte puis regagner sa propre chambre pour faire toilette. Jamais il ne se présentait à son ami sans gilet, bas et cravate. Ce simple respect des bienséances était devenu geste d'amour.

— *Le tsar a quitté Pétersbourg pour Oranienbaum, m'apprit un matin Pietro.*

— *Avec sa garde ?*

— *Pas encore. Mais celle-ci s'apprête à partir pour le front danois. Le début des opérations est prévu à la fin du mois de juillet.*

— *Le tsar ne se fera donc pas couronner avant cette absurde campagne !*

Nous nous réunîmes à Saint-Pétersbourg Pietro, la princesse Aschkova, le comte Panine, les Orlov et moi-même. Tout en affichant vis-à-vis du monde l'attitude la plus banale, nous vécûmes une semaine d'extraordinaire agitation. Chaque soir, je me rendais à quelque réception, sachant que le reste de la nuit serait consacré à échafauder des plans dans le moindre détail. Gregor et Alexis Orlov, filés par un policier aux ordres du tsar, avaient pu gagner cet espion à leur cause, moitié par des paroles convaincantes, moitié grâce à une bourse bien pleine. Mais ils redoublaient de prudence.

Cependant les choses n'avançaient pas aussi vite que nous le souhaitions. Chaque décision entraînait un nouveau choix que nous devions arrêter après force débats. Gregor Orlov s'emportait. Tout autant que son amour pour l'impératrice, sa passion pour l'action le rendait réticent aux hésitations et compromis. Sans cesse il réclamait d'interrompre nos palabres pour fondre sur l'ennemi, sabre à la main.

J'étais l'élément modérateur. Le fruit pourri se détacherait seul de la branche sans que personne ait à secouer l'arbre. La perspective d'un carnage me faisait horreur et je savais que de la violence naîtrait une chaîne sans fin de nouvelles brutalités. Si pour Orlov l'existence d'un moujik n'avait guère d'importance, à mes yeux elle était sacrée.

A l'aube, les yeux rouges de fatigue, nous nous sépa-

rions. Katiocha s'impatientait : « *Sommes-nous à trois jours ou à trois ans de la révolution ?* » Orlov renâclait, Panine usait de subterfuges pour ne rien décider. L'absence d'égalité d'âme, si nécessaire à une entreprise de cette sorte, m'effrayait.

La première étape de notre plan put enfin se réaliser. Catherine partit pour Peterhof, laissant derrière elle le tsarévitch qu'on devait pouvoir présenter aussitôt à la garde en cas de soulèvement. Bâti à sept lieues de Pétersbourg, le palais d'été de Pierre le Grand était plus discret que la résidence impériale. Au fond du parc, isolée et facile d'accès, le tsar avait fait construire une jolie demeure dans l'esprit du Trianon, constituée par un corps de bâtiments entouré d'une galerie et flanqué de deux ailes. On pouvait y entrer et sortir par la forêt ou la rivière sans attirer l'attention. La princesse Aschkova fit suivre le carrosse de l'impératrice par une berline d'un modèle courant attelée de quatre chevaux et conduite par un cocher qui lui était dévoué. Son rôle était d'attendre à l'écart pour faciliter une fugue éventuelle de l'impératrice.

Pendant quelques jours, aucune nouvelle de Peterhof ne parvint à la capitale. Chaque soir, nous nous retrouvions, les Orlov, Panine et moi-même chez Katiocha, ressassant les mêmes calculs chronologiques que rien ne venait corroborer ou infirmer. Etranges moments où nous soupions comme de vieux amis, prêts à tout instant à sauter en voiture. Chaque meuble, chaque tenture, jusqu'aux bouquets de fleurs de cette salle à manger restent gravés dans ma mémoire... Deux tapisseries des Gobelins représentant des scènes de chasse au cerf se faisaient face derrière des consoles surchargées de pièces d'argenterie. La table, de seize couverts, était anglaise entourée de ses chaises d'un style à la mode au temps de la reine Anne. La pièce embaumait une odeur forte de musc, de bois de *santal et de cuir. L'or du soleil de juillet tournait au rouge tandis que les domestiques apportaient pièces de viande, ragoûts, entremets moulés ruisselants de crème. La nuit gagnait. A bout d'impatience, Gregor Orlov jetait sa serviette et quittait la table pour aller et venir à grands pas, s'arrêtant parfois devant l'une des trois fenêtres donnant sur le parc qu'il fixait dans une contemplation muette. Puis à nouveau il s'enflammait, interpellait le tsar, insultait un domestique. Sous l'effet du vin et de la vodka, Katiocha, elle aussi, s'enfiévrait, son imagination bâtissait de tortueux rebondissements, entrevoyait de sanglantes répressions. Seul le comte Panine, gouverneur du tsarévitch, restait morose, toujours craintif qu'un événement imprévu ne vienne ruiner nos plans. Enfin, alors qu'on servait le thé, chacun se tournait vers moi, l'homme censé tout savoir, tout deviner, le magicien de service. Point n'était besoin par ailleurs d'être sorcier pour les rassurer. Quelques mots raisonnables suffisaient.*

Le soir du 8 juillet, nous attendîmes les Orlov jusqu'à la nuit, puis, alarmés, renonçâmes à dîner pour prendre du thé sur la terrasse. Un vent chaud venant de la Néva soufflait des remugles de vase. L'horloge sonna dix heures.

— Mes amis, tonna soudain la voix du beau Gregor, le sort en est jeté !

Nous apprîmes qu'un capitaine rallié à notre cause avait été arrêté. Pris de vin, cet imbécile avait tenu des propos subversifs sur le tsar. On l'avait jeté en prison et il serait interrogé à l'aube.

— Passek parlera, s'alarma Katiocha, la police du tsar sait se montrer persuasive.

— Que pouvons-nous faire ? maugréa Panine. Le tsar a trois mille soldats à sa dévotion. Voulez-vous déclencher la guerre civile ?

— *Ces gens-là sont des têtes brûlées, nota la princesse Aschkova.*

— *Ce sont mes amis, vociféra Grégor. Ils se mutineront. Oseriez-vous douter de moi ?*

Panine hocha la tête.

— *Je vais me coucher, soupira-t-il. Demain nous y verrons plus clair.*

Je l'accompagnai jusqu'au vestibule.

— *Monsieur, me confia-t-il, Orlov ne pense qu'à l'impératrice et à la gloire. Il est prêt à mourir plutôt que de rester obscur. Moi, je dois protéger le tsarévitch.*

Je regagnai la terrasse pour trouver mes amis en effervescence. Alexis Orlov allait partir à bride abattue pour Peterhof et convaincre l'impératrice de regagner sa capitale dans la discrète berline mise à sa disposition. Aussitôt à Pétersbourg, Catherine se rendrait à la caserne Ismaïlovski où le régiment, le seul sur lequel on pouvait compter, la proclamerait souveraine. Pendant ce temps, Gregor, Fedor et Vladimir galoperaient d'une caserne à l'autre pour exhorter les troupes et tenter de les gagner à la cause de la tsarine. Alexis allait sortir quand Gregor l'arrêta.

— *N'alarme pas Catherine. Dis-lui que nous tentons une chance, pas une révolution.*

Ordinairement tonitruante, la voix du géant s'était faite douce. Il était indéniable que cet homme aimait l'impératrice et n'agissait pas, comme le craignait Panine, par seule ambition.

— *Qu'importe les inquiétudes de Catherine, nos vies à tous sont menacées !*

Dressée sur ses ergots, la princesse Aschkova regardait avec défi Orlov dont elle n'atteignait pas l'épaule.

Cette révolution était bien étrange : un amant fougueux, un précepteur philosophe, une jeune femme cons-

piratrice dans l'âme et moi-même jeté là par le hasard prodigieux de ma destinée.

— Courez réveiller Taubert, l'assesseur de l'Académie des sciences, poursuivit Katiocha d'un ton sans appel. Il y a une presse dans les sous-sols de l'Académie. Qu'il réunisse une poignée d'imprimeurs prêts à composer le texte d'un manifeste annonçant le coup d'Etat. Le modèle est prêt.

— Et s'il refuse ? railla Orlov.

— On ne refuse pas d'emprunter la seule planche qui franchit le précipice.

De retour à la demeure de Pietro, l'anxiété m'empêcha de dormir. J'en fus contrarié car ce manque de maîtrise m'était inhabituel. Je tentai de méditer mais, échappant à toute discipline, mon imagination me faisait voir sans cesse Alexis Orlov accompagné de son lieutenant Bibikov galopant à bride abattue sur la route de Peterhof.

Dès l'aube, je rejoignis Grégor devant la caserne Ismaïlovski. La matinée d'été s'annonçait radieuse. Ma voiture croisa des carrioles chargées de primeurs, un troupeau de porc poussé par deux moujiks pieds nus, tout un petit peuple affairé et indifférent aux événements qui se tramaient.

Après une longue attente, nous vîmes enfin arriver non pas la modeste berline, mais un carrosse portant le blason du prince Bariatinski. Gregor s'était raidi. Je voyais son visage décomposé scrutant la portière qui n'allait pas tarder à s'ouvrir. A peine coiffée, l'impératrice en jaillit. Elle portait une robe noire enfilée à la hâte car on n'avait pas même pris la peine d'y épingler un fichu ou d'y nouer un ruban. Ainsi vêtue, elle ressemblait à une nonne. « Mes chevaux allaient s'abattre, expliqua-t-elle. Le prince m'a recueillie au bord de la route. »

Silencieuses, tendues, les troupes attendaient. « Messieurs, clama la tsarine, l'empereur ayant ordonné de m'enfermer avec mon fils, je viens me mettre sous votre protection. » Des hourras, et des « Vive notre petite mère ! » fusèrent aussitôt. La poussière soulevée par un vent tiède piquait les yeux, irritait les gorges. On discernait la robe noire de Catherine, l'éclat des sabres, la frange d'or d'un étendard. Soudain un mouvement se fit dans la troupe. Officiers et soldats s'écartèrent pour laisser le passage à un pope barbu, tenant à la main une croix incrustée de topazes. Les yeux dans ceux de sa souveraine, le père Alexis Mikhaïlov avançait à pas lents. On n'entendait plus un souffle. Alors Catherine tomba à genoux tandis qu'accompagnant de la croix son ample geste, le pope la bénissait. De rang en rang, le cri monta, grandit, s'imposa comme un roulement de tonnerre : « Vive notre souveraine ! Vive la tsarine Catherine ! »

— Madame, clama le comte Cyrille Razoumowski, commandant des Ismaïlowski, mon régiment et moi-même nous mettons sous vos ordres.

Je me tenais derrière l'impératrice. Elle se retourna et me vit.

— Restez, murmura-t-elle. Vous me portez bonheur.

Déjà Orlov l'entraînait vers la caserne Seminovski où elle reçut les mêmes ovations. Il semblait qu'un vent de folie soufflait sur Pétersbourg. Grossie de l'escadron des chevaliers-gardes, corps d'élite traditionnellement au service du dernier prince régnant, la marche triomphale de la tsarine se poursuivait. Enfin nous atteignîmes la caserne, celle des Preobrajenski commandée par Simon, le frère de Katiocha et de la favorite dont il avait entièrement épousé la cause. Qu'il ordonne d'ouvrir le feu, et nous étions perdus. Les deux troupes se faisaient face. En *tête de ses Preobrajenski, Simon Vorontzov tergiversait. Tirer sur l'impératrice qu'il haïssait était une décision irrémédiable, difficile à prendre sur-le-champ. Cette brève réticence le perdit. Le dos encore droit, les cheveux blancs décoiffés par le vent, paré des multiples décorations glanées sur les champs de bataille au service de la Russie, le général Menchikov que Pierre III avait limogé des Preobrajenski pour imposer Simon jaillit de la foule et s'empara du drapeau des tsars qu'il éleva au-dessus de sa tête. « Vive notre tsarine ! » s'écria-t-il. Durant quelques secondes, un profond silence régna puis, comme une vague monte, enfle, s'enroule et déferle, d'une ligne à l'autre du régiment, emplissant la caserne tout entière, l'ovation éclata : « Vive notre petite mère Catherine ! Vive la tsarine ! »*

— Rendons-nous à Notre-Dame-de-Kazan, commanda l'impératrice d'une voix de souveraine.

Prévenu par Katiocha, l'archevêque de Novgorod l'y attendait pour lui donner sa bénédiction solennelle. Sous la voûte s'étaient massés les Ioussoupov, les Bibikov, les Daschkov, les Razoumowski, les Bariatinski, toute la noblesse russe, vêtue à la hâte, parfois encore en tenue du matin. Du maître-autel montaient des volutes d'encens entourant l'archevêque paré d'une chasuble de satin blanc où des roses d'or mat s'enroulaient à la croix.

Nous pénétrâmes dans la cathédrale, Gregor Orlov, Katiocha, la dame d'honneur et moi derrière l'impératrice qui remonta lentement le chœur. Le bourdon se mit à sonner. De proche en proche, d'abord simple murmure, les acclamations fusèrent : « Vive l'impératrice ! » N'accordant ni signe ni regard à ceux qui l'ovationnaient, Catherine allait tête droite vers l'archevêque qui l'attendait sous le grand dais pourpre du chœur garni de crépines d'or.

— Monseigneur, déclara-t-elle d'une voix claire, j'implore votre bénédiction.

« *Le tsarévitch, le tsarévitch !* » *L'exclamation volait de rang en rang. Déjà agenouillée, Catherine détourna la tête. Tenant le petit Paul encore en tenue de nuit par la main, le comte Panine remontait la travée centrale de la cathédrale. En signe de joie et d'espoir, chacun sur son passage allumait un cierge. Leurs éclats menus accompagnaient la marche triomphale de l'enfant et de son précepteur, petites lumières mouvantes piquant d'étincelles comme un ciel d'été l'espoir de tout un peuple.*

— Je salue, proclama l'archevêque, la souveraine toute-puissante Catherine II et le souverain grand-duc et héritier Paul Petrovitch. Que Dieu les bénisse et leur accorde la Gloire et la Sagesse d'un long règne.

Dans la volée des encensoirs, les orgues éclatèrent. A genoux derrière l'impératrice et son fils, je songeais que l'ambition, l'amour de la gloire étaient les plus beaux artifices créées par notre monde matériel pour leurrer les hommes.

L'emprisonnement puis l'exécution du tsar déchu me consternèrent. En me rangeant aux côtés de Catherine, j'avais contribué à l'élimination de Pierre : les lois immuables de cause à effet régissant le moindre de nos actes s'appliquaient également aux miens. Mais j'avais obéi à une nécessité qui dépassait les tourments de ma conscience, suivi une force surpassant de loin tout intérêt particulier. Le but essentiel était d'assurer le progrès du monde dont nous faisions partie et au sein duquel nous nous achevions.

La plume tomba de la main du comte de Saint-Germain. Dans le lointain, il apercevait un ciel gris où galopaient des nuages poussés par le vent d'ouest.

La chambre était obscure, trop silencieuse. C'était fini. Il n'avait plus de forces.

Lorsque Hélie pénétra dans la chambre à sept heures sonnantes, il trouva le comte inerte devant sa table de travail. Aucun feu ne brûlait dans l'âtre. Les quelques aliments posés sur le plateau n'avaient pas été touchés.

— Êtes-vous souffrant ? s'inquiéta le jeune homme.
— Je ne peux plus écrire.

Hélie approcha. En tombant sur le sol, la plume avait jeté son encre sur le tapis de corde. Prestement, le jeune homme tira de la penderie une robe de chambre, la posa sur les épaules de son ami, mit le feu aux brindilles posées sous les bûches.

— Je vais vous préparer du thé, décida-t-il.

Devait-il appeler Lossau, puis écrire au landgrave ? Il était évident que le comte était au plus mal. Mais accepterait-il une présence importune ? Un flot brusque d'émotions submergea le jeune homme. Le désir de Saint-Germain serait de le savoir seul à son chevet. C'était un fardeau bien cruel à porter. En aurait-il la force ?

Lorsqu'il regagna la chambre, la théière entre les mains, le comte sommeillait près du feu, sa silhouette ratatinée tassée sur elle-même. Il ressemblait à un enfant.

— Buvez, pria Hélie et dites-moi quel remède je dois vous préparer.
— Aucune médecine n'empêche la mort de venir à son heure. Je l'attends avec sérénité. Viens près de moi.

Hélie approcha une chaise.

— Je ne peux plus écrire, murmura Saint-Germain et cependant je dois achever mon manuscrit.
— Dictez-le-moi, souffla Hélie.

La voix du comte était à peine audible et l'effort

que faisait le jeune homme pour ne pas perdre un mot crispait sa main sur la plume.

Comme je repoussais ses avances de plus en plus enflammées, la princesse Aschkova, désormais la dame la plus influente de l'empire après la tsarine, décida mon départ de Pétersbourg. Ce bannissement s'accordait avec mon désir de quitter la Russie. Ma mission achevée me laissait un sentiment trouble. J'étais désireux de regagner un lieu où je pourrais réfléchir et travailler. L'impératrice ne tenta rien pour me retenir et annula même l'audience que j'avais sollicitée pour lui faire mes adieux.

Tang et moi partîmes pour l'Italie où nous voyageâmes pendant deux années puis à travers la Grèce, la Turquie, la Syrie et l'Irak, rejoignîmes le golfe Persique, l'Inde et enfin, le but de notre voyage, le Tibet. Je ne voulais ni ne pouvais me rendre ailleurs.

34

— Es-tu las d'écouter, mon fils ?

Un instant, Hélie était resté pensif. Ne la rattachant à aucune référence, la dictée du comte le déconcertait. Il parlait d'Inde, de Tibet, de l'impératrice de Russie, évoquait un monde qui lui paraissait fanstamagorique. Dans la solitude des mois d'hiver à Eckernförde, le jeune homme s'était forgé des convictions : maçon, guide de personnages influents, généreux bienfaiteur offrant ses remèdes aux pauvres, infatigable chercheur dans tous les domaines scientifiques, alchimiste, musicien, les différentes facettes de la personnalité de Saint-Germain s'accordaient sans contradiction. Et soudain ce bel échafaudage se trouvait ébranlé. Les princes qu'il croyait ses protecteurs s'étaient détournés de lui, ses amis l'avaient abusé. Tant d'ingratitude et d'injustice était-il possible ?

— Le croyez-vous réellement ? murmura-t-il enfin.

— Alors poursuivons, décida Saint-Germain.

A Lhassa, je retrouvai l'essentiel : la paix des moments de prière, la fraternité, le tintement des gongs soulignant le silence, mais aussi l'odeur des herbes sauvages, celles des fumées montant le soir de la vallée. J'étais devenu un vieux lama, un maître instruisant enfants et adolescents comme Konchog Pema m'avait instruit autrefois.

L'été, je pris à cœur d'herboriser en compagnie des enfants du monastère. Sur le flanc de l'Himalaya, nous voyions progresser les yaks chargés des tentes des nomades, filer des antilopes. Du doigt, un des garçonnets me désignait un vol d'oies sauvages, un autre le museau pointu d'un chien de prairie émergeant de son terrier. Nos hottes sur le dos, nous traversions des champs semés de myriades de fleurs sauvages dont l'odeur sucrée nous grisait. En forcissant, le vent apportait les effluves d'un camp voisin : bois brûlé mêlé au suif de mouton et à la bouse de yak. Nous faisions alors demi-tour et regagnions la gompa, les yeux et le cœur emplis de la magnificence du monde.

L'hiver, ma fenêtre ouverte face à la formidable muraille blanche dont les pics s'enchevêtraient aux nuages, désormais à mille lieues des intrigues du monde, je méditais et priais. Le roi de France, la tsarine Catherine devenaient des ombres incertaines que j'avais tenté, en vain peut-être, de guider. Mais une simple graine, si insignifiante soit-elle, pouvait germer et après un long repos s'épanouir en buissons de fleurs.

Nous fêtâmes la nouvelle année. Selon la tradition, les populations de Lhassa gravirent en procession l'étroit chemin menant aux monastères, des masques effrayants sur le visage : crânes sardoniques, goules, monstrueuses têtes d'animaux aux yeux exorbités et gueules béantes, avant d'exécuter devant nous les figures compliquées des danses destinées à chasser les démons et tous les maux de l'année écoulée. La coutume était d'offrir aux moines des boulettes de tsamba, des bols de riz épicé, du thé très sucré. J'avais la certitude d'assister à ces cérémonies pour la dernière fois.

Alors que je méditais, un matin de printemps, je compris que le moment était venu de dire adieu pour toujours à ma gompa et au Tibet. Mon corps me quittait et se désagrégeait comme un songe. Ma mission était achevée, j'étais libre désormais de rédiger mon testament spirituel, de dire adieu aux miens et de quitter cette terre à jamais. Cependant je suppliai Tang de dissocier nos destins. Le sien était au monastère où il devait achever ses jours dans la sérénité. Il refusa. Séparer deux rameaux d'une même branche en plein cœur de l'hiver était insensé, me déclara-t-il, car ni l'un ni l'autre ne pourraient survivre à cette amputation.

Je partis comme on meurt, l'esprit serein, mais le cœur brisé de quitter ce coin de terre où j'étais revenu au monde. Mon âme y demeurait cependant. Pour la rejoindre je n'aurais plus à entreprendre d'épuisants voyages. Dans le vent, dans la montagne, le long des plaines immenses parsemées de rocs, de lichens et de fleurs, je serais présent à jamais.

Le comte s'interrompit. Les yeux creux, le teint blafard soulignaient l'épuisement qui altérait la voix.

— La respiration me manque, soupira-t-il. Mais cela passera, nous reprendrons dans un instant.

Hélie n'osait prononcer un mot, esquisser un geste. Comme un oiseau, le moment magique pouvait s'envoler et disparaître pour toujours.

Je décidai de regagner l'Allemagne. Là se trouvaient les loges maçonniques les plus proches de mon cœur. Spontanément je repris le rythme de vie qui avait été celui de mon enfance : études, réflexions, prières, prome-

nades. *A l'exemple de mon grand-père, j'agrémentai ma maison de Dresde d'un jardin secret que je soignais moi-même. Dans le quartier bourgeois où je résidais, nul ne connaissait le comte Denis de Saint-Germain, mais un obscur Daniel Welldone, vieil original servi par un Chinois.*

Je me levais à l'aube pour méditer, prier et faire le tour de mon jardin, silhouette menue, courbée mais leste, qui, des années plus tard, ressuscitait celle de mon aïeul penché sur un buisson de fleurs ou la fontaine de mosaïques bleues cernée du prisme irisé laissé par la rosée dans les petits matins de Lisbonne. Suivi de nos deux chats, Tang, désormais mon seul serviteur, m'accompagnait parfois, un chapeau de paille sur son crâne rasé afin de se protéger du soleil. Il s'était approprié le potager, cultivant salades, pois et tubercules dont nous nous nourrissions presque exclusivement. Le moulin à prières attaché à la ceinture, j'observais mon vieil ami courbé sur nos plates-bandes comme ses ancêtres dans les rizières de Chine. Au terme de nos vies, l'un et l'autre retrouvions nos racines.

Penché sur mes livres de la Kabbale ou quelque essai philosophique, je travaillais tard dans la nuit. Parfois je songeais à ma famille.

Dans l'après-midi, je recevais de temps à autre quelques amis maçons, M. de Sagramoso, ambassadeur de l'ordre de Malte, et le comte Lehndorff, chambellan de la cour de Dresde, avec lequel je menais de longues conversations. Rose-croix comme moi, il se passionna pour les manuscrits tibétains que je lui traduisais, parla de moi au duc de Saxe qui désira me connaître.

A regret je quittai un soir ma retraite pour me rendre chez Frédéric-Auguste. Je ne possédais plus de boutons de diamants, de dentelles, ni de gilets de soie rebrodée de fils d'or. Comme mon père autrefois, je m'habillais de gris et de noir, en deuil moi aussi de beaucoup d'illusions.

— *Votre réputation, monsieur, a dépassé largement les loges maçonniques. Je brûlais de vous connaître.*

Charles Guillaume de Brunswick rencontré chez le duc de Saxe m'avait attiré à l'écart. J'aimais son regard franc et curieux, ses manières nobles, sans être hautaines. A l'abri d'un boudoir, nous causâmes longtemps comme de vieux amis. Rose-croix, alchimiste, théosophe et fervent admirateur de Swedenborg, le duc montrait pour tout ce qui touchait à l'ésotérisme une curiosité inlassable.

— *Venez me voir à Berlin, réclama-t-il en prenant congé de moi. Je vous ferai visiter mon laboratoire et vous donnerai à lire des manuscrits rares.*

Je promis de lui rendre visite mais en ami, sans cérémonie. A mon âge, je fuyais le monde et n'avais plus rien à dire. Il m'en donna sa parole. « Mais, ajouta-t-il, j'insiste cependant pour vous présenter mon cousin Charles de Hesse-Cassel. Il vous étonnera. »

Avec Tang, nous convînmes de partir pour Berlin à la fin de l'été quand le temps serait encore clément, nos âges nous interdisant de rester bloqués par les intempéries dans quelque mauvaise auberge de campagne. Le jardin en automne et hiver s'accommoderait des soins d'un homme de peine et nous pourrions envisager de rester chez le duc de Brunswick jusqu'aux premiers jours du printemps.

Alors que nous préparions nos bagages, un bourgeois richement vêtu, Amadeus du Bosc, vint frapper à ma porte. Il se présenta comme un industriel prospère de Dresde et de Berlin, curieux de tous procédés nouveaux susceptibles de faire progresser la rentabilité de sa manu-

facture. Ma réputation, une rumeur insinuant que je possédais un savoir-faire et même d'intéressants secrets de fabrication l'avaient poussé vers moi. Il espérait une collaboration fructueuse pour l'un comme pour l'autre et se tenait à ma disposition pour que nous en causions amicalement. En repoussant son offre, je m'en fis un ennemi. L'aimable du Bosc répandit sur mon compte à Dresde comme à Berlin toutes sortes de calomnies. Il inventa des histoires abracadabrantes, comme la déconfiture de fabriques créées par moi au fond de la Russie, l'existence de mines de pierres précieuses découvertes par hasard et pour lesquelles j'aurais obtenu frauduleusement de la tsarine un droit d'exploitation exclusif. Enfin, en estocade finale, j'appris que j'aurais cherché à m'emparer de ses manufactures en lui proposant une collaboration véreuse destinée à le gruger. Embarrassé par ces rumeurs, le duc de Brunswick m'expédia une lettre où il me suppliait amicalement de me justifier. Avec joie, il me recevrait à Berlin dès réception de ma réponse.

Tout au long de mon existence, la malignité la plus agressive m'avait poursuivi. Il semblait que le monde occidental, incapable de se pencher sur son avenir spirituel, n'éprouvait de jouissance qu'à jalouser, salir et détruire. Au Portugal, en Angleterre, en France, en Allemagne, j'avais trouvé de belles âmes clamant pour la condition humaine une sollicitude qui servait admirablement de vulgaires ambitions. Nos philosophes, quant à eux, accordaient trop d'importance à un utopique intérêt général et pas assez à la progression de chaque homme dans ses différences et particularités. Saints inquisiteurs, rabbins à la langue acerbe, pasteurs obsédés du péché, princes magnanimes, dames charitables, philanthropes aimant le monde entier et ne fréquentant personne, tous, en courant mille lièvres, oubliaient de se pencher sur eux-mêmes. Si je m'étais habitué aux agressions d'autrui, j'en souffrais cependant toujours.

En dépit de l'humiliation que me procurait cette lettre, j'écrivis au prince. J'en reçus par retour un billet. On m'attendait à Berlin.

Le jour de notre départ, je fis seul une ultime promenade dans mon jardin où la fin de l'été peignait en camaïeu l'or et le pourpre. Au bout de la pelouse, quelques chênes et un bouquet de peupliers jetaient une ombre fraîche, domaine des hautes fougères et des ronciers. Là j'avais fait installer un banc. Je m'y assis pour embrasser du regard les massifs, bosquets et plates-bandes où se posait le soleil entre les tiges de glaïeuls, la masse foncée des soucis, le rideau des plantes grimpantes. Pourquoi avais-je encore cette soif de découvertes ? Brunswick et ses précieux manuscrits avaient éveillé ma curiosité.

A Berlin, désireux de garder mon indépendance, je m'installai avec Tang dans une auberge située au cœur d'un quartier paisible et louai une voiture qui se tenait à ma disposition, commodité plus que réelle nécessité, car, hormis mes visites au prince, j'étais décidé à rester chez moi.

— Il n'y a pas d'intelligence philosophique sans intelligence de la vie.

Debout devant sa bibliothèque, le duc me désignait le rayon le moins accessible.

— Là sont les épicuriens, les auteurs licencieux, ceux qui ont écrit des pages exquises sur les jouissances et les beautés du monde. En dessous, j'ai rangé les maîtres ayant brillé par une discipline, un art, une technique. Enfin les philosophes, mystiques et cabalistes. Les uns sans les autres, ils ne sont rien.

— *Chacun cependant chemine seul vers la connaissance.*
— *Qu'est-ce que la connaissance ? interrogea Brunswick.*

Le petit salon meublé à l'anglaise était tendu de damas bouton d'or frangé de pourpre. Deux hautes fenêtres donnaient sur la cour d'honneur où s'activaient fournisseurs, cochers et domestiques. Roulés en boule sur une causeuse, les petits chiens du duc, des cavaliers King Charles, sommeillaient.

— *Un point d'arrivée marqué par cinq étapes : croire et douter ; monter et descendre ; lumière de l'intelligence et ombre de l'inintelligible ; joie de la libération et tristesse de la prison du corps ; espoir de l'ultime union mystique et désespérance de nos humaines amours.*

— *Mais la mort, cher ami, murmura le prince, demeure cependant incompréhensible. Le philosophe peut se réjouir d'avoir appréhendé le sens de notre univers, au seuil du grand passage, il éprouvera la peur du plus ignorant.*

— *Les vivants deviennent. Les morts sont.*

Le prince me confia quelques-uns de ses manuscrits afin que je puisse les déchiffrer dans la paix de mon appartement. Je découvris avec surprise un antique parchemin sur l'Inde mystique et Bénarès, ville où je m'étais arrêté quelques semaines. Là, Brahma avait accompli le sacrifice suprême de dix chevaux, là, l'Eveillé, Bouddha, le Sage, avait pour la première fois exprimé sa doctrine et Aurangzeb prêché l'islamisme. La théorie de la réincarnation telle que je l'avais découverte était exposée en termes humains et ésotériques. Ce n'était guère délibérément mais par passivité que les hommes l'ignoraient, préférant se plier sans réfléchir à la domination de maîtres temporels ou religieux. Mais rien ne pouvait révéler l'Eternel sinon une profonde réflexion sur soi-même. Aucun Dieu, fût-il bon ou terrible, menaçant ou compatissant, ne pouvait prendre sur Lui le destin des âmes comme le chef d'un troupeau mène sa harde.

Le duc avait également réuni quelques livres d'alchimie, dans lesquels je trouvai les faiblesses habituelles : le feu toujours censé reconstituer la matière alors qu'il divise et décompose, la certitude que l'agencement des particules infimes organisant les corps physiques était aisé à ordonner alors qu'il obéit à des lois agissant bien au-delà de nos connaissances et possibilités.

Enfin je décryptai les ouvrages favoris du duc traitant des phénomènes de voyance et de prophétie. Si, en dépit des railleries des philosophes, occultisme et magie passionnaient l'Europe entière, c'était que la raison seule ne satisfaisait pas les aspirations profondes des hommes. Là aussi, le pire côtoyait le meilleur et je pouvais constater le chemin que j'avais parcouru. Dans ce domaine, rien se s'apprenait, il fallait chercher, découvrir, tenter de comprendre seul que ces pouvoirs surnaturels étaient déjà en chacun de nous. Tous les mystiques avaient vécu l'unité universelle où le moi n'ayant nulle signification véritable se noyait dans une puissance inimaginable. De là venait les pouvoirs de voyance, de télépathie, de thaumaturgie qualifiés par les uns de miraculeux, par d'autres de démoniaques.

Un soir, alors que tombaient les premières neiges sur Berlin, Tang m'annonça dom Pernety, célèbre alchimiste dont chacun s'entretenait avec émerveillement. Je le reçus. Nous parlâmes avec bonheur de musique et de poésie, des fables égyptiennes et de la guerre de Troie. Il me demanda la faveur de visiter mon laboratoire à Dresde et, lorsque je lui avouai ne point en posséder, il me quitta pour ne plus revenir.

La compagnie de Charles Guillaume de Brunswick, tout en me procurant de vifs plaisirs, ne me satisfaisait pas pleinement. J'avais la nostalgie de ma maison et de mon jardin.

— Ne rentrez pas chez vous sans vous rendre à Altona. Mon cousin Charles de Hesse vous séduira et vous lui plairez infiniment.

J'hésitai à suivre les conseils du prince. Altona me détournait de Dresde et je craignais de trouver au bord de l'Elbe un climat humide nuisible à ma santé. Cette fuite vers le nord me troublait. Aurait-elle une signification ? D'Altona, jusqu'où pourrais-je monter encore ?

Ce fut l'intervention insolite de Tang qui me décida. En rêve, il m'avait vu assis devant une porte dans la position du Bouddha. Mais quoiqu'elle restât close, des rayons de lumière s'infiltraient par les fentes, se posaient sur mon visage et sur celui d'un jeune homme debout derrière moi tandis que sa propre silhouette se dissipait. Cette vision ne représentait pas Dresde mais une ville au bord de la mer. Il avait aperçu des goélands, des voiliers en partance, un phare. Etait-ce Hambourg ?

— Eh bien allons, décidai-je. On dit Charles de Hesse un peu fou. Le temps de la déraison serait-il venu pour moi ?

35

Dans le soleil du matin, la chambre du comte avait repris une gaieté insolite. Les rideaux d'indienne qu'Hélie venait de tirer laissaient filtrer une douce lumière hivernale.

Le jeune homme avait revêtu son ami de sa robe de chambre, calé un oreiller derrière son dos et, la plume à la main, attendait. Mais Saint-Germain gardait le silence. Un instant, Hélie craignit une perte de mémoire, une confusion. Le manuscrit demeurerait-il inachevé ?

— C'est singulier, je ne vois que du noir, balbutia enfin le comte. J'ai l'impression d'arriver d'un long voyage et ne sais plus où je me trouve.

— Chez vous, à Eckernförde.

— Eckernförde, murmura le vieil homme. Le Schleswig...

Il ferma les yeux.

— En étions-nous à ma rencontre avec le landgrave ?

— Vous arriviez à Altona près de Hambourg.

Il y faisait doux. Un mois superbe avec un ciel d'un bleu infini au-dessus de l'Elbe, pas un nuage, une brise légère pliant la tête des peupliers déjà pailletés d'or.

Tang et moi nous installâmes au Kaiserhof, une auberge remarquable attirant quantité de nobles voyageurs. Le duc de Brunswick y avait fait retenir pour moi le plus bel appartement.

Durant plusieurs semaines, j'attendis du palais une invitation qui ne venait pas. J'appris alors que Charles de Hesse était au Danemark et ne rejoindrait le Holstein qu'en novembre.

J'étais sur le point de renoncer à cette rencontre et de prendre la route de Dresde quand, au cours d'une promenade sur le port où je m'intéressais à l'appareillage d'un vaisseau pour l'Amérique, une voiture ralentit à ma hauteur et un visage de femme apparut à la portière.

— Monsieur de Saint-Germain ! Quel merveilleux hasard !

Je me retournai. Mme de Bentick était devant moi. Cette aimable dame m'avait toujours accueilli chez elle avec une grande affabilité. Je m'étonnai de la trouver à Hambourg

— Je viens de marier ma fille Mia, m'apprit-elle, avec le fils du trésorier de la compagnie des Indes hollandaise qui a des biens considérables. La mère de mon gendre est du Holstein et a tenu à ce que la cérémonie se déroule dans les terres familiales. Etant veuve, j'ai accepté avec bonheur de me décharger des tracas d'un tel événement. Et vous n'ignorez pas que je suis née allemande.

Je lui fis mes compliments. Elle m'assura des regrets qu'elle gardait de m'avoir vu si mal traité dans son pays. Mais la chute brutale de Choiseul les avait bien vengés, son mari et elle !

Mme de Bentick avait pour projet d'achever l'année en Allemagne avant de regagner sa demeure de Leyde. Elle fréquentait tout ce que Hambourg comptait de noble et de fortuné, et se proposa de me présenter à quantité d'amis. Je déclinai sa proposition, lui assurant que désormais je fuyais le monde. « Je vous ferai cependant rencontrer le baron de la Housse, ministre de France à Hambourg, insista-t-elle. Cet homme sort de l'ordinaire tant par son érudition que par ses qualités de cœur. Vous l'apprécierez. »

Le baron de la Housse était un gentilhomme aux exquises manières, un peu surannées. Tolérant, curieux, plein de gaieté, il aimait les voyages, les philosophes grecs et la musique baroque italienne. Je goûtais le plaisir de sa compagnie et nous passâmes ensemble de longs moments dans sa résidence du centre de Hambourg ornée dans le goût de Trianon de boiseries claires et d'un mobilier tapissé de soie blanche à fleurs rouges sur semis de feuillage. Nous causions au coin du feu et les jours de soleil faisions quelques pas dans le jardin en compagnie de ses chiens. Les allées bordées de buis taillés longeaient des parterres où fleurissaient les dernières pensées. Nous parlions des terres lointaines, de l'Amérique et de Thomas Jefferson qui avait rédigé une déclaration d'Indépendance où je me réjouissais de découvrir les preuves d'une véritable maturité politique. En y affirmant le droit des peuples, en soulignant surtout la responsabilité de ceux chargés de les gouverner, Jefferson faisait avancer d'un pas l'humanité tout entière. Plus par goût de la polémique que par conviction personnelle, La Housse modérait mon enthousiasme. Libérés, les peuples ne se consacreraient-ils pas à leurs intérêts personnels au détriment du bien de tous ? Chacun voudrait voir midi à son clocher.

— Liberté, égalité, fraternité, voilà, lui assurai-je, la devise irrévocable de nos loges. Les Américains ne font que nous précéder.

Par l'intermédiaire d'une vieille amie, Mme du Hausset, j'avais tenté après mon arrivée à Dresde une courte démarche auprès de Marie-Antoinette. La reine m'avait reçu, puis ignoré. Je gardais la conviction que la monarchie française ne survivrait pas à l'accumulation de ses erreurs.

— Mais Dieu lui-même n'a-t-il pas donné à l'homme ses limites ? rétorquait le baron. Souvenez-vous de l'arbre de la science, du serpent et d'Eve.

— Dieu, qui est infini, indéterminé et éternel, ne peut donner de limites. Si je tombais dans le ridicule de Le faire parler, je dirai qu'Il ignore ce mot. L'homme est une parcelle du Tout que vous pouvez appeler Dieu si cela vous plaît. Energie matérielle et spirituelle se tiennent et se prolongent.

— Mais les lois, la religion, le patriotisme, tous ces codes moraux ne sont-ils pas nécessaires ?

— Ce sont des limites. L'homme doit rester libre en face de lui-même.

— Grâce à vos belles théories, vous créerez un peuple de fainéants, de voleurs et d'assassins.

— Enseignez que chacune de nos pensées, chacun de nos actes sont suivis d'effets inéluctables. Chacun paye pour ses propres erreurs. Les religions menacent et pardonnent comme un père qui fait les gros yeux avant d'offrir un bonbon. Voilà encore qui est traiter l'homme en enfant. Mais qui se sait responsable de lui-même comprendra qu'il se leurre et se corrigera. Que vaut-il mieux, à votre avis, déclarer à un assassin : « Dieu pardonnera ton péché » ou lui affirmer : « En ôtant la vie de ton frère, tu es condamné à revenir sur terre où, méprisé et misérable, tu paieras implacablement le prix de ton crime » ?

— Et l'espoir, monsieur, où est-il ?

— Partout car chaque acte de bonté fait progresser tout aussi inévitablement vers l'Illumination et la Liberté. Voyez-vous, baron, il faut parler franc à chacun, si humble soit-il. Dites : voici une falaise, si tu fais

un pas de plus, tu tomberas et personne ne pourra te secourir. Mais tu es libre de faire ce pas, nul ne t'y pousse, nul ne te retient. A toi de décider. N'est-ce pas un meilleur discours que des exhortations moralisatrices ? Chaque individu est responsable de l'évolution de son propre univers.

Le baron restait pensif, mais je le sentais bienveillant à mes propos.

— Vous ne semblez guère attiré par les chefs, guides, maîtres ou monarques, observa enfin le baron.

— Je m'en méfie, en effet. Qui peut prétendre imposer sa vérité ? Plus que d'autorité, l'homme a besoin d'exemples. Qui est prêt à tout perdre, les découvre seul et les suit.

Dès que le landgrave eut regagné Altona, le baron de la Housse insista pour m'entraîner au palais. Je refusai. Si le prince désirait me connaître, c'était à lui de me rendre visite. A quatre-vingt-six ans, je n'avais plus à m'empresser auprès de quiconque.

La Housse contourna la difficulté en organisant une rencontre chez lui dans le courant du mois de décembre. J'étais dans son salon lorsque je vis entrer un homme assez jeune, mince et droit, au beau regard limpide.

— Je ne voulais pas être le dernier de mon duché à vous connaître, monsieur.

Très vite, nous abordâmes les sujets nous tenant à cœur. Le prince comme moi-même avions besoin de la nature pour nous isoler. Il respectait les animaux au point de haïr la chasse et de fuir les chasseurs. Sous l'originalité, que beaucoup qualifiaient d'excentricité, on devinait un regard curieux et hardi, une intelligence rebelle aux conventions. Catholique ardent, il concevait cependant sa religion comme un monde à part, une île mythique protégée par des esprits fabuleux interdisant aux hommes d'y exercer le ravage de leur jugement.

Nous causâmes jusqu'au souper que le baron de la Housse fit servir sur une table volante afin de ne pas interrompre les conversations.

— Vous ne mangez donc rien ?

Mon hôte voyait avec étonnement mon assiette repartir sans avoir été touchée, le verre demeuré plein.

— Je suis un homme sans besoins, sinon celui de servir autrui.

— Vous êtes donc bien proche de nos prêtres, jeta le landgrave, la voix pleine d'espoir, et je ne doute pas qu'un jour prochain vous reconnaîtrez cette évidence.

— Saint-Germain est libre penseur, plaisanta mon hôte.

— L'intelligence aime l'intelligible, cher baron. Il n'y a pas de déchirement ou de renoncement entre le moi, le monde et l'Eternel, mais une seule et même intelligence.

— C'est bien ce qu'enseigne le catholicisme, s'écria le landgrave, et vous voilà chrétien sans le savoir. Dieu, enseigne la Bible, a créé la nature, les bêtes, l'homme enfin à sa ressemblance. Voyez-vous le moindre déchirement dans cette harmonie ? Je n'y constate, quant à moi, que perfection.

— Que faites-vous du péché originel ? Dans la Bible et le Nouveau Testament, Dieu s'ingénie à reprendre d'une main ce qu'il a offert de l'autre. La paradis terrestre se change en lieu d'exil et de mort, la femme devient serpent, les frères se tuent, le peuple choisi est jeté en exil, les rois d'Israël se couvrent la tête de cendre, Jésus est lapidé puis crucifié. Ne voyez-vous pas la main de l'homme dans ces incohérences ? La religion des prophètes est la discipline des peuples dans l'enfance dont l'obéissance à la loi est la seule vertu. Il ne faut ni

l'exalter, ni la condamner. On ne peut affirmer a priori que l'Ecriture soit vraie et divine. Elle ne l'est que si la raison y trouve la lumière de la vérité.

— Mon cher ami, protesta le landgrave, que faites-vous de la foi ?

— Il n'y a qu'une seule vérité, monseigneur, c'est la raison. Renoncez à réfléchir et vous devenez esclave.

Pour détendre les esprits, le baron de la Housse me pria de bien vouloir exécuter un morceau de musique au piano. Je demandai au landgrave ce qu'il aimait. « Monsieur, me répondit-il, je préfère découvrir vos préférences que de satisfaire des désirs que je connais trop bien. » J'exécutai une fugue de Bach.

— Vous venez de m'offrir, m'avoua le landgrave, un plaisir extrême. Venez, je vous en prie, me visiter, nous avons encore beaucoup à nous dire.

Ce fut moi qui au printemps priai le prince de m'autoriser à le suivre au Schleswig. Il m'avait laissé entendre qu'à Eckerndörfe je pourrais ouvrir un atelier, jouir de la bibliothèque du château de Göttorp, réorganiser et compléter la pharmacie de sa résidence en compagnie du docteur Lossau, qui soignait depuis des années la famille princière. Ces perspectives me séduisaient. J'imaginais dans un séjour au Schleswig une vie studieuse et calme mais sans oisiveté. Reprendre mes activités d'artisan, travailler de mes mains, voir à nouveau bouillir des cuves, sentir l'odeur douce ou âcre des teintures me tentait beaucoup.

Le prince sembla hésiter et m'avoua finalement qu'il craignait de m'attirer à Eckerndörfe par égoïsme. Ne méritais-je pas mieux que cette modeste ville de pêcheurs au bord de la baie de Kiel ? J'étais décidé cependant. La force qui poussait les baleines à venir mourir au large des terres de Grunt m'entraînait plus au nord. Il fut décidé que je gagnerai Eckernförde au cours de l'été, le temps que le landgrave fasse aménager pour moi une résidence confortable au centre de la ville et trouve l'emplacement idéal pour mon atelier.

En découvrant Eckernförde, je fus séduit par le charme désuet de ce gros bourg tout entier tourné vers la mer. Des parterres de zinnias et de pétunias aux pétales légers comme un fragment de linon longeaient des maisonnettes blanches aux toits de bardeaux. Chargée d'embruns iodés, la brise revigorait et je m'installais avec Tang, prêt à commencer une vie nouvelle. D'emblée, je me donnai à l'ouverture de ma manufacture, modeste entreprise regroupant trois ouvriers qui se consacraient davantage à apprendre mes techniques qu'à satisfaire une vaste clientèle. Le bonheur éprouvé le jour de son inauguration en présence du landgrave me surprit. A quatre-vingt-sept ans, j'avais encore les enthousiasmes de la jeunesse et ne pouvais me résoudre à renoncer aux chants d'une sirène qui, en dépit d'amères désillusions, m'avait envoûté. En ce mois de septembre très doux, les ouvriers et moi-même pouvions vaquer sans vestes à nos besognes de l'aube à la nuit. Très vite l'atelier fut assez actif pour se passer de ma présence assidue. Je demandai au docteur Lossau de me rendre visite. Il m'interrogea sur mes connaissances en médecine et se montra surpris de ma science des simples et des racines médicinales. Je lui présentai de la poudre de ginseng et de cardamone, du gingembre séché qu'il goûta avec précaution. Mais je refusai de livrer le secret de mes mixtures, sirop et pilules, tant je craignais qu'un néophyte en fît mauvaise utilisation. Durant des années, les moines tibétains étudiaient les plantes afin de connaître leur action bienfaisante ainsi que leurs dangers et ce bon docteur Lossau, espérant bien faire, pouvait aisément occire ses malades.

Enchanté par les résultats de ma fabrique, le landgrave prit contact avec Jean-Baptiste Willermoz à Lyon afin qu'il acceptât de commercialiser les étoffes de soie, coton et lin qui attendaient acquéreur dans mon entrepôt. Willermoz sollicita par retour des échantillons, tarda à répondre, puis refusa. Le prince fut révolté et moi peiné de ne pas recevoir de soutien de la part d'un homme que j'admirais pour la profondeur de ses pensées et son ardeur à servir la cause maçonnique. J'avais tort. Le désir de connaître enfin non pas le succès mais la reconnaissance s'était de nouveau retourné contre moi. Non seulement j'avais perdu ma sérénité mais aussi douté d'un ami dont le seul tort avait été de ne pas épouser mes espérances.

Je ne cessai pour autant mes activités mais sans plus nourrir d'utopies. Mon désir d'offrir à l'humanité de nouvelles techniques, de confier à la corporation des teinturiers des secrets susceptibles de les faire progresser au-delà de toute attente resterait lettre morte. On ne dérange pas aisément habitudes et convictions. J'avais été trop seul et trop rêveur pour réussir.

Le jour de la Toussaint 1782, je me sentais souffrant, un mal pris dans mon atelier que la proximité de la rivière et de fondrières remplies par les grandes marées d'automne imprégnait d'une humidité mortelle. Tang m'avait posé des cataplasmes et je somnolais dans mon fauteuil au coin de l'âtre lorsqu'on m'annonça monseigneur le landgrave. Il n'était pas rare que le prince me visite par surprise. Problèmes métaphysiques ou philosophiques, conscience troublée, recherches laborieuses le poussaient vers moi dont il espérait de miraculeux éclaircissements. J'appréciais ces tête-à-tête où mon ami, loin de sa famille et des charges de sa fonction, savait se montrer simple et naturel. Ce qu'on taxait chez lui de folie n'était qu'une perpétuelle inquiétude de la vie dans l'au-delà, une terreur de la mort. Sans cesse la hantise d'être cerné par des âmes en peine l'obsédait. Il entendait des bruits insolites, apercevait de furtives apparitions, humait des odeurs douceâtres que nul souffle d'air ne pouvait dissiper. Ces pensées morbides n'étaient pas provoquées par un esprit faible mais par les ravages d'anciennes terreurs, jamais cicatrisées. Enfant, lorsqu'il ne savait pas ses leçons, son précepteur l'enfermait dans un cagibi noir. L'effroi lui procurait de terribles crises nerveuses. Puis c'était l'abbé chargé de son éducation religieuse qui le menaçait pour une peccadille des pires tourments de l'enfer, évoquant des diables velus activant d'incandescentes fournaises où gémissaient les âmes des damnés. Au-dessus de son lit de petit garçon, un Christ agonisant, le flanc et la tête ruisselant de sang, le regardait dormir. Il n'osait, m'avoua-t-il, ouvrir les yeux de peur de voir le rictus de souffrance, de découvrir du sang s'écouler goutte à goutte sur son oreiller. Adolescent enfin, son gouverneur militaire lui avait imposé le tonnerre des canons, le crépitement des fusils, appris le maniement de la baïonnette et du sabre, arsenal de souffrance et de mort qui l'avait ébranlé.

De toutes mes forces, j'essayais de lui procurer quelque sérénité, parlant d'harmonie et de paix, d'un monde où les craintes humaines n'auraient plus court et où nos références seraient absurdes. Il m'écoutait avec attention, réticent cependant lorsque la religion de ses pères était remise en cause, incapable de lui imputer ces idées fixes qui le minaient.

— Je m'attendais à votre visite, lui avouai-je. Ne célébrerons-nous pas demain la mémoire des morts ?

Il prit place sur un de mes modestes sièges.

— Comment percez-vous ainsi mes pensées ?

— *C'est le privilège de l'amitié, monseigneur, que de savoir deviner joies et chagrins de ceux qu'on aime.*

Tang servit le thé à la badiane que le prince appréciait. Le temps était affreux avec des rafales soufflant du nord. J'avais une terrible appréhension de l'hiver qui approchait.

— *Les morts changent seulement d'état, notai-je pour ne pas perdre le sujet de l'entretien qu'était venu solliciter le landgrave. Se souvenir d'eux est un devoir sacré, mais de grâce ne les considérez pas en bannis. Notre terre, seule, est un lieu d'exil.*

Charles de Hesse hocha la tête.

— *Ne me parlez pas, je vous prie, de ces réincarnations auxquelles je ne parviens à croire. Dieu a créé unique la vie de ses enfants.*

— *Avez-vous observé les vôtres, monseigneur ? Quel rapport voyez-vous entre le nourrisson, le petit enfant, l'adolescent, l'homme fait ? Ni sa personne physique ni son intelligence ne sont semblables. Il se transforme, évolue, change si totalement qu'on pourrait difficilement identifier le vieillard dans le poupon au berceau. Et cependant, monseigneur, en dépit de ces multiples changements, l'être humain est le même. Au terme de l'évolution de vos existences, vous serez transformé en restant identique.*

Le regard de Charles de Hesse me sondait.

— *Esprit, Corps Subtil et Plan, murmura-t-il. Voilà où est notre point de rencontre.*

— *Le corps est attaché à la terre dont il dépend pour sa survie, la terre elle-même est dépendante du reste de l'univers qui est énergie pure. Cette énergie incompréhensible, divine si le mot vous convient, contient chaque parcelle de matière.*

— *Je comprends, affirma le prince. Mais survivons-nous à la mort physique ? En dépit de ma foi, il m'ar-*

rive d'en douter affreusement. Je veux bien être énergie pure, mais que m'importe si cette lumière se perd dans l'immensité sidérale ? Personne n'est revenu dire ce qui se passe exactement là-bas.

— N'ayant pas eu accès à l'Illumination, ceux qui en reviennent ne pourraient guère vous renseigner.

— Et les autres ?

— Les autres sont trop éloignés de nos misérables corps humains. Parleriez-vous à de vieilles nippes pendues dans votre garde-robe ?

— Certains spectres cependant tentent de communiquer avec les vivants. Je pourrais vous donner maints exemples de maisons hantées, de phénomènes étranges. Moi-même ai reçu de multiples messages de l'au-delà.

La nuit noire, les sifflements du vent ajoutaient du mystère à notre conversation. J'aurais préféré la conduire en plein soleil un jour de printemps, l'esprit libéré des menaces de la nature.

— Les communications que vous recevez émanent d'une conscience diffuse, un savoir emmagasiné par les humains dans le plan invisible.

— Simple supposition, mon cher ami.

— Vérité immuable et unique, monseigneur.

— Vous êtes un orgueilleux, soupira le prince.

— Un humble, tout au contraire. La vérité dépendrait-elle des susceptibilités et vanités humaines ?

— Puisque vous affirmez être déjà mort au terme de précédentes existences, quelle mémoire en conservez-vous et qu'avez-vous vu dans l'au-delà ?

Le prince attendait ma réponse avec anxiété.

— D'ordinaire, l'homme en renaissant ne se souvient pas de ce que fut son dernier passage sur la terre. Parfois il garde le souvenir incertain d'un paysage, d'une langue, d'une angoisse ineffaçable. Quant à l'autre monde,

c'est la réminiscence d'une vive lumière, l'inoubliable impression d'un état de paix et d'amour qui prédomine.

— Paix et amour, murmura le landgrave. Voilà votre secret d'éternité, n'est-ce pas, monsieur de Saint-Germain ? Et les deuils, les épreuves ?

— Sans épreuves nous ne serions rien sur terre.

La tête du comte était tombée sur sa poitrine. Hélie lâcha la plume pour secourir son ami.

— Porte-moi dans mon lit, veux-tu ?

Le temps était affreux. Dans la pénombre de ce petit matin de février, une lueur d'un gris de cendre traversait les fenêtres.

— Les rivières vont déborder, murmura Saint-Germain. Je crains pour la manufacture.

Hélie alluma de nouvelles bougies, jeta des bûches dans l'âtre.

— Voulez-vous que j'appelle Lossau ?

— Plus tard. A présent, prends ces feuillets et reviens me voir quand tu les auras lus.

— Mais il me faudra la journée pour les achever ! s'exclama le jeune homme.

— Je n'ai besoin de personne pour me préparer à la mort.

Hélie s'empara du manuscrit. « Là est le secret de Saint-Germain », pensa-t-il. En dépit de son inquiétude, la fièvre de le connaître l'empêcha de protester davantage.

Le comte ferma les yeux. Il était si faible que la sensation de posséder un corps devenait incertaine. Le temps ne s'écoulait plus. A peine percevait-il les couleurs atténuées par une morne clarté. « Enfin je vais revoir la Lumière », pensa le vieil homme. Cette certitude lui procurait une indicible paix. La route était accomplie, le dernier rêve humain achevé, l'adieu à la terre proche et définitif. La loi des réincarnations enseignait la patience. Il avait attendu... Combien de vies ? Cela n'avait guère d'importance : le temps n'était qu'illusion. Un coup de vent fit battre un volet. « Le septième échelon, murmura le comte, le dernier, celui qui donne accès à l'Esprit. J'ai surpassé la mort et conquis l'éternité. »

Le jour tombait et Hélie n'avait guère levé les yeux de sa lecture. Aucune éclaircie n'était parvenue à percer les nuages. Le vent sans relâche soufflait en rafales, faisant craquer les branches du platane. Les feuillets posés à ses pieds, le jeune homme demeura longtemps le regard perdu dans les flammes. Il fallait publier aussitôt ce manuscrit, faire savoir à l'Europe entière quel homme avait été Saint-Germain, bâillonner les médisants et faire rayonner la lumière du message. « Voilà l'œuvre à laquelle je vais me consacrer », décida-t-il.

En hâte, le jeune homme alluma des chandelles dans la chambre du comte.

— Ne ferme pas les volets, réclama Saint-Germain. Je veux voir le ciel, contempler une dernière fois la course des nuages.

— Voulez-vous que nous parlions de votre manuscrit ?

— C'est inutile.

Hélie sursauta.

— J'ai écrit l'histoire de ma vie pour me convaincre de l'insignifiance de toute existence humaine. L'homme sur terre n'est qu'un élément destiné à s'achever. Conserve-le, mais ne le communique à personne.

— Mais qui saura la vérité ? protesta Hélie.

— Quelle importance a la bonne opinion des

autres ? La vraie fusion des esprits se fait au-delà de nos brèves existences.

Le souffle du vieillard était faible, la voix presque inaudible.

— Le bonheur de chercher, de trouver, de créer est un aperçu de l'ultime béatitude. J'ai eu ces satisfactions durant ma vie.

— Je vous en supplie..., s'obstina le jeune homme.

La déception de tenir secrets ces feuillets lui ôtait toute idée claire. Il aurait voulu convaincre et ne pouvait qu'implorer.

— Et maintenant ouvre le cabinet d'ébène, pria le comte. Tu y trouveras quatre feuillets de parchemin. Eux seuls ont de l'importance. Que ce manuscrit ne s'égare pas ta vie durant. Le promets-tu ?

— Je vous le promets, souffla Hélie.

— Si tu n'as pas de fils à qui le léguer, porte-le au Temple d'or, à Amritsar et confie-le au gardien sacré. J'écarte le Tibet, trop incertain : une guerre endémique ravage ce malheureux pays. Quant à mon testament humain, brûle-le.

Une pluie glacée cinglait les carreaux. Au loin on percevait des meuglements de bestiaux hâtivement rentrés à l'étable.

— Ne parle jamais de l'homme que je fus, mais enseigne mon message : chacun est responsable de soi. Dieu n'est pas un dû mais une récompense. Il ne s'impose pas, Il se découvre. Il ne juge ni ne punit, seul l'homme se juge et se punit lui-même. Ne laisse pas un corps éphémère et mortel garder par avidité, sensualité ou conformisme ton âme prisonnière. Libère-toi, Hélie, va, va, envole-toi...

La tête du comte retomba sur l'oreiller.

— Je vais faire chercher Lossau, décida Hélie.

Le prince ne lui pardonnerait pas d'avoir laissé s'éteindre sans assistance son ami le plus cher.

— Lorsque je ne serai plus, murmura le comte, exige de me veiller seul. Puis rends-toi à la synagogue et demande à dix juifs de te suivre. Je désire que l'on dise sur ma dépouille le kaddish, la prière des morts.

Le comte de Saint-Germain semblait dormir. L'aube n'était plus loin, une aube claire dans un ciel purifié par la tempête.

Lossau somnolait. Il avait tenté en vain de faire absorber au mourant quelques gouttes de sirop de racine de gentiane.

— Hélie, souffla le comte.

Ensemble, le vieux docteur et le jeune homme approchèrent du lit.

— Tout est lié et uni en un même tout au point qu'il est facile de voir que Tout est Un. Dieu contient en lui ce qui existe.

— Apprenez-moi ce dont je devrai me souvenir à jamais, murmura Hélie.

Le comte ouvrit les yeux et sourit. Il avait l'air de s'éveiller après une longue nuit de sommeil. Le soleil se levait dans un matin pâle encore trempé de pluie. A travers la fenêtre, la lumière entrait, baignait l'alcôve. Une lumière éclatante, mais limpide et légère comme une source.

Lossau prit la main du mourant. Elle était glacée.

— L'Amour..., prononça Saint-Germain d'une voix claire.

Le comte de Saint Germain mourut à Eckernförde, dans le Schleswig, le 27 février 1784. Les obsèques eurent lieu le 2 mars dans la matinée. Le comte ne laissant aucun bien derrière lui, le coût en fut réglé par le landgrave Charles de Hesse.

D'après les registres paroissiaux de l'église Saint-Nicholas, la cérémonie, à la demande de l'héritier spirituel du comte, un jeune Français, ne comporta qu'une messe basse. Le corps fut déposé dans un caveau du cimetière attenant à l'église. On peut lire sur le registre de décès la mention suivante : « Celui qui se nommait comte de Saint-Germain et Welldone est décédé ici et a été inhumé à l'église de notre ville. »

Lorsque le landgrave, de retour du Danemark, réclama à Lossau le fameux testament du comte, Hélie de Maisonvieille avait déjà quitté la ville.

Epilogue

Paris, 2 avril 1784

— Pour qu'une femme puisse être l'amie d'un homme, lança le prince de Chimay, il faut qu'elle ait été sa maîtresse ou qu'une disgrâce rébarbative la contraigne à se tenir écartée des plaisirs de l'amour.

— N'envisageriez pas qu'elle puisse préférer l'amitié à l'amour ?

Chimay éclata de rire.

— Les femmes, comme les princes détrônés, ne rêvent que d'exercer encore le pouvoir. Que leur importe le royaume ! Vilain ou pauvre, un pays ou un homme n'est jamais à mépriser.

La marquis de Mareuil affichait un sourire désabusé. Ses dîners devenaient ennuyeux. Portant invariablement sur le gouvernement, les femmes ou de fielleux commérages, les sujets de conversation perdaient toute originalité. S'il avait savouré autrefois les allusions perfides, les subtiles remises en question, aujourd'hui tout l'assommait. Pâle et digne, Martin, son vieux sommelier, passait le vin rouge de Bouzy.

— Un jeune homme demande à être introduit,

monsieur le marquis. Il affirme que vous le connaissez.

Immobile dans sa livrée brun et or, le portier attendait la réponse. Mareuil se redressa.

— A-t-il donné un nom ?

— Hélie de Maisonvieille, monsieur le marquis.

Une rumeur parcourut l'assistance. Le petit chevalier ardéchois avait tenu son pari !

Lorsque Hélie pénétra dans la salle à manger du marquis de Mareuil, les voix se turent aussitôt. Nul n'esquissa le moindre geste. Le jeune homme promenait son regard d'un convive à l'autre comme pour mieux jauger l'adversaire, quand soudain, événement inouï, Mareuil se leva. Avec lenteur, son corps délabré se sépara du siège tapissé de damas crème et pourpre où il était toujours installé.

— Le masque s'est donc détaché de la face du mort ? articula-t-il d'une voix sarcastique. Buvons au diable, messieurs.

— Alors, buvons à vous, marquis !

Mareuil tressaillit.

— Vous êtes impertinent, jeune homme. Cela n'est pas pour me déplaire. Mais allons au but : vous avez tenu ici même un pari, celui de confondre le comte de Saint-Germain. Y êtes-vous parvenu avant sa mort ? Vous nous devez réponse.

La voix d'Hélie restait froide, dédaigneuse.

— Je suis venu vous la donner : le comte de Saint-Germain est vivant.

Une rumeur confuse se répandit de convive en convive. N'avait-on pas enterré le comte quelques semaines plus tôt ? La nouvelle venait juste de parvenir à Paris.

Martin avait réinstallé son maître dans le fauteuil doré. Hélie maintenant le dominait.

— Saint-Germain est immortel.

La pleine lune jetait un éclat opalescent. Du jardin d'hiver prolongeant la salle à manger montait la senteur sucrée des fleurs d'oranger.

— Voilà qui est surprenant, jeta le marquis.

Le sourire ironique avait reparu sur ses lèvres.

— Vos propos sibyllins ne sont point de mise, poursuivit-il. Nous ne sommes pas à Delphes mais à Paris. Un homme ne peut à la fois être mort et vivant. Où est-il ?

— J'avais fait ici le pari de pénétrer l'intimité du comte de Saint-Germain. Ce pari, je l'ai gagné car nul plus que moi n'a eu le privilège de bien le connaître et l'honneur de mériter son amitié. L'homme a été porté en terre mais le Maître ne mourra jamais.

— Vous moquez-vous de nous, monsieur ?

Le ton plein de morgue du prince de Chimay ne fit pas même ciller Hélie.

— A l'image des maisons sordides, certains esprits ouvrent sur un cloaque. Permettez-moi de ne point vous donner de réponse.

— Vous nous devez un dernier mot cependant, siffla Mareuil. En prononçant le nom de Maître, vous en avez trop dit ou pas assez.

Hélie était déjà sur le pas de la porte.

— Dans notre monde sceptique et matérialiste, le comte de Saint-Germain a enseigné la fraternité, la compassion et la liberté. A grand-peine mais pas en vain, il a pesé sur les privilégiés pour en obtenir concessions et réformes. Son message spirituel et moral demeure comme une lumière. Quant à sa mort ou à sa survie, quelle importance !

Il allait sortir.

— Je vous propose un nouveau pari, lança soudain Mareuil. Faites-vous l'avocat du comte de Saint-Germain, plaidez sa cause, prêchez ses mérites. Je m'en ferai, quant à moi, l'accusateur et consacrerai mon influence et le reste de mes forces à dévoiler au monde son véritable visage, celui d'un bouffon et d'un charlatan. La postérité décidera lequel de nous deux aura gagné.

Hélie de Maisonvieille demanda à ses parents sa part d'héritage et commença un long voyage. Après s'être arrêté à Lyon auprès de Willermoz qui lui enseigna les rites maçonniques, il s'embarqua à Marseille pour l'Egypte et l'Orient.

Marié à une Anglaise pendant la Révolution, il s'installa à Windsor où lui naquit un fils. A la veille de sa mort, en 1840, Hélie remit à ce fils le précieux manuscrit du comte et brûla ses mémoires. Lui-même sans héritier, Denis de Maisonvieille confia les quatre feuillets de parchemin à un Indien sikh afin qu'ils soient déposés, selon la volonté exprimée par le comte de Saint-Germain, au Temple d'or d'Amritsar, le temple de l'Immortalité où ils se trouvent probablement toujours. On prétend qu'il en existe une copie mais nul n'a pu donner la preuve formelle de son authenticité.

Composition réalisée par Graphic-Hainaut.
Achevé d'imprimer en octobre 1996
*par **Bussière Camedan Imprimeries***
à Saint-Amand-Montrond (Cher).

N° d'édit. : 12662. N° d'imp. 1/2619.
Dépôt légal : septembre 1996.
Imprimé en France